向往毛泽东

新世纪第一波『毛泽东热』大潮扫瞄

『毛泽东的人民历史观』课题组
毛泽东旗帜网站
北京大地微微文化研究所

中央文献出版社

图书在版编目(CIP)数据

向往毛泽东：新世纪第一波"毛泽东热"大潮扫瞄/
中国历史唯物主义学会"毛泽东人民历史观"课题组编.
北京：中央文献出版社，2005.4
ISBN 7-5073-1852-4

Ⅰ.向... Ⅱ.中... Ⅲ.毛泽东（1893~1976）—人物研究 Ⅳ.A755

中国版本图书馆CIP数据核字（2005）第022667号

向往毛泽东：
——新世纪第一波"毛泽东热"大潮扫瞄

编　　者/"毛泽东的人民历史观"课题组等
联系地址/北京市南河沿大街南段华龙写字间511室
邮　　编/100006
责任编辑/杨茂荣
责任校对/齐志望

出　　版/中央文献出版社
地　　址/北京市西四北大街前毛家湾1号
邮　　编/100017
印　　刷/廊坊市恒泰印刷有限公司

开　　本/160X230mm
印　　张/21
彩　　页/16　彩照/28帧
字　　数/28万字
出　　版/2005年4月第1版　2005年4月第一次印刷
书　　号/ISBN 7-5073-1852-4
定　　价/28.00元
印　　数/1-11000册

编 委 会

《向往毛泽东》系列丛书顾问 (110余人)

总 顾 问　李力安　(原中共中央顾问委员会秘书长)
　　　　　　　何　载　(中共中央组织部原秘书长)
　　　　　　　何静修　(中共中央文献研究室原秘书长)

顾　　 问　王定国　王定烈　罗日运　(以上3位为长征老红军)
　　　　　　　李　晨　陈　浩　武　光　刘　涌　张于鹏　王若君
　　　　　　　　　　　　　　　　　(以上6位为红军时期参加革命的老干部)
　　　　　　　李力安　陶鲁茄　李尔重　黄志刚　马　宁　王思之
　　　　　　　贺敬之　袁　木　李成瑞　李兆吉　李友九　李　滔
　　　　　　　贾一平　滕　藤　詹　武　何　载　何静修　刘　实
　　　　　　　姚保钱　白锡纯　韩西雅　杨守正　张西帆　林伯野
　　　　　　　燕登甲　刘仲明　党向民　安　林　茅　林
　　　　　　　　　　　　　　　　(以上29位为原省、部、军级以上领导干部)
　　　　　　　秦　铁　左太北　林晓霖　林安利　薛善荣
　　　　　　　　　　　　(以上5位为革命先烈、历任党和国家领导人子女及亲属)
　　　　　　　高　智　侯　波　徐肖冰
　　　　　　　　　　　　　　　　(以上3位为毛主席当年身边工作人员)
　　　　　　　魏　巍　朱子奇　李希凡　易　准　陈　窗　李　子
　　　　　　　　　　　　　　　　　　(以上6位为著名革命作家)
　　　　　　　王宏斌　吴仁宝　雷宗奎　韩文臣　刘桂芝　田　雄
　　　　　　　陈玉珪　叶昌保　常德盛　徐文荣
　　　　　　　　　　　　　　　　(以上10位为各地先进集体经济带头人)
　　　　　　　吴金印　朱加保　蒋盈阶　张　玮　周先锋
　　　　　　(以上5位为老劳动模范、先进工作者和义务宣传毛泽东思想积极分子)
　　　　　　　李崇富　周隆宾　李士坤　陈志尚
　　　　　　　　　　　　(以上4位为中国历史唯物主义学会会长及部分副会长)
　　　　　　　萧一平　赵　曜　吴　健　吴雄丞　谭乃彰　张虎林
　　　　　　　　　　　　　　(以上6位为中共中央党校知名教授)
　　　　　　　杨友吾　赵璧如　黄如桐　张　捷　房　宁
　　　　　　　　　　　　(以上5位为中国社会科学院知名研究员)
　　　　　　　胡　钧　冯虞章　丁　冰　冯宝兴　李庚辰　林　阳
　　　　　　　周新城　刘润为　杨增和　杨福云　王子凯　方　亭
　　　　　　　张勤德　郎冠英　任凤绪　肖衍庆　李　波　马　迅
　　　　　　　陈　志　戚乃光　左　克　吕祖荫
　　　　　　　　　　　　　　(以上22位为首都资深学者、记者)
　　　　　　　陈　晓　王用久　吴　天　罗　择　于泮池　宋威武
　　　　　　　郭宪斌　时　军　徐德羲　张伟良　张　锐
　　　　　　　　　　　(以上11位为中国人民解放军系统离退休老干部)
　　　　　　　蔡仲德　高为学　綦保俊　李振城　刘晓铎　熊　炬
　　　　　　　雷　云　徐四光　陈守礼　沈九涛　梁心明　王锡章
　　　　　　　陈永轼　吕言夫　李英昌　陈墨章　房秉玉　张　鉴
　　　　　　　刘继英　康溥泉　王文广　孙焕臻　常建刚　祁念曾
　　　　　　　王翰文　张铁人　杨止仁　范春信　许均开　张治平
　　　　　　　朱　社　刑继先
　　　　　　　　　　(以上32位为首都外各省区市毛泽东思想研究热心专家)

高举毛泽东思想伟大

红旗奋力前进！

郑天翔

二〇〇三年
一月卅日

弗大領袖
迎共一百十
風年
石万群
二〇二三年十月

世世代代永远
怀念毛主席

赵曜

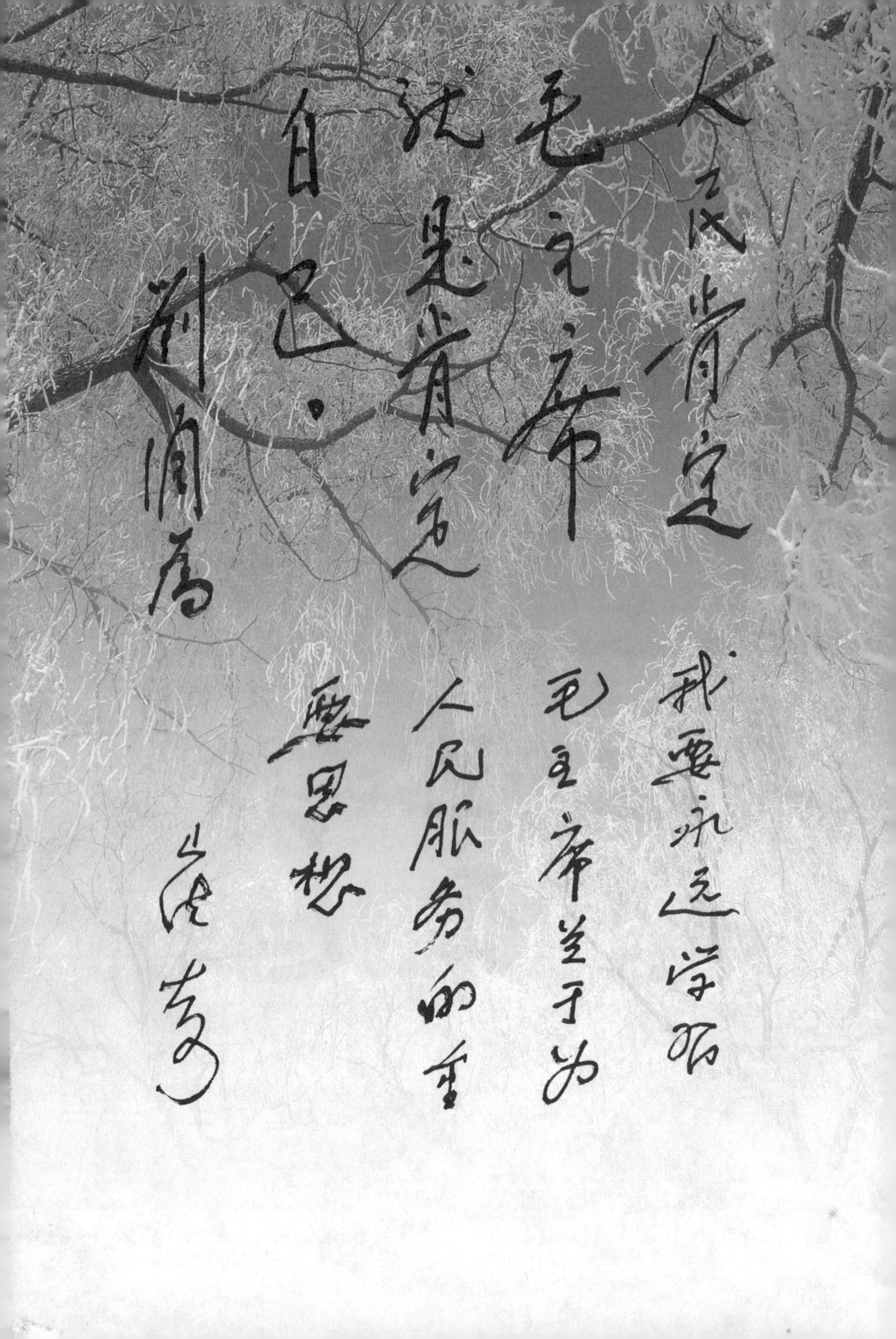

人民肯定
毛主席
就是肯定
自己.

刘涓庶

我要永远学习
毛主席生于为
人民服务的重
要思想

范文高

这是毛主席在延安与小八路亲切交谈。革命战争千辛万苦，靠的就是千百万年轻战士的浴血奋战。当年的小八路，如果没有倒在战场上，如今也当属耄耋老人了。他们能不怀念毛泽东吗！

毛主席在延安杨家岭与农民亲切交谈。毛泽东领导的中国革命，与中国广大的贫苦农民血肉相联。

1965年毛主席在天安门城楼上，参加首都各界声援越南人民抗美救国斗争大会。毛泽东思想沐浴下的中国人民，让美帝国主义发抖。

解放战争岁月，毛主席与战士们一起在行军途中。革命征程千难万险，他永远行进在革命队伍的行列中。

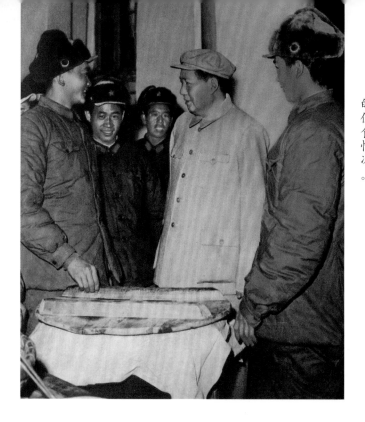

『我们的干部，要关心每一个战士』。他视察部队，亲自到厨房询问战士的伙食情况。毛主席最关心战士。

毛主席生前最关心农业，他认为农业是国民经济的基础，主张『以粮为纲，全面发展，因地制宜，适当集中』，指出水利是农业的命脉，倡导加强田间管理的『八字宪法』。毛主席领导了土地改革，又力促农业互助合作化、集体化。毛主席抓农业，心里总是装着亿万贫苦农民。

新疆和田有位老农民名叫库尔班·吐鲁木。1958年，他对村干部说，他有件心事，想骑着小毛驴去看望毛主席。库尔班说，毛主席是我们维吾尔族的大恩人。村干部对他说："毛主席远在北京，你骑着小毛驴恐怕不行。我们把你的想法反映给自治区领导吧。"

不久，事情有了回音。自治区要组团去北京参加国庆观礼，让库尔班一起去北京看毛主席。消息很快传遍了家家户户，大家都向库尔班老人祝贺。

库尔班老人被接到乌鲁木齐，登上了飞往北京的飞机。老人手里还拿着一个小布包，始终不肯放手，这是准备送给毛主席的葡萄干。坐在飞机上，库尔班看见蓝天白云缓缓地向后移动。他心急火燎地问旁边的人："飞机怎么这么慢，还没有我的毛驴跑得快？！"一句话，把大家都逗笑了。

1958年国庆节期间，毛主席和中央领导同志接见各地参加国庆观礼的代表。库尔班老人终于见到了毛主席，他紧紧握着毛主席的手，激动地对毛主席说："毛主席，您好，新疆人民都想念您！"毛主席嘱咐库尔班向新疆人民问好。

侯顺

2004. 12. 26.

毛主席心中时刻装着普通老百姓。这是建国初期他在武汉视察时，与市场上的小商贩亲切交谈，访察民情。

建国后毛主席非常重视文艺革命，力主"百花齐放，推陈出新"。这是20世纪60年代毛主席向现代芭蕾舞剧《白毛女》剧组祝贺演出成功。

　　1959年6月26日，毛主席来到了韶山学校。少先队员们手持鲜花，拉着主席的手，前呼后拥进了校门。孩子们不断地唱歌，使人听了充满信心和希望。毛主席走到排列整齐的少先队员队伍中，准备和孩子们合影留念。

　　这时，少先队员蒋含宇跑上前，给毛主席戴上了红领巾。毛主席高兴地说："我都六十岁多了，也当少先队员了。"引起了孩子们一片笑声。毛主席又对蒋含宇说："这个红领巾，我带回北京去喽！"又引起孩子们一片天真、可爱的笑声。在这一片欢笑声中，我拍下了这张可以使人听见笑声的照片。

侯波

2004.12.26.

　　新中国成立初期，很多科学家冒着危险，放弃国外的优越条件回到祖国参加建设。他们向往的不是金钱、不是地位，而是向往正义和光明，向往中国共产党和伟大的毛泽东。这是建国初期毛主席接见科学家。

　　1959年6月，毛主席回到韶山，到旧居附近的老邻居家做客攀谈，喝茶送烟。

　　这是毛主席和中央领导同志接见我国乒乓球队运动员和教练员。毛主席生前关心体育事业，号召增强人民体质。他倡导的"友谊第一，比赛第二"，成为新中国体育健儿的独特精神风范。毛主席用"小球"打"大球"的外交绝笔，也给中国乒乓球队注入了隽永的魅力。

　　"过去帝国主义侵略我们，大多是从海上来的。为了防御帝国主义的侵略，我们一定要建立一支强大的海军"。建国初期，毛主席视察海军舰队，与战士们倾心交谈。

这是建国初期毛主席在北京十三陵水库工地参加义务劳动。毛主席生前一直主张干部参加集体生产劳动。机关干部也要定期轮换，到基层参加集体劳动，不脱离第一线。他老人家为我们做出了光辉典范。

这是建国初期毛主席与一家小商店的售货员亲切攀谈，了解情况。

毛泽东是被压迫民族和被压迫人民的伟大导师，是反帝、反霸的英勇斗士。第三世界各国人民，怎能不向往毛泽东！看，热血沸腾的亚非拉青年把毛泽东紧紧簇拥在他们中间。

20世纪50—60年代，毛主席不辞辛劳走遍全国各地视察农村工作，力纠当时出现的"浮夸风"等不良现象，并通过《党内通信》敦促全党干部讲真话、办实事，认真调查研究。

毛主席呀，毛主席，我们日夜想念您。穷工人见到毛主席，千言万语说不尽。

每当我们战斗在炼钢炉前，就想起毛主席，你曾来到我们中间。你那谆谆的教导，就像那忭忭的炉火，温暖着我们的心坎。

　　这是毛主席视察农村时，与农民群众亲切交谈。乡亲们在主席身边无拘无束，畅所欲言。

　　毛主席走遍祖国大地。新中国成立后，毛主席走到哪里，哪里的干部群众就是一片欢呼、一片激昂、一片振奋。人们以能见到毛主席为莫大的幸福。

　　"中华儿女多奇志，不爱红装爱武装"。这是首都民兵与毛主席、周总理在一起。

　　游泳，是毛主席喜爱的一项运动，无论他走到哪里，他都要邀请当地的同志特别是年轻人，一起到附近的江河湖泊或水库游泳。会当水击三千里，胜似闲庭信步。

　　这是毛主席与韶山乡亲们亲切交谈。领袖和人民倾心交谈，真诚相见，水乳交融。

　　毛主席把自己毕生的精力和全部的智慧，贡献给了中国人民的解放事业，贡献给了被压迫民族、被压迫人民的解放事业。他没有为自己的子女、家人和亲戚谋取过任何特殊利益。他留下的，是取之不尽的精神财富，是闪光的智慧和不朽的风范。"有的人死了，他却永远活着"。毛主席永远活在人民心中。毛主席纪念堂，永远是矗立在人民心中的一座丰碑。

毛泽东传

1949—1976

WEI REN

★ 改变中国第一人　评述伟人第一书 ★

《伟人毛泽东》丛书

WEI REN MAO ZE DONG CONG SHU

毛泽东旗帜

网址：
www.maoflag.net

人民荟萃

　　抬头望见北斗星，心中想念毛泽东。"毛泽东旗帜"网站是在110余位老革命关怀和支持下，在110余位中青年知识分子的大力协助下，于毛主席诞辰110周年之际开通的。这个网站以宣传马列主义、毛泽东思想为宗旨，是新世纪学习毛泽东思想、毛泽东精神的重要阵地。在任何时候任何情况下，我们都要始终高举毛泽东思想的伟大旗帜。

向往毛泽东

（代序言）

卢之超

司马迁在《孔子世家》里称赞孔子说："高山仰止，景行行止。虽不能至，然心向往之。"从这里想起"向往"这个词。

向往，可能比纪念、崇敬等说法的意义更广泛、更积极一些。向往，意味着向往一个时代、一种信仰、一种前景。除了纪念和崇敬之外，还可以表示对毛泽东时代中国人民所创造的一切美好、光辉的事物及其发展前景的怀念和憧憬，对于毛泽东思想的科学理论和伟大实践的信仰和期盼，追寻和呼唤。

毛泽东领导中国人民打垮内外反动派，建立了新中国。他领导下的中国，虽然在开始的时候国家很落后，人民生活贫困，社会主义在发展中遇到不少内外阻力和挑战，充满种种困难和挫折、探索和失误，但那是一个方向正确、前途光明、意气风发、生气勃勃、成长向前、充满希望的社会主义中国。历史和经验让人们深切向往毛泽东。

人们所怀念和憧憬的，至少包括：没有官僚、买办、资本家作威作福，而是工人、农民、知识分子为主体的劳动人民政治上经济上文化上的主人翁地位；没有崇洋媚外、奴颜媚骨，而是不怕鬼、不信邪，为保卫国家的独立和尊严而战斗的昂扬斗志和民族自豪；没有为一己私利，尔虞我诈、互相倾轧，而是为革命、为人民，进行劳动和创造的奋斗精神和改天换地、奋发图强的建设激情；没有物欲横流、腐败蔓延、乌烟瘴气，而是平等、友爱、公正、廉明，全国上下同心同德、各族人民团结一致的政治氛围和社会风尚……

人们所期盼和追寻的，是认真学习毛泽东和毛泽东思想，全面回顾历史和总结历史经验，深刻研究、分析和理解毛泽东根据国内外经验作出的社会主义理论的新发展和在实践中的大胆探索，从而对我国社会主义的出路和发展道路能够有科学明晰的的认识……

人民所企望和呼唤的，是在中国的发展中，在寻找解决中国一系列深层次矛盾的出路中，在广大人民群众的创造性斗争中，把毛泽东开创的社会主义事业推向前进。有毛泽东和毛泽东思想的宝贵遗产，伟大的中华民族潜藏着无限的这种可能性。

仅仅怀念和向往是不够的。对于我们来说，对毛泽东最好的纪念和向往是学习他的理论，继承和发展他的理论和事业，学习着用他的思想观点和坚强毅力来观察和应对当前的各种问题。

注：太史公曰：诗有之：高山仰止，景行行止。虽不能至，然心向往之。余读孔氏书，想见其为人。适鲁，观仲尼庙堂车服礼器，诸生以时习礼其家，余祗回留之不能去云。天下君王至于贤人众矣，当时则荣，没则已焉。孔子布衣，传十余世，学者宗之。自天子王侯，中国言六艺者折中于夫子，可谓至圣矣！（《史记·孔子世家》）

目　录

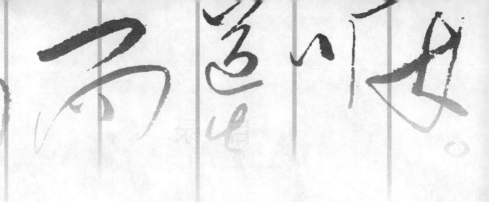

开 篇 语

　　波澜壮阔而曲折多艰的 20 世纪刚刚过去，历史的时针拨到了 21 世纪。伴随着毛泽东主席诞辰 110 周年和逝世 28 周年纪念日的到来，新世纪的"毛泽东热"大潮在中国共产党人和广大人民群众之中自发地涌动起来。

　　为真情纪念毛泽东主席诞辰 110 周年、逝世 28 周年，为确认"在任何时候任何情况下"都"始终高举毛泽东思想的伟大旗帜"，在一大批老革命家和一大批中青年学者学子的倡议和支持下，中国历史唯物主义学会"毛泽东人民历史观"课题组、"毛泽东旗帜"网站和北京大地微微文化研究所联合编纂了《向往毛泽东》一书。这本书对新世纪之初的第一波"毛泽东热"大潮，尝试做全景观而又集束化的历史纪录。

　　不少观察家指出，新世纪初的"毛泽东热"大潮，与 1993 年前后毛主席诞辰 100 周年时的"毛泽东热"有着若干或微或显的不同。

　　上一波"毛泽东热"，突出显现的是，在意识形态领域里对毛泽东多年妖魔化之后，广大青年学生、青年知识分子对毛泽东本来面目的"重新发现"。而新世纪初的"毛泽东热",是在西方的"全球化"与市场经济的大背景下,中国共产党人和广大人民群众对继承和发展毛泽东思想,更好地解决中国实际问题的深沉思索。

如果说上一波"毛泽东热"是知识青年"重新发现、寻找毛泽东"的一股清流,那么新世纪初的"毛泽东热"则是广大基层群众"深情向往、呼唤毛泽东"的大潮。

上一波"毛泽东热",主要表现为回忆、怀念毛泽东同志的有关书籍大量出版,对青年人的思想产生了巨大触动。而新世纪的"毛泽东热"大潮,不仅表现在众多高水准书刊与影视作品的出版与演播,还表现在新世纪的新兴媒体空间——国际互联网络上的热题互动,更表现为广见于群众之中虽非"轰轰烈烈"却日渐蒸腾的自发缅怀和向往活动。这种自发的缅怀和追思,这种向往和呼唤,为新世纪挥洒出一道亮丽的朝晖。

《向往毛泽东》以"向往"命题,意在体认人民纪念热潮的精蕴——既含缅怀,又含憧憬;既在追寻,又在呼唤;既有执著,又有求索;既重信仰,又重践行。《向往毛泽东》的主旨在于:努力宣示人民的认知、人民的情感、人民的意志,唤起社会共鸣,推动历史前进。

我们说"向往毛泽东",不是一种简单的纪念,不是庸俗的个人崇拜,更不是什么"怀旧",而是要认真地学习和研究毛泽东,要研究他怎样在那样复杂、艰苦的条件下把中国革命引向胜利，把中国建设成社会主义；要研究在今天的复杂斗争中如何运用毛泽东思想去把握未来。

如同列宁和毛泽东在 20 世纪回答和解决关于"世界资本主义和帝国主义的最新发展"、"无产阶级和被压迫人民的斗争任务"以及"在落后国家如何建设社会主义"等许多重大问题一样，现在也需要回答和解决新的历史条件下提出的一系列重大问题。

我们向往一类人物，就是以毛泽东为代表的革命者，革命英雄人物；我们向往一种理想，就是毛泽东所代表的社会主义、共产主义理想；我们向往一种社会，就是人人平等，没有剥削、没有压迫的共产主义社会；我们还向往一种精神，就是"一不怕苦、二不怕死"的革命精神，就是"毫不利己、专门利人"的献身精神，就是"把有限的生命投入到无限的为人民服务之中"的共产主义精神。

对于我们今天来说，"毛泽东"这三个字，已不仅仅是一个人的名字，它是民族的魂魄、时代的脉搏、理想的象征，他将赋予我们智慧、胸襟和勇气。这个"毛泽东"不仅属于过去，也属于现在，更代表未来。

努力前進

第一章

深蕴于大地厚土的

热

群众是真正的英雄。我们共产党人就好比种子，人民就好比土地。我们来到每一个地方，就要和那里的人民结合起来，在人民中间生根、开花。毛泽东波澜壮阔的一生，半个多世纪以来毛泽东带领中国共产党人英勇奋战的光辉历程，无时无刻不是在与人民相结合，无时无刻不是在人民中间生根开花。中国共产党人几十年来的奋斗历史，就是与人民群众水乳交融的历史，就是毛泽东思想的智慧之光与人民群众的英雄气概不断结合的完美史诗。

历史锻造了毛泽东，人民选择了毛泽东。如果历史无法改变，那么子子孙孙对于毛泽东的无限深情，就是用任何手段也抹不去的。

学者贾仕武在题为《二十一世纪人民解放的旗帜——纪念毛泽东诞辰110周年》一文的开首写下的一段话被人们广泛传抄和引用：

"人民不是在政治喧嚣、广告和化妆品的五颜六色里，而是在自己的心底，记着这个平凡的名字：毛泽东。毛泽东从农家的墙上、工人家庭照片的镜框、司机方向盘的旁边、知识分子的书桌,看着自己的党和国家,看着世界历史的起伏波澜,看着人民的苦难和欢乐、奋争和探索。"

诚哉如斯。在我们的国度里,面对新的世纪,毛泽东情结难以割舍,人们用不同的方式表达着对伟大人民领袖的爱戴与向往。我们置身于思念的海洋,我们捕捉到的每一刻感动、每一曲心声、每一行泪水,都只是人民无尽怀念的浩瀚大海中清澈的一滴。

农民自发修建毛主席纪念室,寄托无限情思

共产党人只有植根于人民的大地厚土里才能茁壮成长、常青不衰。毛泽东正是这样一位真正的共产党人。新世纪的"毛泽东热"大潮,蓄之已久、奔腾涌起。在"毛泽东旗帜"网站举办的"纪念毛主席逝世28周年"大会上,原任中共中央组织部部长、现任全国党建研究会会长的张全景同志一席讲话,让我们深深地感觉到这股热流。

张全景同志说他退居二线后在全国各地调研过程中,看到一种现象,广大群众无限热爱毛主席,热爱毛泽东思想,无限崇敬毛主席的伟大品格。很多农户至今还悬挂着毛主席的画像。2003年他去河南驻马店,当地同志告诉他,新蔡县有一农户的墙上长期挂着毛主席画像,大约有二三十年了。当要翻修房子暂时把画像揭下来时,墙上却留下了毛主席画像的清晰轮廓。户主

以为吉祥，就把房子从外面加固，把主席映像保留下来了。这事传开了，很多人去看，有当地的，也有外省的。他的家，俨然成为群众的纪念场所。户主人说毛主席爱抽烟，他每天点几支烟放在毛主席像前。

谁都明白，中国共产党人和广大人民群众对毛主席的怀念并不是旧时代的迷信，而是对毛主席等老一辈无产阶级革命家所开创的革命事业的深切认同与向往，对"非毛化"思潮自觉的抵制与唾弃。

北京有毛主席纪念堂，然而在全国各地尤其是农村，人民群众自发兴建的毛主席纪念室不胜枚举。近几年，各地农村自发建设毛主席纪念室蔚然成风。据报道，仅在河北邯郸市的7个县中，就有至少10个很有影响的毛主席纪念室。建设纪念室有的是农民个人自费，有的是多户集资，有的是村集体出资。当地群众以纪念室为载体，开展各种形式的纪念以及教育活动。

位于成安县道东堡村的毛主席纪念室，是河北南部农村第一个毛主席纪念室。1959年9月24日，毛主席曾到这个村视察棉花生产。1966年，当地县乡干部和群众集资修建了毛主席纪念室。近年来，他们又加以装修翻新。

"我亲眼看见过毛主席，对他老人家十分敬仰，村里建这个纪念室时我还捐了资金。"道东堡村老党员刘生说，"村里有76名党员，自1966年以来，每个季度都要在毛主席纪念室组织一次党员活动；新入党的党员都要来主席像前宣誓；中小学生每学期都轮流到这里举行活动，年轻一代受到了革命传统教育。平常日子，每天都有本村和周边村的农民三五成群来瞻仰主席像。每年建党纪念日、建军节、国庆节以及毛主席的生日、忌日，村民都要到纪念室举行纪念活动，还请来秧歌队、京戏团，在纪念室外唱上几天。"

道东堡村去年刚入党的张平安说："自从修建毛主席纪念室以来，历任村干部都注意学习毛泽东思想，保持了艰苦朴素的作风，村里干群关系好，年年被县里评为红旗村。我虽然没有经历过毛泽东时代，但对那时保留下来的'为人民服务'的宗旨是理解很深的，一见到毛主席像这种感觉就更强烈，建毛主席纪念室的意义就在于激励年轻一代保持这种好的传统。"

继道东堡村毛主席纪念室之后，近年来河北南部农村陆续建起不少毛主席纪念室。肥乡县毛演堡乡孔寨村的毛主席纪念室，是两间普通平房，房顶插着红旗。走进室内，迎面是一米多高的毛主席坐姿白石膏像，塑像披着五星红旗，两侧分别摆放着周恩来和朱德的画像。

大名县西店村的毛主席纪念室坐落在一个院子里，纪念室的主体是高约4米、长约10米的大型建筑。走进纪念室，高约3米、用金色漆身的毛主席塑像看上去十分威严，室内还有周恩来、刘少奇、朱德的塑像。

邯郸县东小屯村委会副主任孙树梅说:"我们建毛主席纪念室是为了树立干部在群众中的形象。当时前任村主任因腐败问题犯了罪,村民们给新班子提议建个毛主席纪念室,以便用毛主席倡导的艰苦奋斗精神时时教育干部,村委会采纳了这个建议。按村民的意愿建了纪念室,也就等于村干部向村民作出了承诺。"村民王三虎说:"现在看来,干部们还真跟以前不一样了,把村集体的钱修了路、办了厂,再也不往自己腰包里塞了。"

邯郸县河东村2003年春天塑了一座毛主席像。村支书白虎林说:"今年初胡锦涛总书记在西柏坡发表了坚持'两个务必'的讲话后,村民们提出塑个毛主席像,说这样可以让干部时时记着毛主席说的艰苦奋斗的话。现在,我们当干部的一看到毛主席像,就想到了艰苦奋斗,私心杂念就少了。干部带头,村民们的向心力自然就增加了,工作也好干了。"

邯郸市涉县东巷村,人民群众为了表达对毛主席的深情厚意,也专门塑了一座高大的毛主席像,并且派民兵24小时站岗。东巷村坚持走毛主席指引的集体经济道路,经济发展很快,群众收入高福利多,住房是集体公寓,孩子上学不要钱,老年人享受劳保。

邯郸市委副秘书长杨怀斌说:"修建毛主席纪念室,一方面反映了农民对毛主席的朴素感情,另一方面,人们借助学习毛泽东思想来反腐败、警惕'糖衣炮弹'的攻击。"他的话,道出了新世纪人民向往毛泽东的真谛。

群众自办展览，宣传毛泽东思想

除了自发建立毛主席纪念室之外，自办展览也是各地群众纪念毛主席所采用的普遍形式。2003年12月，7名鞍钢老职工自发地举办展览。他们拿出自己珍藏多年的1500多件展品，包括和毛泽东有关的画报、像章、邮票、报纸、火花、粮票、书刊、泥塑等，开展3个小时就已经有700多名工人前来参观，有些工人看着看着不禁潸然泪下，因为展览激起了他们对那个火红年代的回忆。

古城咸阳秦都区一名退休老教师自办毛泽东著作图片展，让全村4000村民参观学习。今年72岁的冯强文是秦都区渭滨镇两寺渡村人，退休前在陕北和咸阳多所学校担任校长。1954年师范毕业后，他就开始收集毛泽东的语录、诗词、像章、照片、剪报。在毛泽东诞辰110周年纪念日到来前夕，他有感于少年儿童及部分群众对毛泽东革命生平业绩的陌生，觉得今天的幸福生活离不开毛泽东的历史贡献，自己有责任让他们增加对毛泽东的了解，就在村中大剧场的一间房子里，精心挑选了110多本毛泽东语录、原著、诗词、书法，400多幅照片，40多枚像章，经过精心设计，办起了毛泽东著作图片展。冯强文亲自向前来参观的小学生进行讲解。

江苏阜宁县吴滩镇通阳村一位农民自费举办毛泽东图片资料

展，全村 300 多男女老少争相观看。自办这次特别图展的是 71 岁的老人、共产党员戴元美。他从自费订阅几十年并保存完好的《人民日报》、《中国老年报》等报刊上，剪辑有关毛主席丰功伟绩的图片和文字，并走村串户搜集购买毛主席像章、语录本等办展资料。他筹措 2100 多元钱，先后辗转南京、徐州、韶山、延安等地，追溯伟人足迹，购买、抄记了毛主席生平业绩资料 28 本 500 多万字，还购买了"三大战役"全套挂图。他还搜集了毛主席像章 110 多枚、语录 110 多本，不同年代伟人画像 1100 多幅，精编有关资料 11 万字。为使图像资料和广大群众见面，他请木工赶制图版 110 块。按照伟人业绩时序，分"中国出了大救星"、"戎马生涯毛泽东"、"人民永远怀念您"、"同心同德铸辉煌"等 8 大部分展出。戴元美还把制作的 110 块图版，用船载、车推或用扁担挑着在全县巡展，到学校、军营、农村展出 210 场，观众达 10 多万人次。

　　石家庄市于底村的退休老干部、共产党员刘贵辰，十几年如一日自发地宣传毛泽东思想。虽已年愈古稀，但刘贵辰仍挺着瘦弱的身躯，在群众中宣传毛泽东和毛泽东思想。他骑着一辆旧三轮车，车上一面悬挂着毛主席的画像，另一面是有关的展示材料，从远离市区十几公里外的农村艰难地骑到市中心的广场、公园、街道、宿舍区，每到一处都吸引许多群众驻足观看展览。他指着毛主席的画像赞颂毛主席的丰功伟绩，又指着其它材料驳斥"非毛化"的歪理邪说，不时博得人们的赞许声。

1955 年，22 岁的刘贵辰刚刚初中毕业，积极响应党中央支援边远地区的号召，到离开家乡几千里之外的青海省果洛藏族自治州工作。他先到州财经学校学习，1956 年入党，1958 年毕业后，相继担任财务、计划、统计工作。刘贵辰从小热爱毛主席，从上世纪 50 年代起就开始收集有关毛主席的书籍、报刊、图片等资料。他的老伴没有工作，家庭生活不宽裕，但他克勤克俭，在 1992 年以后用 2 万多元钱收购毛主席像章、塑像等 1.4 万多枚（尊）。1992 年 12 月，他在青海省果洛藏族自治州邮局举办纪念毛主席诞辰 99 周年展览，展览期间还为韶山毛主席百年诞辰纪念工程募捐。1993 年 12 月他参加果洛藏族自治州举办的毛主席百年诞辰纪念展览。他退休回到石家庄市郊于底村后，以"毛主席纪念品收藏户"的名义，因陋就简办起了家庭展览，随时接待群众参观；还经常骑三轮车到市区和周围各县的集市庙会展览、收购纪念品。

近几年，刘贵辰又和石家庄市另一位共产党员朱加保一起，大力宣传坚持社会主义道路的先进典型——南街村的事迹。他因为生活艰苦，外出办展常常只吃自带的干粮，有时骑车劳累竟晕倒过去。青海果洛州、河北省、石家庄市的电视台，《经济日报》、石家庄市《燕赵晚报》《收藏报》等都报道过他的事迹。刘贵辰不仅收藏毛主席纪念品，而且热烈宣传毛泽东思想，批判私有化。他将报纸上鼓吹私有化的文章复印下来，加上严厉的批判词宣讲。他家大门口的对联是"反对资本主义全球化奴役，争取社会主义全球化世纪"，横批是"全世界无产者联合起来"。

石家庄市国棉一厂老劳模朱加保是共和国的第一代产业工人，出于对伟大领袖毛主席的敬仰，退休后，第一件事就是自费到韶山参加毛主席百年诞辰的纪念活动。回来后，他在韶山市委和石家庄市委的支持下，在石家庄第一工人文化宫前的边道上，自费举办了"毛主席百周年韶山纪念活动侧影公展"，受到人民群众的热烈欢迎。此后，朱加保每年9月9日和12月26日都自费举办纪念毛主席的展览。2001年"七一"前后，他还举行了纪念建党80周年的展览。

他说，他只是尽了一个普通党员的义务，宣传党的指导思想——马列主义、毛泽东思想，做了一件对得起人民和子孙后代的事。

他的行动得到人民群众的极大支持，几乎每一次活动，都有人主动为他提供帮助，有的还来到他筹备展览的地方帮他做具体的准备工作，每天展览结束，还有群众主动帮助他回收展版——可以说，朱加保纪念毛主席的展览赢得了群众的心。这深刻说明："毛泽东热"有着深厚的社会基础。

朱加保宣传毛主席和毛泽东思想的活动，产生了很好的社会效果，也受到了一些离退休的老领导老同志和有关领导的肯定和支持。《河北日报》、《河北工人报》、《燕赵都市报》、《生活早报》《石家庄日报》、河北电视台、石家庄电视台等新闻媒体都多次给予报道。

为了更深刻地领会毛泽东同志的正确路线，为了收集更为完备的有关毛主席各个时期的活动资料，为了收集全国各地在毛泽东思想指引下发生的巨大变化的数据，朱加保自备食宿，一个人骑着自行车，长驱上万公里，到过许多革命圣地和坚持共同致富的农村参观、考察和收集资料。

每到一地，不管对方是什么身份，只要一听说朱加保是举办纪念毛主席展览的老工人，都像亲人一样主动给他提供帮助。这使他坚信，毛主席的思想深入人心，热爱毛主席的人"朋友遍天下"。

朱加保2001年"七一"办纪念中国共产党诞辰80周年展览的时候，就有领导问他："明年5月23日是毛主席《在延安文艺座谈会上的讲话》发表60周年，你怎样打算呢？"就为了这句话，朱加保省吃俭用，准备买一台投影机，把从前一直搞的图片为主的展览改加声像展览。2002年5月，他花了1万多元买了一台投影机。经过调试后，他从5月份起，就开始了用声像的形式纪念《在延安文艺座谈会上的讲话》发表60周年的活动。同样还是在"棉一"的小公园里搞展览，只不过用放映有关《讲话》精神的纪录片代替了原有的图片展览，时间从白天换到了晚上，但来看展览的人还是一样多，人们的心还是像燃烧的火焰一样充满激情，许多人都为能再次看到有关《讲话》精神的纪录片而感到激动。

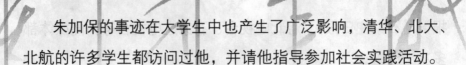

朱加保的事迹在大学生中也产生了广泛影响，清华、北大、北航的许多学生都访问过他，并请他指导参加社会实践活动。

收藏、展览毛主席像章和著作，传承、宣传伟人风范

收藏毛主席像章是民间"毛泽东热潮"中又一道亮丽的风景线。

家住成都市五福街23号的王安廷老人在毛泽东同志诞辰110周年纪念日到来前夕，决定将他珍藏的毛泽东像章无偿捐献给博物馆。王安廷老人自1951年开始收藏毛泽东像章及毛泽东诗集、文选等，目前共保存有5万多枚、计1万5千多个品种的毛泽东像章及2吨多重的毛泽东诗集、文选等藏品。老人于1989年开始利用自己的小屋创办了毛泽东像章家庭收藏博物馆——"王安廷小小展览馆"。从此，老人的家成了远近闻名的毛泽东思想教育基地。所谓的"展览馆"不过是老人的一间破旧、低矮的不足20平方米的木棚屋，屋内的光线很差，所有的空间都被老人的藏品占得满满当当，还有不少藏品因为无处可放而被常年压在箱底。王安廷的小小展览馆开办以来，已吸引了数万名热爱毛主席的国内外人士到此参观，其中包括世界上60多个国家的外国朋友。王老之所以要收藏这么多毛主席纪念品，就是为了能够留给下一代一些宝贵的东西，使他们能够从这些文物中学习到毛主席当年的革命精神。

在毛泽东当年创建的革命圣地井冈山，72岁高龄的杨焕明

老人在 50 年间，收集了 2 万多枚毛泽东像章，吸引了上百万观众前来参观。早在 1950 年，杨焕明就报名参加抗美援朝志愿军，在部队先后两次立功并七次受到嘉奖，终于获得了一枚中央机关颁发的慰问抗美援朝志愿军、有毛泽东头像的纪念章。从此，收藏毛泽东像章成了杨焕明最大的爱好和追求。心中的太阳永不落，为表达对伟大领袖毛泽东的无限深情，教育后代，杨焕明从 1993 年开始在家中办起了毛泽东像章展览。在毛泽东诞辰 110 周年之际，来自全国各地的干部、学生和群众更是纷纷慕名上门，至今十年的观众总人次已超过 100 万。

说起陕西省人大代表、省劳动模范、陕西省步长集团董事长赵步长，尽人皆知其以制药闻名，对他收藏毛主席像章知道的人却不多。他于 1993 年开始收藏，并于 1998 年 4 月在咸阳成功地展出了一次，参观者愈万人。为了收集和整理像章，赵步长已经投入几百万元，专门腾出两层办公楼来收藏和整理像章。为了使收藏更有意义，赵步长的像章收藏馆精选出 6 万余枚像章拼贴成文字和图案，他把像章按时期分类，展览共分为中国革命史、毛泽东思想、西部大开发等 8 部分。

收藏毛主席像章，真可谓"八仙过海，各显神通"。转业军人杨勇辉 20 多年间，收集 3 万余枚毛主席像章。2000 年，杨勇辉带着几枚像章第一次参加第三届全国像章展评活动，就有两枚像章获"十佳"金奖。

何敏是国防科大从事毛泽东思想概论和中国近代史教学与研究的教授，大学本科和研究生期间学的都是历史专业。紧张工作之余，他对收藏毛泽东像章和"文革"纪念品情有独钟。十几年来，他日积月累，收藏了各式各样包含２０多种材质的１万多枚精美的毛泽东像章。何敏教授长期从事毛泽东思想概论等课程的教学与研究，他的收藏无疑结合了自己的专业，他观察问题、分析问题自然就多了一份历史的厚重。课堂内外，在和学员们的交流中，他也把自己的收藏和理解介绍给大家，加深了大家对毛泽东和我党历史的进一步了解和认识。

要是论数量，广西藤县霍柱林收藏毛泽东像章算是数量较多的，已超过６万枚，而且品种齐全，令人叹为观止。据霍柱林介绍，他收藏的毛泽东像章发行的时间跨度从上世纪40年代到90年代，像章所反映的内容从纪念毛泽东1921年在韶山，到1993年纪念毛泽东诞辰100周年。

热爱毛主席的收藏家不仅仅收藏像章。今年65岁的阎凤岐被河南洛阳市收藏界同行誉为"红色收藏家"。之所以获如此美誉，是因为他专门收藏各种有关毛泽东的纪念品。他已经收藏了毛泽东诗词、书法作品集500多册，收藏毛泽东画像500多幅，收藏有关毛泽东的各类资料上万件。走进他家三居室房间，墙上贴的、桌上摆的、地上放的，全都是毛主席画像和纪念品。只要说到毛主席，他就会情不自禁，滔滔不绝，红色情结已经融入到他的血液之中。

2001年3月，新疆洛浦县布雅乡70岁的维族农民阿布拉洪将珍藏了30多年的1万张毛主席的照片，一半送给乡里党员，一半献给县上的中小学生爱国主义教育基地。他要用怀念毛主席的方式向下一代播洒爱国主义的火种。

还有的同志专门收藏《毛选》。河南郑州的杨翔飞对毛泽东的著作情有独钟，他跑遍全国20多个省市，行程10余万公里，历时8年，收购各种中外文版本的"毛选"2500余册，其中包括目前全国最早的1944年《毛泽东选集》，被传媒称为"中国民间收藏《毛选》第一人"。杨翔飞收藏的世界各国出版的、不同版本的毛主席著作尤其引人注目。在杨翔飞收集的2500多册毛著中，经上网查询，竟有200余册在国内馆藏革命历史文献中未见列入，有的已成为孤本。有趣的是，当年为了让毛主席著作在敌占区出版发行，单行本《论联合政府》用的书名竟是《婴儿保护法》；《将革命进行到底》一书用的封面是《谈婚姻道德》；书名为《孙中山先生论地方自治》里面却刊登着1945年苏联对日宣战后毛泽东发表的重要声明。杨翔飞还收藏了1937年吴玉章在巴黎主编《救国时报》时出版的《毛泽东言论集》中文本、1938年上海战时读物编译社出版的《毛泽东抗战言论集》等一大批毛泽东早期著作珍稀版本。

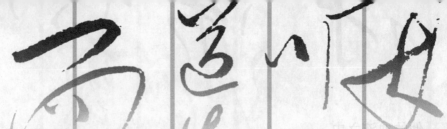

艺术作品层出不穷，神州万里同心缅怀

　　至于说到个人以文艺形式纪念毛主席的事例则更是缤纷夺目。山东联合大学学生、今年22岁的王涛从小酷爱剪纸艺术。1998年，王涛开始用剪纸这一艺术形式表现伟人毛泽东的光辉形象。他经常利用课余时间到图书馆、文化市场和互联网上查阅毛泽东同志的资料和图片，还多次前往北京毛主席纪念堂瞻仰毛主席遗容。经过长时间的构思和创作，王涛终于在毛泽东同志诞辰110周年前夕，完成了毛泽东题材的剪纸系列作品110幅，其中伟人头像100幅、全身像10幅。这些精雕细刻的剪纸作品再现了毛泽东同志一生不同时期的音容笑貌，展出后受到艺术专家和群众的热烈称赞。110幅反映毛泽东同志一生不同时期形象的剪纸作品，凝聚了王涛对伟人的真挚感情。2003年12月23日，王涛在济南举办"纪念毛泽东诞辰110周年剪纸艺术展"，表达对伟人的深情缅怀。

　　无独有偶，吉林一位七旬老人亲自剪制60幅剪纸怀念领袖毛主席，并将其装裱成册。打开图册的扉页，便可看到陈国章老人书写的10个字："历史的回忆，珍贵的收藏"。陈国章今年71岁，退休之前在吉林市丰满区文化馆从事美术工作，1995年被联合国教科文组织和中国民间文艺家协会授予"民间工艺美术家"称号。老人说，由于工作的关系，这本图册中有一半的作品

是从上世纪 70 年代初期开始一点点剪制的。为纪念毛主席诞辰 110 周年，老人又用了 3 个月左右的时间剪裁了 30 幅主席头像。

2003 年 12 月 20 日，年仅 21 岁的湖南科技大学学生程蓉，在市博物馆举办"纪念毛主席诞辰 110 周年个人书画作品展"，引起轰动。程蓉的书法作品扎根于传统，功力浑厚，横跨面较大，篆、隶、真、草、行都有涉及，妩媚中透出女性少有的阳刚之气。一幅以毛主席诗词为内容的书法作品吸引了不少观众的眼球，作品发扬了毛泽东书法大气磅礴的气势和气度，又掺进了作者独特的个性。程蓉说，这批以毛主席诗词为内容的书法作品是专门为纪念毛主席诞辰 110 周年而创作的。

有一位湖南湘西苗族诗人、作家杨家吉，为毛泽东同志诞辰 110 年特作长诗一首——《憧憬最美是那东方红》。全诗豪情万丈、一气呵成，展现了一代伟人为建立人民新中国创立的丰功伟绩，表达了苗族人民对毛泽东的敬仰和热爱之情。杨家吉出生湘西农民家庭，现在湖南泸溪县人民政府工作。他于 1996 年当兵，后毕业于中央民族大学。作为湖南苗家人民自己培育的诗人和作家，他把目光和深情的笔触更多地集中在家乡人民。他曾参与大型革命历史题材电视剧《贺龙姐弟》的编剧。近年来，他更是潜心诗歌的创作，其作品经常发表在全国大型文艺期刊和报刊，著名诗人臧克家曾为他的诗集和专著题词。为完成《憧憬最美是那东方红》诗作，他几次登岳麓山、上爱晚亭、下橘子洲头、看第一师范，寻找创作最佳灵感。《憧憬最美是那东方红》长诗全长约1500字，概括了毛泽东同志光辉的一生。

祁念曾，这位毕业于北京大学中文系的关中汉子，出版过多部诗集，以抒发革命激情著称。他的延安情结孕育了他的延安系列诗。《延安松》是他继1987年的《枣园咏怀》、1991年的《延安，我把你追寻》之后，为纪念毛主席诞辰110周年而用"信天游"格调写的一首420行长诗。这首诗生动描绘了毛主席与陕北人民之间的鱼水深情。在陕北人民心中，毛主席是救星、恩人，也是顶天立地的英雄：

"毛泽东，毛泽东，三伏的雨，行船的风。不落的红太阳，指路的长明灯。……啊！山更青，水更美，花更红，松更翠……毛主席来到松树坪，红光满面笑微微！人说蓝天万丈高，毛主席比蓝天高几倍！人说红日照大地，毛主席比红日更光辉！……苦水里泡大的穷长工，如今见到了大救星。要做一棵不老松，永远跟你闹革命。要做一滴延河水，奔流到海不复回！"

在祁念曾笔下，"延安松"就象征着陕北人民：

"毛主席啊毛主席，延安儿女怀念你！把青松献给纪念堂，延安人永在你身旁。……青松来自延河畔，自幼就受阳光照。毛主席辛勤洒雨露，烈士的鲜血把它浇。……巍巍青松像哨兵，苍翠挺拔向阳笑。日夜守卫纪念堂，风吹雨打不动摇。……毛主席开辟革命路，自有亿万后来人。蓝天白云来作证，永做一棵延安松！"

用马列主义办好国企，"毛主席"到厂看望工人

　　山东青州卷烟厂的工人总是这样幸运，总是喜事不断。这不，2003年9月17日下午3时许，正在紧张工作的职工们又遇到了意外惊喜，"伟大领袖毛主席"在厂长蔚严春的陪同下，到车间看望工人来了。"主席"身材伟岸，正是壮年时期，看上去也就是四十来岁的样子，身着略带绿色的灰色中山装、黑皮鞋，神采奕奕，面容亲切慈祥，步伐矫健，与工人同志们亲切握手。

　　工人们顿时欢呼雀跃，有的惊讶，有的喜不自禁，有的飞跑过来握手照相。有几位外单位领导来厂办事，听说此事，也跑进车间，一睹"毛主席"的丰彩。因人数太多，只好分成两批合影留念。照了相的，都感到非常幸福。工人们奔走相告，争先恐后跑来，出现了极为动人的一幕幕场景。

　　这位看上去与毛主席形同一人、举手投足、言谈举止、说话抽烟都像极了的"毛主席"，就是中国第三届金牌形象大使大赛全国总决赛特别奖获得者、著名特型演员王翰文。

　　王翰文是西安市咸阳人，曾在多部电视电影中扮演青壮年时期的毛泽东，深得观众好评和影视界认可。他与蔚严春厂长的相识相交，可以说是偶然中的必然:一个是毛泽东思想的忠实实践

者并在运用中取得了巨大成功；一个是毛泽东的特型演员，演得惟妙惟肖。两个人都是毛泽东的崇拜者，一见之下，真是如遇知己，大有相见恨晚之感。说起来，还是电视牵的线呢。

有一天，王翰文在家中看电视，突然发现画面上的一间办公室里出现了毛泽东同志的标准像，他心头一热，心想，现在哪位领导办公室还挂主席的像呢？聚精会神看下去，才知道是香港凤凰卫视正在播放山东青州卷烟厂党委书记、厂长蔚严春的专题片《"蔚马列"的故事》。蔚严春厂长对毛主席有深厚感情，对毛泽东思想的学习和运用颇有成就。他实行马列治厂，把一个濒临崩溃的企业治理成欣欣向荣的企业，创造了国企改革的一整套崭新的成功经验。

看完电视，王翰文心中久久难以平静。他对于蔚严春的学习精神、理论水平和工作业绩及人品非常敬佩，提笔给蔚严春厂长写了一封信，表达了他的敬仰之情。蔚厂长看过这封信，也非常高兴，摸出手机拨通了王翰文在信上写明的电话号码。接电话的正是王翰文，交流起对于伟大领袖毛主席的深厚感情、毛泽东思想的巨大威力，两个人谈得十分投机，一连谈了二十多分钟。蔚厂长热情邀请王翰文到青州卷烟厂做客，并指示厂办公室给王翰文寄去卷烟厂的各种资料，以及蔚厂长的专访光盘。

这次，王翰文是作为青州卷烟厂的形象大使来的。在青州卷烟厂职工餐厅，只见"毛主席"满面笑容走了进来。"毛主席"走到话筒前，用浓重的湖南口音向大家问好，并且说："青州卷烟厂有个蔚马列，用马列主义治厂，了不起呀！"全场响起热烈的掌声和欢呼声。

不失英雄本色的周家庄乡

位于石家庄市以东50公里的晋州市周家庄乡，下辖6个自然村，10个生产队，12599人，19个党支部，482名党员。几十年来，在老书记雷金河同志带领下，认定毛主席指引的方向，坚持走集体经营、共同富裕的道路，艰苦创业，使该乡经济得到较快发展，群众生活得到较大改善，精神文明建设取得明显成效，呈现出社会主义新农村的崭新面貌。改革开放前，周家庄乡就是闻名全国的老典型；改革开放后，仍不失其英雄本色。

该乡最突出的特点是：

(一)实事求是的管理体制。周家庄乡的历史是一部实事求是的创业史、发展史。周家庄德高望重的老书记雷金河同志1943年参加革命，1944年加入中国共产党，领导了周家庄抗日游击战、地道战和土改运动。建国后，他积极带领群众走合作化的道路。1950年3月周家庄组织了全县第一个互助组，1951年办起了初级合作社，1953年初级社扩建成大型农业合作社。1961年中央提出"三级所有、队为基础"之后，支部书记雷金河代表全社群众致信周恩来总理，反映本地两级所有效果很好，要求继续坚持以公社为核算单位。周总理委托彭真同志了解周家庄情况，彭真同志听了雷金河同志的汇报后，肯定了周家庄从实际出发实行两级所有、以公社为核算单位的管理办法，并表扬雷金河说，如果全国有三分之一的支书像你这样实事求是，全国就刮不了"五风"了。1982年推行农村家庭联产承包责任制时，周家庄乡按照中央关于因地制宜、不搞一刀切的精神，尊重群众意愿，继续坚持了集体经营、统一核算。这种以乡为基本核算单位的经营管理体制，在今日全国农村是独树一帜、绝无仅有的。

周家庄乡自1955年成立"六村高级联社"以来，虽几经变革，但集体经营的体制一直沿续至今。目前，全乡集体经济占75%，非公有制经济占25%。集体经济中，工业占80%，农业占10%，服务业占10%。上世纪90年代后，他们大胆改革，不断探索新形势下适合本乡特点的管理模式，完善了一系列的配套管理机制，既坚持集体经营，又避免吃大锅饭，极大地调动了干部群众的积极性。

周家庄乡大力发展农村集体经济，乡办企业规模不断扩大，农、林、牧、工全面发展。农业方面，充分利用集体经营的优势，根据劳动力的特长进行专业化分工。全乡14000多亩土地的耕种、管理和收获全部实现机械化。

(二)廉洁勤奋的领导班子。周家庄乡组织机构设党委、政府、农工商合作社。乡党委统领全乡各项工作，确保党在农村各项方针政策的贯彻执行。乡政府改变直接管理各经济实体的做法，将其职能转变到宏观调控、社会管理和公共服务上来。乡农工商合作社统管全乡的经济。走进周家庄乡简朴而整洁的办公大院，令人不禁想起记忆中才有的乡村公社，古老的建筑墙壁上还有令人熟稔的毛主席语录写在上面，而鲜红整洁的道道标语横幅上，也都是"坚持两个务必"、"坚持发展集体经济"一类激越人心的宣示。

全乡脱产干部12人，农民干部、职工23人，包括炊事员、司机等。脱产干部12人，与全乡总人口比例为1000:1，加农民干部职工共35人，群众与干部的比例为360:1，而与该乡人口相当的其他乡镇，乡干部一般是50—60人，群众与干部的比例为230:1。仅人头费一项，周家庄每年就比其他乡镇少开支40至50万元，最大限度地减少了干部数量。

周家庄乡领导班子成员牢记毛主席提出的"全心全意为人民服务"的宗旨，乡村干部始终保持廉洁勤政的好作风，切实做到"政治上是非分明"、"组织上严肃认真"、"经济上清清白白"。老书记雷金河几十年如一日，带领干部群众艰苦奋斗，勤俭节约，不乱花集体一分钱，直到2001年底去世前，从来没用公款喝过一次酒、吃过一顿饭。对上级或外地来人，有两种接待方式，一是给客人买饭票在食堂就餐；二是为哪项工作来的，由分管哪项工作的人招待，但不能报销。即使招待，也是每人两馍一粥、一碟小菜（后来改成了一律饺子），即使是省委书记来了，也是一样的待遇。

新一届乡党委书记雷宗奎继承和发扬老一辈的光荣传统，严格执行各项制度，从不破例，乡招待费是零支出。这个乡的乡干部中不脱产的农民干部比重大，占乡干部总数的65%。该乡始终坚持干部参加劳动制度，乡级干部每年至少参加集体劳动一个月，村和企业干部到一线劳动每年不少于3个月。乡村干部的报酬与乡队经济效益挂钩，和农民、工人一样定额计算。乡干部的工资平均低于一线工人的工资。乡里的制度是铁的制度，决不是印在纸上、贴在墙上、装装样子，而是要认真执行的。对违章越轨者，一律照章处罚。邪气压下去，正气升上来。干部在群众中有较高的威信和号召力。

(三)文明进步的社会风气。周家庄乡大力加强党的建设、精神文明建设，积极发展公益事业。全乡19个企业、农业作业队党支部，始终坚持"三会一课"制度，定期组织党员、干部和群众学习理论和党在农村的方针政策，干部群众的觉悟普遍较高。

农村实行改革开放后，面对外部世界各种新潮思想的影响，乡党委书记亲自把20多位作家、记者、诗人请来，编写了介绍周家庄革命历史和先进人物事迹的《乡歌》、《周家庄春秋》、《平原花朵》《新人列传》等四部书，作为乡土教材，对全乡干部群众进行教育。全乡以党团员、民兵、青年为骨干，建立了235个共有2650多人参加的读书学习小组，认真开展读书活动，深入学习马列主义、毛泽东思想，学习乡史。上述活动像绵绵细雨滋润了周

家庄人；爱集体、爱国家、走社会主义道路在这里成为共同理想。

集体经济的发展壮大，使该乡有能力加大对公益事业的投入。乡里建有农民文化宫和游泳池，文化宫内设图书阅览室、游艺室、放映室；6所小学、1所初中全部楼房化；全乡主要街道及村间道路实现了路灯照明；主要街道全部改造为水泥路面并绿化。宅基地由乡统一规划管理，村民建房实行个人购料，集体免费承建，现在家家户户住上了两层楼房，群众的居住环境和生活环境大大改善，被誉为"城市化的乡村"。由于该乡集体经济发展好，各种税费由乡统一缴纳，干部无催交税费之苦，群众无负担过重之怨。全乡群众统一享受老年人养老津贴、中小学生免交学杂费、无偿供应自来水、就医补助等10项福利，村民"少有所学，老有所养，病有所医"，无后顾之忧，干群关系非常融洽。该乡先后荣获"中国乡镇之星"、"亿万农民健身活动先进乡镇"、"村镇建设文明村庄"、"全国计划生育先进单位"等荣誉称号；多年以来，一直是省委、省政府命名的"文明乡"，乡党委连续多年被省委命名为"先进基层党组织"。

在毛主席诞辰110周年纪念日前夕，一座高大的毛主席塑像在农民文化宫院内落成。高高耸立的毛主席像，是周庄人心中的主心骨。如今的周家庄，到处凝聚着向心力和战斗力，周庄人内心充满了欣慰和希望，因为周家庄有了新一代年轻而充满活力的领导集体。

各种形式的聚会活动纪念老人家，千言万语说不尽

各地群众用各自特殊的方式纪念着自己的领袖。在北京中关村的高科技企业中，近65%的企业在毛泽东诞辰110周年之际自动开展了小型活动，比如组织看电影、在企业网站上推出专题、举行演讲比赛等。中关村科技园区管委会有关人士称，毛泽东诞辰110周年纪念活动属于园区各企业丰富企业文化的内容之一，继承优良传统、缅怀革命伟人是值得提倡的。北京贝杰科技有限公司总经理唐志君说："毛泽东使中国在世界上立足，毛泽东思想对科技工作也有指导性，比如搞科研攻关打持久战。对从事科技贸易的人士来说，高科技领域也渗透着毛泽东的战略思想，关键要有选择性地吸收运用。"相当一部分高科技企业的老总对毛泽东怀有某种感激之情。北大方正集团的一位人事部官员说，科技事业是讲求实事求是的事业，《毛主席语录》中的很多内容，现在读起来也特别有意义，教人如何正确地为人处世，企业如何创业发展，简直是包罗万象。另外，一些科技院校也积极开展活动，电子科技大学为全校师生播放了《延安颂》。

2003年12月25日上午，曾受到毛泽东同志亲切接见的辽宁部分老劳模在沈阳参加了纪念毛泽东同志诞辰110周年座谈会。老劳模尉凤英在会上说，"在纪念毛主席诞辰110周年的日子里，我不止一次地将当年与毛主席等老一代革命家的合影拿

出来观看，内心充满了无限怀念之情。几十年来我获得了许多荣誉，13次受到毛主席的接见。"鞍钢集团新钢铁公司化工总厂的老劳模李晏家说，"毛主席对鞍钢一直非常关心。早在1950年，毛主席访问苏联回国途中，得知鞍钢恢复生产的钢材运往全国各地时，他非常高兴，连声称赞'鞍钢出了钢材，还要出人才。'毛主席这句话一直激励着鞍钢人。"新中国第一位女火车司机田桂英深情回忆说，"50多年过去了，每当回忆起毛主席的接见，我浑身仍然有使不完的力气。我时刻不忘毛主席对我们工人阶级的关怀。"

即使远在祖国的边陲，对伟人的情思同样炽热。2003年12月26日，乌鲁木齐市主办了有4000人参加的冬季长跑运动会，以纪念一代伟人毛泽东诞辰110周年。乌鲁木齐当日最低气温为零下13摄氏度，市区到处可见皑皑白雪。北京时间16点，参赛选手穿着五颜六色的防寒服，聚集在人民广场等待比赛开始。新疆七一纺织厂退休职工张建普今年76岁，坚持长跑锻炼已有23年，至今每天早晨仍然能跑完5000米。他认为用集体长跑这种方式纪念毛泽东诞辰非常有意义。说起毛主席，张建普很动情。他说："有些年轻人很难理解我们对毛主席的感情，那真是亲啊。"兰泽安是民航乌鲁木齐管理局的技术人员，带着5岁半的儿子兰天行一起来参赛。兰泽安说，每天晚上他都要陪儿子跑完800

米，这次参加纪念毛泽东诞辰冬季长跑，主要是让儿子感受一下人们对伟人的情感，即使不能跑完全程，也要带儿子走到终点。

长期在新疆工作和生活的红军老战士齐聚在一起，深切缅怀毛泽东同志。这些老战士都曾经亲耳聆听过毛泽东教导。已经84岁高龄的老红军杨万胜回忆说："毛主席在延安的时候经常给大家上课、作演讲，毛主席一生坚持实事求是，严格要求自己。由于他经常深入农村和部队基层了解情况，并用具体的事例解释党的各项方针政策，大家都非常喜欢听毛主席的讲话。"另一位老红军战士、曾担任自治区人大常委会副主任的陈西夫说："毛主席平易近人，非常关心群众的工作和生活。当我还是红小鬼的时候，一次送完文件后主席紧握着我的手，将我送回王家坪，一路上仔细询问我的生活和工作情况。每当我想起毛主席温暖的大手，激动的心情就难以抑制。"

"雪山作证，是毛主席带领我们实现和平解放，开辟了西藏历史的新纪元；江河作证，是毛主席带领我们铲除了封建农奴制；大地作证，是毛主席带领我们走上新生活……他老人家离开我们28年了，他的光辉依然照耀着我们的前程！"在西藏各族各界人士"纪念毛泽东同志诞辰110周年座谈会"上，堆龙德庆县羊达乡党委书记阿龙次仁开头就这样深情地说。

曾亲历战火，并切身见证西藏由封建农奴制社会跨入社会主义新中国的藏族退休干部钦绕甲楚，在座谈会上抚今追昔，讲述了毛主席和中国共产党解救百万西藏农奴逃离苦海，过上民主、自由、幸福生活的过程，深深感染了在座的人。他说："在旧西藏，我们百万农奴除了天上的太阳、月亮、空气，除了套在身上的枷锁以外一无所有，完全是只占西藏总人口5%的'三大领主'们的'会说话的工具'，毛主席和共产党满足了我们要求解放的愿望。想想过去的苦难，看看今天的好日子，确实是天壤之别！"

2004年9月，由共产党人主持的"毛泽东旗帜"网站和北京大地微微文化研究所联合举行座谈会，深情纪念毛主席逝世28周年。原中央顾问委员会秘书长李力安同志，原中共中央组织部部长、现任"全国党建研究会"会长张全景同志，原中共中央宣传部部长王忍之同志，原中央文献研究室秘书长何静修同志，原空军副司令员王定烈同志，原全国政协副秘书长卢之超同志，著名老作家魏巍同志，原中国驻苏联大使杨守正同志，《中流》杂志常务副主编徐非光同志，《真理的追求》主编陈谈强同志，北京航空航天大学副研究员韩德强同志，胡乔木同志的女儿胡木英同志等出席大会并发言。

原国务院发展研究中心顾问马宾同志，原国家统计局局长李成瑞同志，原中共中央委员、青海省委书记黄静波同志，原第四机械工业部副部长李兆吉同志，原农业部副部长李友九同志，原中华全国总工会书记处书记刘实同志，原北京市人大常委会副主任武光同志，原北京市政协副主席刘涌同志，原空军司令员马宁同志，原海军政治部文化部部长陈晓同志，曾在周总理身边工作过的老红军张德碧同志，全国政协委员、《真理的追求》杂志主编喻权域同志，左权同志的女儿左太北同志、马文瑞同志的儿子马晓文同志，中共中央党校教授吴健同志，原北京市委党校党委副书记林阳、副校长王子恺同志，人民大学教授张帆同志，中国社会科学院研究员杨友吾、张海涛、黄如桐、张捷、李延明、李伟等同志，共100多人出席大会。

庄严的《国际歌》声，仿佛又使与会者回到了28年前那个悲痛的时刻，全世界无产阶级最亲的亲人、中国人民的伟大领袖和导师毛主席永远离去了。28年来战士们心中有多少话儿要对毛主席他老人家倾诉:28年的日日夜夜，28年的求索……今天之所以能够老中青济济一堂、重新集合起来，那是因为心中有一面不倒的旗帜——毛泽东的旗帜。

原中国驻苏联大使、88岁的杨守正同志发表了题为《我们更想念毛泽东》的讲话，杨大使"毛泽东已经逝世28年了，我们更想念毛泽东"的一番话，赢得了与会同志长时间热烈的掌声。

原全国政协副秘书长、《向往毛泽东》一书主编卢之超同志深情的演讲感染着每一个人，他说非常喜欢《十送红军》这首歌，它首先表现了一种哀伤，红军走了，反动派来了，根据地人民对红军依依不舍。同时表现一种期盼，希望红军打完了再打回来，重新解放我们。这个歌表现了革命渐行渐远，进入低潮，但是革命并没有消灭，革命仍在迂回曲折地发展。红军主力经过长征，到达延安，经过解放战争，全国解放了。当中经过非常艰难困苦曲折的道路，但是最后必然是胜利的！卢之超同志指出，我们用"向往"这个词，就是向往一类人物，就是以毛泽东为代表的革命者，革命英雄人物；向往一种理想，一种愿望，就是毛泽东所代表的革命的理想；还向往一种精神，就是革命的精神，社会主义的精神，人人平等，没有剥削、没有压迫的这么一种社会，这么一种前途。他说，"向往毛泽东"，不是一种简单的纪念，不是庸俗的个人崇拜，纪念毛泽东，向往毛泽东，最终是要认真地学习和研究毛泽东，不是简单地去崇拜他。要研究他怎么样在那样复杂、艰苦的条件下把中国革命引向胜利，把中国建设成社会主义；要研究在今天的复杂斗争中如何运用毛泽东思想去把握未来。

著名作家魏巍同志的发言简短而有力，他说对毛泽东同志最好的纪念就是贯彻他的思想，把他的思想变成现实。

胡乔木同志的女儿、延安儿女联谊会会长胡木英同志在会上发言，她说：我们延安儿女联谊会的同志，大部分人的父辈都是很早就参加革命的老一辈党员，所以我们这一辈可以说完全受的是共产党的正统的教育，受这种教育出来的人基本上都是热爱共产党、热爱毛主席的，真是向往毛主席。虽然我们这一代人也是经历过一些坎坎坷坷，特别是文化大革命期间，但是对毛主席、对共产党的信念却是丝毫没有动摇，当然我也不敢说百分之百，也可能有个别人有这样那样的理解，但是绝大多数都是热爱毛主席、热爱共产党的。

对于过来人来说，毛泽东是曾经带领他们改天换地的伟大领袖，而对于新一代人来说，毛泽东更多地是象征正义和智慧的精神导师。正如毛泽东自己所说的，只剩下一个"teacher"就够了。新疆农业大学的青年教师张小楠说："青年时期的毛泽东强调'立志'的重要性，为了追求共产主义理想，他一生奋斗不息，矢志不渝，他的人生观启示我们要作一个心存国家前途命运、有伟大理想和信念的人。"

在2004年9月9日毛泽东忌辰之际，北京数所高校都出现了青年人向毛泽东塑像献花的情景。请看一名青年人的真实记录：

从许多年以前开始，每年的9月9日和12月26日，都是我和我的朋友们要郑重纪念这位慈祥老人的大日子。在往年，朋友们一般都会相邀去主席纪念堂瞻仰遗容。今年，朋友们商量着想换一种方式来纪念主席，于是，大家就决定去仍保留主席塑像的北京高校祭奠他老人家。

九月的北京，太阳依然是火辣辣的，大家在上午九点半准时到了中国农业大学的校门口。在农大的主席塑像周围，先是一个大圆形草坪，草坪外面还簇拥着好几排绿化花草，虽然这显得主席塑像很有气势，但我们却有些犯难了。绿化带和草坪把我们和主席塑像隔得比较远，使我们准备献给主席的鲜花根本无法摆放在塑像下面。如果要把鲜花献到塑像下面，我们必须翻过绿化带，再踏过草坪才可以办到。但如此大的动作一般都是要受到学校保卫阻止的，真担心农大的祭拜活动要流产了。就在我们正犹豫时，一个二十来岁的保卫走到我们跟前问道："你们有什么需要帮助的事情吗？"我们见状立马说明来意，"今天是毛泽东主席的忌日，我们想穿过草坪给他献束花，不知道可不可以？"那个保卫笑了，"看你们手里拿着菊花，还以为你们来参加哪个老师的追悼活动呢，原来是纪念毛主席他老人家，这是好事呀，有什么不可以的，你们去吧，你们献的花我们尽量帮你们保护好！"

在谢过那位保卫后，我们几个人一一给主席献上鲜花。正要合影留念时，忽然一个六十来岁的老人站在我们面前，他连连伸出拇指夸奖："好样的，你们是好样的！"我们赶紧请这位老人一起合影，他非常乐意，也非常自豪地和我们站在主席旁边，留下这令所有人都难忘的幸福时刻。照完像片我们才看到，老人的胸前还别着一枚崭新发亮的主席像章，他十分高兴地向我们展示这枚新像章。他的老伴也走到我们身旁，笑呵呵地给我们介绍："我们对主席的感情深呀，我们家里的像章有好多，他还经常把好看的像章送给周围的朋友哩！"后来我们知道，这位老人原来是农业大学的一名退休老校工。

简单而肃穆的纪念活动在农业大学举行完了，大家的脸上都红扑扑、乐呵呵的。大家看时间还早，就决定去距离农业大学不远、也有主席塑像的其它几所大学看看。

我们来到北京科技大学时，马上映入眼帘的是主席塑像前几束刚放上去的鲜花。"这里一定刚才也有人来祭拜过主席"，"看来'英雄所见略同'，大家都想到一块儿去了"，朋友们高兴地议论开来。我们在科技大学校园里打听到，刚才是有一些青年学生来给主席献过花。

刚走出北京科技大学，我们发现马路对面中国地质大学的主

席塑像前站着三列人，我们马上赶过去看个究竟。

原来，这里是附近几所学校的师生自发来地质大学祭拜主席的，因为人多，他们排成三队，正一一给主席献花、鞠躬呢！正在这时，一个老外也走了过来，"Good，good"，老外连声说好，还拿出相机把这珍贵的一幕给拍了下来。

地质大学的活动结束后，学生们依依不舍地散去，我们也再次默默地站在主席像前沉思。朋友们都觉得这次深入学校的活动很有意义，农大的年轻保卫和老校工，自发组织起来的青年学生、老师，还有那位外国朋友，他们的出现让我们感慨万千，也使我们领悟到了很多。许多意料之外的事情，其实也是情理之中的事情，真正对毛主席最有感情的还是在群众中间！

普在最大多数劳动人民的一面

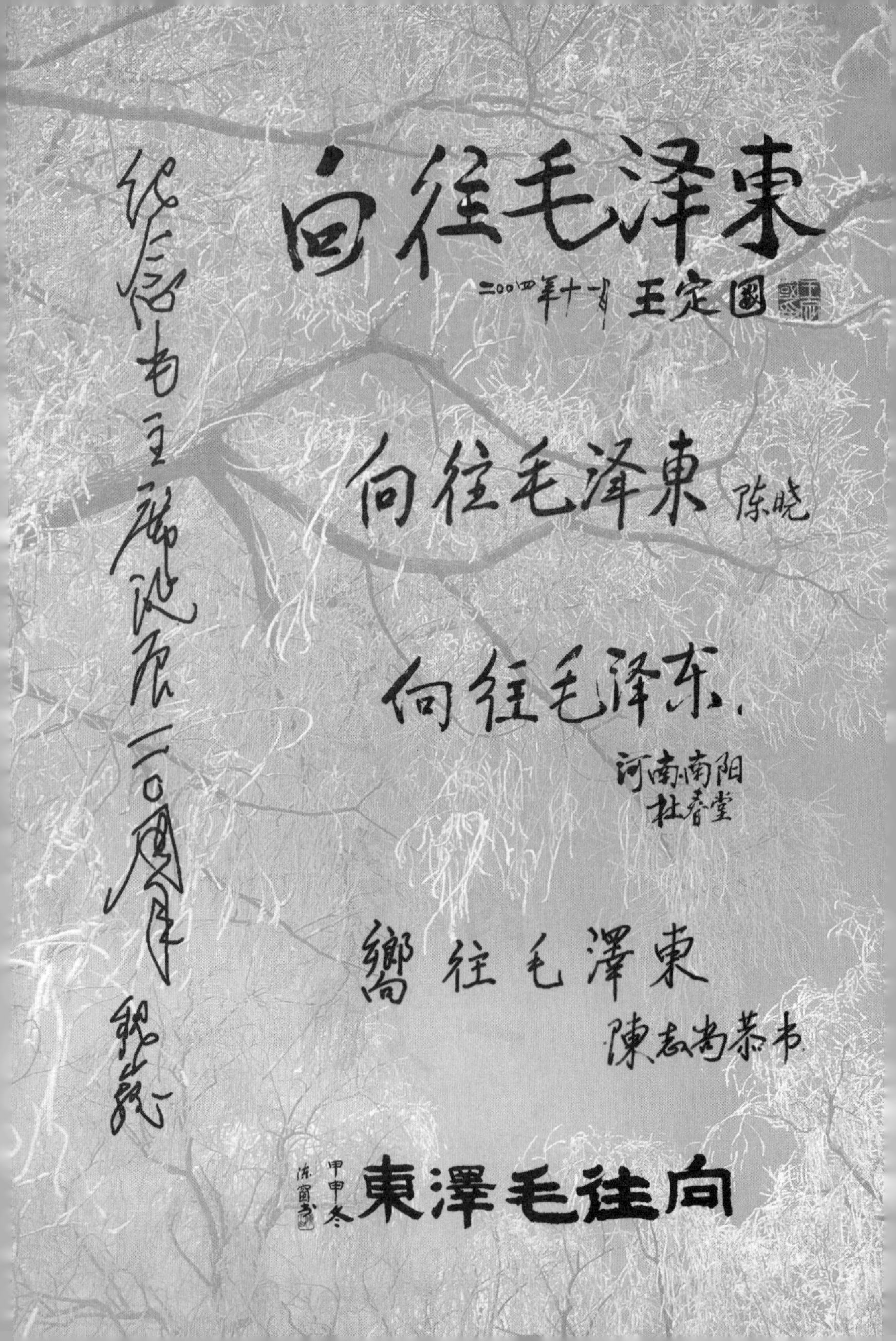

向往毛泽东

二〇〇四年十月　王定国

向往毛泽东　陈晓

向往毛泽东

河南南阳
杜春堂

嚮往毛澤東

陈志尚恭书

東澤毛往向

甲申冬

纪念毛主席诞辰一一〇周年

向往毛泽东

何载

二OO四年八一

向往毛泽东

苏向辰

《向往毛泽东》

邵宪斌

向往毛泽东

宁水

向往毛泽东

陈群

第二章

升腾于网络浩空的

热

国际互联网络，是在新技术载体依托下产生的新的公众传媒形式。在这种新的传媒形式中，个人和团体可以自建网站，所需成本极小。各网站所推出的文章，还能显示出每篇文章的点击率——即能够显示出该篇文章被多少人读过。有些网站还建有论坛，即读者可以自由发言的地方。因此，互联网的出现，是新世纪意识形态领域的新阵地，由于它本身具备的互动性和开放性的特点，它成为表达民众思想情绪的重要窗口和汇集种种民意的舆论阵地。在中国，已经有将近一亿"网民"。

互联网的出现，尽管对于广开言路、表达民意，有着良好的作用，同时也会出现一些消极作用，比如有的人会利用互联网的渠道宣传一些反毛、反共的言论，宣传资产阶级自由化思想，自觉、不自觉地为帝国主义的和平演变充当宣传员，客观上起着西化、分化中国的作用。如果说在报刊、书籍出版和广播电视等传统媒介中，这种情况还没有取得主导地位，那么在互联网领域，这种歪风已经占着相当主导的地位。一大批坚持毛泽东思想、坚持社会主义道路的网民，特别是青年网民，正是在这种情况下迎风而战的。

正如毛主席所说，坏事也可以变成好事。错误的言论，有时候可能蒙蔽群众，有时候却可能从反面教育群众。青年人听了错误的言论，如果再同社会总体实际情况对比一下，可能反倒使得青年人思想上发生触动、反思，最后走向正确的方向。不少青年人在网上发表文章现身说法，他们都是通过长时期上网，才从错误思想的蒙蔽中转变过来的。

在国际互联网络中，已经有数十万家网站。在中国，也有一万多家网站，其中以毛泽东的名字命名的网站，如"毛泽东思想网"、"毛泽东旗帜网"、"毛泽东论坛网"等等，就有几十家。这些都是致力于宣传毛泽东思想的专题网站。

不仅如此，即使在一般的思想性网站中，对于毛泽东同志、毛泽东思想和毛泽东时代的评价问题，也斐然成为网友热烈讨论的一个焦点。例如"人民网"所属的"强国论坛"，"拥毛"和"非毛"的激烈讨论常年不衰。有些网友在发言中说，自己是上了互联网之后，才逐步加深对毛泽东的认识，逐渐转向"拥毛"的。

在毛主席诞辰110周年到来之际，各网站相继推出了不同形式的纪念活动。这些活动吸引了数以百万计的网友。

两年中600万人次访问网上"毛泽东纪念馆"

"毛泽东纪念馆"网站(http://mzd.chinaspirit.net.cn)成为广大网民学习毛泽东思想、缅怀毛泽东丰功伟绩和弘扬民族精

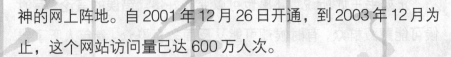

神的网上阵地。自2001年12月26日开通，到2003年12月为止，这个网站访问量已达600万人次。

毛泽东纪念馆网站由团中央、中央文献研究室联合主办，设有"生平简介"、"著作选载"、"诗词作品"、"音容笑貌"、"论青少年"、"评论研究"、"回忆怀念"、"影音作品"等10多个栏目。网站形式新颖，史料翔实。

两年来，广大网民在"毛泽东纪念馆"网站的留言已超过10万条，约3000万字。为纪念毛泽东诞辰110周年，团中央信息办和中央文献研究室科研部特选取部分留言，编辑出版了《永远的毛泽东——网上"毛泽东纪念馆"留言选萃》一书。全书共计20万字，真实反映了广大人民群众对人民领袖的深切缅怀和无限景仰，以及继承先辈遗志、再创辉煌的信心和决心。

500万人次上网参与纪念毛主席诞辰110周年主题活动

为纪念毛主席诞辰110周年，共青团中央、国务院新闻办、中央文献研究室、中国社科院青年中心、中国文联等8家单位联合发起主办"我们的文明"主题系列活动，该活动组委会联合搜狐网、中华网、中青网邀请110家中文网站（包括"毛泽东旗帜"网站），共同开展网上纪念毛泽东同志诞辰110周年大型公益活动。

由"我们的文明"主题系列活动组委会联合110家网站发起

举办的"纪念毛泽东诞辰110周年"系列主题活动中,专题网站访问量突破500万人次,收到留言5万多条,4万多人参加了"学习伟人毛泽东"知识竞答,社会各界反响热烈,取得了良好的社会效果。

此次活动是"我们的文明"主题系列活动重要组成部分,于2003年11月26日正式启动,到2003年12月26日前后达到高潮,于2004年1月12日圆满结束,历时48天,在社会各界产生了积极的反响。

活动主要由5部分组成:一是建设开通了"纪念毛泽东诞辰110周年"专题网站,是全国纪念毛泽东诞辰110周年的中心网站,全面展示了全国各地纪念毛泽东诞辰110周年的活动盛况和各大网站组织制作的纪念专题,受到广大网民的关注和欢迎。二是联合110家重点中文网站,发起举办"网上纪念毛泽东诞辰110周年"大型公益活动,号召广大网友瞻仰网上毛泽东纪念馆并献花和留言,包括人民网、新华网、中国网、中青网、新浪网、搜狐网、网易、旗帜网、中华网等重点网站在内的近200家网站共同参加。三是举办网上"学习伟人毛泽东"知识竞答活动,其中获得满分的人数就有1500多人,评选出110位优胜者。四是编辑出版了《永远的毛泽东——网上毛泽东纪念馆网友留言选萃》和纪念光盘,全书共计20万字,分"崇敬篇"、"怀念篇"、"激励篇"和"诗词篇"四个部分,真实地表达了广大人民

群众对人民领袖的深切缅怀和无限敬仰的心声。图书出版后已赠送给毛主席纪念堂、韶山毛泽东纪念馆、井冈山革命博物馆、延安革命纪念馆等相关单位，受到欢迎和好评。五是在中国文联、中国书法家协会和中国美术家协会指导下举办了"毛泽东诗词"书画大赛，仅一个月时间，已收到知名书画家的参赛作品300多幅。

广大网民在留言中表示，要继续学习和发扬毛泽东等老一辈革命家的崇高精神和高尚品德，为凝聚和振奋民族精神而努力奋斗。

参加此次活动的各个网站都制作了"纪念毛主席110周年诞辰"专页，以图文并茂的形式再现了毛主席的光辉业绩，同时表达了广大网友对毛主席的深切怀念。

网民热"点"毛主席纪念网页

正逢毛泽东主席诞辰110周年之时，随着12月26日毛主席诞辰纪念日的临近，各地各种纪念毛主席的活动也日渐增多。在众多纪念活动当中，最有时代特点的莫过于网上怀念，很多出生在20世纪70年代以后的青年人成了网上怀念毛主席的主体。

在很多怀念网站上，准备了各种"鲜花"，只要任选一种，同时写上献花人的名字和留言，不用亲自到毛主席纪念堂现场，通过互联网就能够缅怀毛主席。一位21岁的大学生朋友说，在大学同学中间正悄悄兴起一项活动，通过登录网站的方式来纪念毛主席诞辰 110 周年。北京大学一位姓罗的博士参与了网上毛泽东知识竞赛答题，他说："这么大规模的网站联合行动，有点儿出乎意料，但是却很激动人心。"在各大网站，除了鲜花以外，发言的帖子也很多。互联网已经成为怀念毛主席的重要场所。

据报道，从几个网站网民留言登记的个人资料上可以看到，二三十岁的人占了参与总人数的 80% 以上。

对于30岁以上的人来说，对毛主席可能理解得更多一些。但对于上世纪80年代、90年代出生的青少年，对于毛主席的理解以往更多的是通过史料，通过上一辈人的口耳相传，互联网的出现恰恰为这一个群体的人了解毛泽东同志伟大的一生提供了很好的条件和机会。

北京邮电大学的陈丹同学说："我自己不仅在网上传了帖子，而且还替我父亲发了一份赠言。我打听了一下，几乎每个系都有相当大一部分人在网上献过花，还包括在大学授课的教师在内。"华侨大学经济管理学院的刘扬同学讲，年轻人生活节奏快，在互联网上纪念已故的人比较方便，几分钟就把内容浏览一遍，不仅时髦还节约时间。

一位网民朋友在留言中说："为了纪念毛主席，我们组织了一场演讲。我负责制作课件，引用了网站的资料，制作了有声有色的一份课件。演讲取得了巨大成功，同学们都受到了很大的教育，在此我代表全体同学表示深深的感谢。"

一位家在北京、目前正在江西求学的姓李的网友说："搞网络纪念的最大优势是能互相进行交流，而且还可以和各地的网友分享，让纪念活动成为思想沟通的平台。"

中国社会科学院新闻与传播研究所所长尹韵公教授说："很多年轻人参与纪念活动，正说明他们已经具备了认识现实问题的思辨能力，发思古之幽情的人多是热血青年，在缅怀先辈的同时，也反映出当代青年对社会各层面的思考。另外，中青年普遍关注国家形象和国家利益，思古也是希望国家强大的一种表现。"

ＴＯＭ网副总裁说："互动性是这次网上纪念的最大特点，可以产生共鸣。"新浪网的一位栏目编辑解释说，网络上所呈现的音容笑貌效果逼真，纪念方法也灵活，献花、留言、参观纪念场所、阅读传记等，不出家门还简单快捷，完全能够实现最大范围的参与交流。

据统计，为了有机会参与网站举办的纪念活动，留言者中有92%的网民主动留下自己的电子邮箱地址和真实姓名，足见人们对伟人的敬仰。

国企"晶牛集团"率先开办"毛泽东思想"网站

河北晶牛集团是国家级高新技术企业，是以生产经营浮法玻璃、压延微晶板材、浮法在线镀膜玻璃及压花夹丝玻璃等高新技术产品为主的大型跨国集团公司。

企业始建于 1970 年，现有员工 2800 余人，固定资产 6.5 亿元，企业规模总量居全国前 6 位，1999 年利税指标居全国同行业国有及国有控股企业首位，2001 年综合指标进入世界 500 强中国入选企业第一名。目前共有浮法生产线四条，分布于河北、陕西和内蒙古等地。

公司以博大精深的毛泽东思想为底蕴，融传统于现代，走虚实相兼、扬弃创新之路，培育出独特的晶牛企业文化，营造了能与国际市场接轨的现代企业十大运行机制，依靠晶牛文化和机制，培养和造就了一支廉洁自律、甘于奉献、勇攀科技高峰的干部员工队伍。

从 1999 年开始，晶牛集团连续 5 年举办全国性的毛泽东思想研讨会，并于 2000 年创办了全国首家毛泽东思想专题网站，在国内外产生了较大影响。

2000 年 12 月 23 日，在纪念伟大领袖毛泽东主席诞辰 107 周年之际，由毛主席的孙子毛新宇博士亲手点击开通了中国晶牛"毛泽东思想"网站(www.mzdthought.com)。网站开通仅 7 个多月，即赢得了社会各界的广泛关注和普遍赞誉。来自五大洲三十多个国家和地区、国内 20 多个省市自治区以及香港、台湾的专家、学者及网友登录晶牛毛泽东思想网站，页面总访问量 500 多万人次。此外，来自国内外包括政府官员、外交使节、社会团体、部队官兵、企业同行、新闻单位及国外客商，离退休老干部等各阶层人士上千人亲临晶牛毛泽东思想网站现场参观、浏览和学习交流。

晶牛集团为什么要开办毛泽东思想网站呢？因为在扭亏增盈、转机建制、深化改革、加快发展，探索民族工业生存发展之路深刻而又广泛的社会实践中，晶牛人深深地体会到，是毛泽东思想拯救了晶牛，改变了晶牛集团干部员工的命运。

河北晶牛集团前身是河北省邢台市玻璃厂。1992年以前，由于亏损严重，企业在濒临倒闭的边缘徘徊，讨债人成群结队，资金严重短缺，工艺落后，管理基础差，产品无商标，质量无标准，经营无计划，用料无计量，职工生活无保障，士气低落。加上在由计划经济向市场经济的转轨过渡时期，人们的思想观念、是非标准模糊，社会上"一切向钱看"的口号风靡一时，"非毛化"思潮和弱化毛泽东思想的错误行为，导致了"信仰、信任"的"两信"危机，在1986至1992年短短的6年时间里，邢台市玻璃厂管理失控，精神迷茫，"蛀虫"横行，刑事犯罪居高不下，先后有70余人被枪毙、判刑、劳动教养和刑事拘留，犯罪人数达到全厂总人数的3.5%，成为邢台市法制建设的"重灾区"。理想信念、责任感、使命感荡然无存，企业一盘散沙，一年之中调走70多人，到了即将崩溃的边缘。

1992年以王长林同志为首的新班子上任后，认真分析了企业面临的形势，及社会大环境的影响，实事求是地找出了导致企业陷入困境的真正原因在于"两信"危机。为正本清源，拯救企业于水火，在王长林同志的倡议下，晶牛人以重塑企业之魂为突破口，从解决企业的根基、人气入手，确立了"弘扬毛泽东思想，用足政策法规，探索现代企业制度"的兴企大纲，用科学的理论来指导晶牛的改革创新实践，使毛泽东思想这一中国化的马克思主义在市场经济条件下再放异彩。

多年来，晶牛人认真学习领会毛泽东思想这一博大精深的理论体系，不断深化对毛泽东思想的理解和认识。正是科学运用了毛泽东思想的理论精华和科学真谛，晶牛集团才以最快的速度摆脱了困境，步入了快速健康发展的坦途。

"毛泽东思想"网站的开通，推动了晶牛集团全体干部职工学习运用毛泽东思想的高潮。运用毛泽东"相信群众，依靠群众，一切为了群众"的群众路线，解决了"依靠谁办企业、为谁办企业"这个企业安身立命的根基和人气问题。运用毛泽东"一切从实际出发，实事求是"的思想路线，冲破了伯乐荐马的人才管理模式，形成了新的选人育人机制，构筑了科学化管理模式，在市场低谷的情况下抢上了 430t/d 浮法玻璃生产线；运用毛泽东的军事思想，创立了在市场营销和产品结构调整中"当进则进，进要进得快；当守则守，守要守得住；当退则退，退要退得稳"的战术法则以及"不求永恒市场，而求永恒利润"的经销策略；运用毛泽东"两参一改三结合"的经济管理思想，用以指导科技攻

关，成功地攻克了具有国际水平、获四项国家专利的压延微晶玻璃项目；运用毛泽东政策与策略的辩证思想，制定了晶牛"外圆内方"的发展策略，"外圆"是策略，"内方"是政策；运用毛泽东"加强党的建设、反对自由主义"的基本思想，在干部队伍，特别是领导班子中进行了三次大的整风，保持了领导班子的健康和战斗力。

在纪念毛泽东诞辰110周年之际，河北晶牛集团举行了纪念毛泽东诞辰110周年系列活动，从不角度、不同侧面，缅怀了一代伟人的丰功伟绩。纪念活动丰富多彩，《红色企业与嫁接理论》现场论坛、《红色经典》文艺晚会，吸引了数百名观众现场观看。

在此次纪念活动之前，晶牛毛泽东思想网站联合《中国矿业报》开展纪念毛泽东同志诞辰110周年征文活动，共收到征文200多篇。在纪念毛泽东诞辰110周年征文表彰会上，与会主要领导与河北晶牛集团董事长王长林上台为纪念毛泽东同志诞辰110周年征文中获奖作者颁了奖。

王长林同志本人还以论文入选应邀参加了中央宣传部等7家单位在北京召开的"纪念毛泽东诞辰110周年学术研讨会"。

"毛泽东旗帜"网站开通

在纪念毛泽东主席诞辰110周年之际，由中国历史唯物主义学会"毛泽东的人民历史观研究"课题组动议，百余位热爱毛主席的老同志和百余位中青年同志联合发起建设了"毛泽东旗帜"网站（www.maoflag.net，简称"旗帜网"）。

　　"毛泽东旗帜"网站的问世，可以说是时代的需要，人民的呼唤，历史的产物。

　　网站正式开通于举国举世纪念毛泽东主席诞辰110周年之际的2003年8月1日，又有它特殊的象征意义。它是中国大地在进入21世纪后涌起的第一波"毛泽东热"大潮激起的一个浪花，是拒绝"告别革命"的中国共产党人继续进行意识形态领域阶级斗争的一个新阵地。

　　说起"旗帜网"的开通与发育，不能不感谢遍布全国各省市区的难以计数的坚持宣传毛泽东思想、捍卫毛泽东旗帜的老红军、老八路、老战士、老劳模、老干部、老工人、老农民、老教师等老同志，是他们的忠诚和执著为"旗帜网"奠定了生命之基！

　　无产阶级革命事业是承前启后、继往开来的伟大事业。"毛泽东旗帜"网站的一大特色，在于它是老中青志同道合的一个为真理而奋争的战斗集体。没有老同志，它就会缺少底蕴；没有中青年同志，它就会缺乏生机。两者相得益彰，才会有"旗帜网"日渐旺盛的生命力。

　　"旗帜网"的上网网友绝大多数当属中青年，他们肯于独立思考、敢于坚持真理、乐于参加争鸣，为高举和捍卫毛泽东的伟大旗帜、活跃网站气氛作出了应有的贡献。

一大批旗帜鲜明地坚持马列主义毛泽东思想、反对资产阶级自由化和修正主义思潮的资深理论工作者参与了网上的阶级斗争。这些资深学者大多数以真名实姓说真话求真理的坦荡文章与网友交流。正是这个"真"字获得了广泛的认同。应该向这一大批不搞模糊哲学、不讲违心话的正直学者致敬！

党心民心共向往——"毛泽东日"倡议签名活动盛况

"毛泽东旗帜"网站开通以来最大的一项活动，就是"毛泽东日"倡议活动的启动和发展。从2003年12月6日开始，"旗帜网"会同多家网站和单位共同发起主办了"毛泽东日"倡议签名活动，参加签名的不仅有工农兵学商各界，还有众多老红军、老八路、老战士，以及众多革命先驱、开国元勋的后代。

这项活动的成果，主要在于彰显了党心和民心所向，迸发出了人民的呼声和时代的强音，焕发出了巨大的社会主义的凝聚力和感召力！倡议签名活动目前正在继续进行，已经有2万5千多人参加签名，继续参加签名的人将会越来越多。

《关于将12月26日法定为国家纪念日——"毛泽东日"——的倡议书》一开篇就从民族英雄的视角切入，坦言写道：

中华民族从来就是一个聪慧、勤劳、勇敢的伟大民族。上下五千年，英雄万万千。在人类文明的长河中，始终奔腾着中华民族杰出贡献的巨浪。只是到了近代，由于内外黑暗势力的压迫，中国落伍了，中华民族屡遭侵略和摧残，中国人民备尝屈辱和磨难。百年魔怪舞翩跹，长夜难明赤县天……

由于毛泽东，中华民族再也不是任人欺凌的民族了，中国人民站起来了，作为国家和自己命运的主人，创造着自己的文明幸福。

由于毛泽东，中华民族以醒狮、腾龙般崭新的姿态雄踞于东方，卓立于世界民族之林。我们的朋友遍天下，我们的敌人战兢兢。

毛泽东——这就是黑暗中国的终结，这就是光明中国的开端。

作为中华民族最伟大的民族英雄，作为中国工人阶级和中国人民的最杰出的代表，作为中国社会主义现代化建设的奠基人，毛泽东是一座永不朽的丰碑。

作为中国共产党、中国人民军队和中华人民共和国的主要缔造者，作为国际公认的改变了世界面貌的世纪伟人和千年伟人，毛泽东是一面永不落的旗帜。

作为伟大的政治家、战略家、理论家和实践家，作为哲学大师和文化巨匠，领中华文明之真谛，吸西方文明之精华，开启东方复兴与人类进步之新纪元，毛泽东和毛泽东思想的影响超越时空——属于过去，也属于未来；属于中国，也属于世界。

《倡议书》对毛泽东与人民的关系着以浓重笔墨，指出：

毛泽东最尊重人民，人民最尊重毛泽东。

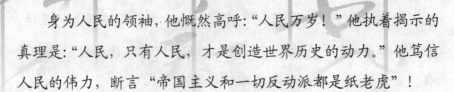

身为人民的领袖，他慨然高呼："人民万岁！"他执着揭示的真理是："人民，只有人民，才是创造世界历史的动力。"他笃信人民的伟力，断言"帝国主义和一切反动派都是纸老虎"！

身为翻转乾坤的胜利者，他昭然申明：这只是万里长征走完了第一步。他谆谆告诫自己的同志：务必谦虚谨慎、不骄不躁；务必艰苦奋斗、继续奋斗——绝不能让资产阶级的糖衣炮弹击倒！他为共产党人和一切国家公职人员确立的不可移易的最高宗旨是："为人民服务"。

毛泽东的英名，是人民的象征，中华民族的象征，人类进步事业的象征。人民热爱毛泽东，就是在确证自由和幸福；中华民族推崇毛泽东，就是在争取强盛的尊严；世界上一切被压迫民族和被压迫人民敬仰毛泽东，就是在追求光明和进步。

毛泽东的英名，让人民感到导师般可敬，同志般可亲，战友般可靠。他给人民以信心和勇气，使人民的事业走向胜利；他让一切人民的敌人感到恐惧，使一切反人民事业的倒行逆施陷入破产。

正因为如此，自毛泽东逝世以来的二十七年中，年年岁岁，每逢毛泽东的诞辰和忌日，中国广大人民群众都会踊跃地参与或自发地举办各种纪念活动，世界各国人民和进步人士也举办大量纪念活动。

正因为如此，近年来，越来越多的工人、农民、战士、知识分子、实业界人士、国家干部乃至老一辈革命家，纷纷通过各种

形式、各种渠道，频频呼吁将毛泽东的诞辰设定为国家纪念日。

《倡议书》最后宣明倡议者的主题动议：

时值纪念毛泽东主席诞辰 110 周年之际，我们郑重倡议：通过全国人民代表大会立法，将国际公认的世界历史伟人、中华人民共和国的立国之父毛泽东的诞辰——12 月 26 日，确立为国家法定纪念日，定名为"毛泽东日"（或全国人民代表大会审议定的其它合适节日名称）；并法定放假一天，以便于各界举办缅怀纪念、学习研讨、表彰庆功活动；纪念活动的主题应是：学习和发扬毛泽东同志等老一辈革命家为祖国、为民族、为人民矢志奋斗的崇高精神和高尚品德，坚定不移地把他们开创的、几代共产党人持续为之奋斗的社会主义——共产主义事业继续推向前进。立法的结果载入《中华人民共和国宪法》，世世代代，永志不忘；子子孙孙，得绳不肖。

"为促进这一立法，我们响应众多老一辈革命家和众多网友的建言，依据宪法赋予的人民民主权利，依托现代化网络提供的人民民主新渠道，采用网络签名的新形式，致力于广泛表达民识、民情、民意。

中共中央文献研究室一位退休干部在《关于将 12 月 26 日法定为国家纪念日——毛泽东日——的倡议书》上签名后，写下留言:"这个倡议,是党心民心的反映"。这是一个有历史眼光、政治眼光的判断。

"河北第一村"半壁店村村民踊跃参加倡议签名行列

在"毛泽东日"首发倡议者"1100人"名单中,有这两个名字:韩文臣、刘桂芝。这可是两个了不起的名字。这两个人现今领导着年产值50多亿元的一个村庄——被誉为"河北第一村"的唐山市开平区半壁店村。前一位是村党委书记、村委会主任,他是已辞世的名震河北及全国的半壁店村老书记韩振国的儿子——一个有出息、有业绩的接班人;后一位是村党委副书记、村委会副主任,辅佐老书记韩振国坚持发展壮大集体经济,艰苦创业近40年的巾帼老英雄。

从刘桂芝送交的原始签名簿上可以看到半壁店村民密密麻麻的名字,其总数是赫然的"110"个。

半壁店村,那里家家都住上了"小别墅"或高层住宅楼。据报告,现在已有了28栋二层别墅式住宅楼、15栋高层住宅楼。全村人均年收入已超过一万元,老年人都享有比如今城里人还优厚的退休工资和公费医疗待遇。

半壁店村,到处都可以看到毛主席的挂像和雕塑。在村党委的办公楼大厅里,还赫然悬挂着老版的马、恩、列、斯、毛、周、刘、朱的大幅标准像。人们聊起来,都会夸赞毛主席等老一辈指引的集体化道路的优越。他们也因自己"为毛主席争光"、"为社会主义争光"而感到自豪。难怪，陈列室里，有宋平、马文瑞等数十位革命前辈到村访问的照片。为社会主义争光的村庄，谁会不来呢！

海军干休所的老革命争先恐后

北京复外大街复兴路的海军干休所，是发起"毛泽东日"倡议书的一支重要力量。同唐山半壁店村有"110"名首发倡议者一样，这个干休所首发倡议人数也达到了"110"人（还多出几位），各占首发"1100"人总数的十分之一。

为什么这个干休所这么齐心？因为这里有位老革命林安利，她是革命元老林伯渠的侄孙女，又是从延安起就参加抗日战争的老战士，已是80岁。她在网上多次发表文章怀念歌颂毛主席，呼吁高举毛泽东思想的旗帜，在海内外都引起重视，在干休所内更获得了广泛的赞赏。2003年"八一"前夕，在"毛泽东旗帜"网站的开通仪式上，她发表了批判"共产主义渺茫论"的长篇讲话，有理有据，理直气壮，赢得了近百位老、中、青与会者的热烈掌声。在她的带动下，这个干休所的海军老干部陈莱芝、林维吉、杜焕明等也在网上发表了歌颂毛泽东的诗词、文章。当"毛泽东日"倡议书到达这个大院后，男女老少都奔到她家签名。

这个干休所只是全国千千万万个干休所的一个缩影，只要有表达心声的渠道和场所，他们最想表达的心声就是"想念毛泽东！"要说"代表"，这个干休所就有资格代表海军全体将士，甚至代表海、陆、空三军全体将士。永远高举毛泽东的旗帜，绝不放弃共产主义理想，绝不背离"为人民服务"的宗旨，坚决保卫红色江山不变色，这就是他们的心声。

中央党校十教授名列首倡阵容

细读"首发倡议者签名"的1100人名单，发现很多熟悉的名字，其中引人注目的是中共中央党校的一批资深教授。经了解校核，至少有10位中央党校的老教授参加了首发签名。他们是：孙钱章、周文琪、吴健、王德夫、王儒化、杨圣清、张虎林、张蔚萍、肖一平、谭乃彰。

这10位教授都是研究宣传马克思列宁主义、毛泽东思想几十年的有影响力的专家，都是忠诚、正派、廉洁的老同志。

这10位教授的态度，肯定代表了中共中央党校绝大多数教职员工的态度。人们有理由向这10位教授和中共中央党校所有持同样态度的教师们、职工们致敬！

航天工作者的一片赤诚

如果细心观察"毛泽东日"倡议书的签名簿，你会看到其中的一拨拨航天部的名单队列。据盘点、核对，在12月6日首发倡议的"1100"人中，航天部抢签了24人；10天后，12月16

日航天部又增加了62人签名；到2003年12月26日主席诞辰110周年纪念日，又增加了24人。总计起来，恰恰也是"110"人。

恰恰是毛主席诞辰110周年，给人民提供了这样一个沟通情思的际遇；恰恰是在毛主席领导新中国27年、逝世又27年之际，海内外的华人不约而同地萌发、探讨了确立这个节日的意念，从而"一呼百应"，百呼千应，千呼万应，万呼亿应，也就顺理成章了。

不可等闲忠烈后

《关于将12月26日法定为国家纪念日——"毛泽东日"——的倡议书》，是以工、农、兵及海内外中青年学者、学子为主体的"1100"位首发倡议者，于2003年12月6日在"毛泽东旗帜"等多家网站上联合发起的。为时不久，一大批共和国元勋后裔和老革命家庭陆续加入倡议者行列，使倡议活动更加引人注目。

看到这么多革命元老的后裔支持"毛泽东日"的倡议，肯定会使首发倡仪者们感到兴奋，他们会由衷地向新增倡议者致敬。署名"苏新"的网友感慨于众多共和国元勋后裔和老革命家庭加入"毛泽东日"签名的壮观景象，在"旗帜网"发表文章，题为《刘少奇、彭德怀的子女都拥护毛主席？我服了！》，文中写道：

想要造舆论来诋毁毛泽东的那些人，他们的一个惯用手法，就是利用在历次政治运动中受到冲击的老帅、老革命家、一些前任党和国家领导人，拿他们来说事儿。他们无形中塞给人们一种逻辑：有些老人在历次运动中受到了严重冲击，而这些运动都是毛泽东发动和领导的，他们能不恨毛泽东吗？遗憾的是，这些老人多已作古，死无对证，这种手法就有点黯然失色了。

于是又出来另一种手法，就是拿这些老人们的家属（特别是子女）来说事儿，也就是塞给人们这样一种逻辑：这些老人们受到了如此严重的冲击，他们的家属、子女，无论是出于来自其父母的影响，还是囿于其自身利益，也一定恨透了毛泽东。特别是其子女，他们是新一代，思想活跃，不会像他们的父母那样"愚忠"，挨了整还那么痴心不改。

事实果真如此吗？过去我只是听到一些舆论的鼓噪，对这件事情将信将疑。

实践才是检验真理的标准。这次通过"毛泽东日"倡议签名活动，使我受到了很大触动，原来事实并非原先一些舆论所鼓噪的那样。

彭德怀同志是建国后历次政治运动中受冲击的一个典型例子，他一辈子没有子女，在他弥留之际，是他的侄女彭梅魁守候在他身旁，为他送了终。彭梅魁同志恨毛泽东吗？不，她在"毛泽东日"倡议书上毅然签了名，签名留言中写道："历史伟人毛泽东！"

文化大革命中首先受到冲击的是"彭罗陆杨"，其中的"彭"是指彭真。这次，彭真同志的儿子傅洋同志参加了签字。"罗"就是罗瑞卿。罗瑞卿在文革中受到政治冲击，在被隔离审查时一时间想不通从楼上跳下来，没有摔死，但是腿摔断了，由于腿摔断了不能走路，被人用筐抬着参加批斗会。罗瑞卿的子女按说应该够恨毛泽东的了。但是，罗瑞卿的儿子罗箭同志在"毛泽东日"签名留言中写道："永远怀念毛主席"，罗瑞卿的女儿罗峪田同志写道："毛主席万岁！"

"彭罗陆杨"中的"陆"是陆定一，文革前的中宣部长。陆定一在文革中首先受到冲击，并且在毛泽东去世前一直没有平反。可是这次，陆定一的儿子陆德同志也参加了签名。他认为，毛泽东思想是我们的"理论根基"。

　　杨尚昆是"彭罗陆杨"中的"杨"。杨尚昆同志的儿子杨绍明同志也为"毛泽东日"签了名，其留言为："永远想念毛伯伯！"

　　文革初期与彭真一起被打倒的原北京市委第二书记刘仁，在文革中受冲击而病故。而这次签名活动中，刘仁的夫人、原北京市政协副主席甘英老同志也带头签了名。

　　文革中首先受到冲击的文化界代表人物是吴晗、邓拓、廖沫沙。文弱书生受到政治冲击，更难免自杀的厄运。彻底否定文革后，这三位文化界代表人物被作为文化界否定历史的筹码。而在这次"毛泽东日"签名活动中，邓拓同志的儿子邓壮和孙子邓磊都参加了签名。

　　文革中还有一桩著名的"六十一人自首变节案"，涉及薄一波、刘澜涛等党和国家领导人。但是这次"毛泽东日"活动的参加者中，却有刘澜涛的夫人方林老同志。

　　贺龙元帅在文革中受诬陷，有人说他要搞"兵变"，因而受到严重冲击。尽管毛泽东在世时就给贺龙平了反，但贺龙仍被一些居心叵测的人用来作为诋毁毛泽东的说辞。这次"毛泽东日"倡议签名活动中，贺龙的女儿贺捷生同志参加了签名，并在留言中简捷写道："同意这个倡议！"

　　文革中受冲击最严重的莫过前国家主席刘少奇。常人也许以为刘少奇的儿女应该都恨毛泽东。而在这次"毛泽东日"倡议活动中，刘少奇的女儿刘涛同志写道："毛主席是中华人民共和国的伟大缔造者"，刘少奇的女儿刘爱琴同志写道："祝贺纪念日成功！"

林彪也是在毛泽东在世时倒台的。按照某些人的逻辑，林彪一家也应该够恨毛泽东的了。可是，林彪的女儿林晓霖同志在这次签名活动时写道："毛主席永远活在我们心中！"

胡耀邦同志是人们非常熟悉的，他在文革中受过冲击，在1975年批邓时受过冲击，在否定文革时也起过重要作用，再后来的事情，不用再说，大家也都历历在心。而这次"毛泽东日"倡议活动中，耀邦的夫人李昭同志也签了名，并写下留言："毛主席永远活在我们心中！"

胡乔木也和耀邦差不多，文革时受过冲击，否定文革时起过作用，按照某些人的猜度，他一家也一定对毛泽东不满。可是这次"毛泽东日"倡议活动中，胡乔木的儿子胡石英同志写道："早该如此！"胡乔木的女儿胡木英同志写道："我们永远不会忘记毛泽东的时代"。

这次"毛泽东日"倡议活动中，包含的革命烈士、元老的夫人和子女的签名，已经统计出来的就有200个家庭以上，其中有些烈士和元老曾在党内受过批判，建国前受过批判的如瞿秋白、李立三、博古，建国后受过批判的如陈毅、彭德怀、罗瑞卿、刘少奇等等。

某些人可能抓住某一个受过冲击的元老的子女的某些言论，便断然下结论来诋毁毛泽东。但是他们的手法永远无法对抗这样一个事实：这么多受过冲击的老同志的夫人和子女同时表示怀念和拥护毛主席。个例怎么能对抗通例？

写到这里，我不禁感慨万千。为什么这些受过冲击的革命元老及其家属、子女，都还拥护毛泽东？思其原因，恐怕有这样几点：

首先，从内因方面来说，表现了这些同志内心的高尚和无私。他们不是从个人恩怨去看问题，而是站在时代的高度，以历史的眼光去看待过去的一切。看来，多数的革命烈士和革命元老后代，是能够具备这种高尚品德和反思能力的，而不像某些个别的"子女"，写出一本书来，借着回忆自己父亲的名义，来践踏毛泽东的思想和实践。

其次，从客观外因方面来看，由于经济基础的深刻演变及其上层建筑的相应嬗变，由于目前社会这里那里的贪污腐败、两极分化、道德沦丧，给了人们以极大的教育。社会的某些现实，与老一辈出生入死干革命的初衷，相差太远了。面对这样一种现实，建国以后毛主席一再担心的问题和一再采取的措施，建国以后老一辈人之间的一系列分歧和争论，难道不值得反思吗？

这次200多位革命烈士、革命元老的夫人和子女同时表示怀念和拥护毛主席，使我不能不心悦诚服：

我一服毛泽东。看来，毛泽东是打不倒的，无论何种人，以何种巧妙的方式，想要诋毁、丑化，或者偷换、淡化毛泽东，都将枉费心机、徒劳无功。

我二服这些革命烈士和革命元老的夫人和子女们。他们能有这样的胸怀和水平，站在历史的高度看问题，相比于那些只看到个人恩怨的人，相比于那些只看到既得利益的人，他们显得多么高大！

我三服历史规律。经过20多年社会实践的检验，面对活生生的社会现实，无论你曾经对毛泽东有过什么样的意见和看法，无论毛泽东本人有过什么样的缺点失误，历史的发展将证明，只有沿着毛泽东指引的道路，我们才能够不断接近真理，而沿着别的道路，除了混乱和谬误，我们什么也得不到。历史永远是最公正的判官。对毛泽东来说：任尔东西南北风，不废江河万古流；对那些妄图诋毁、淡化、取代毛泽东的人来说：尔曹身与名俱灭，螳臂挡车不自量！

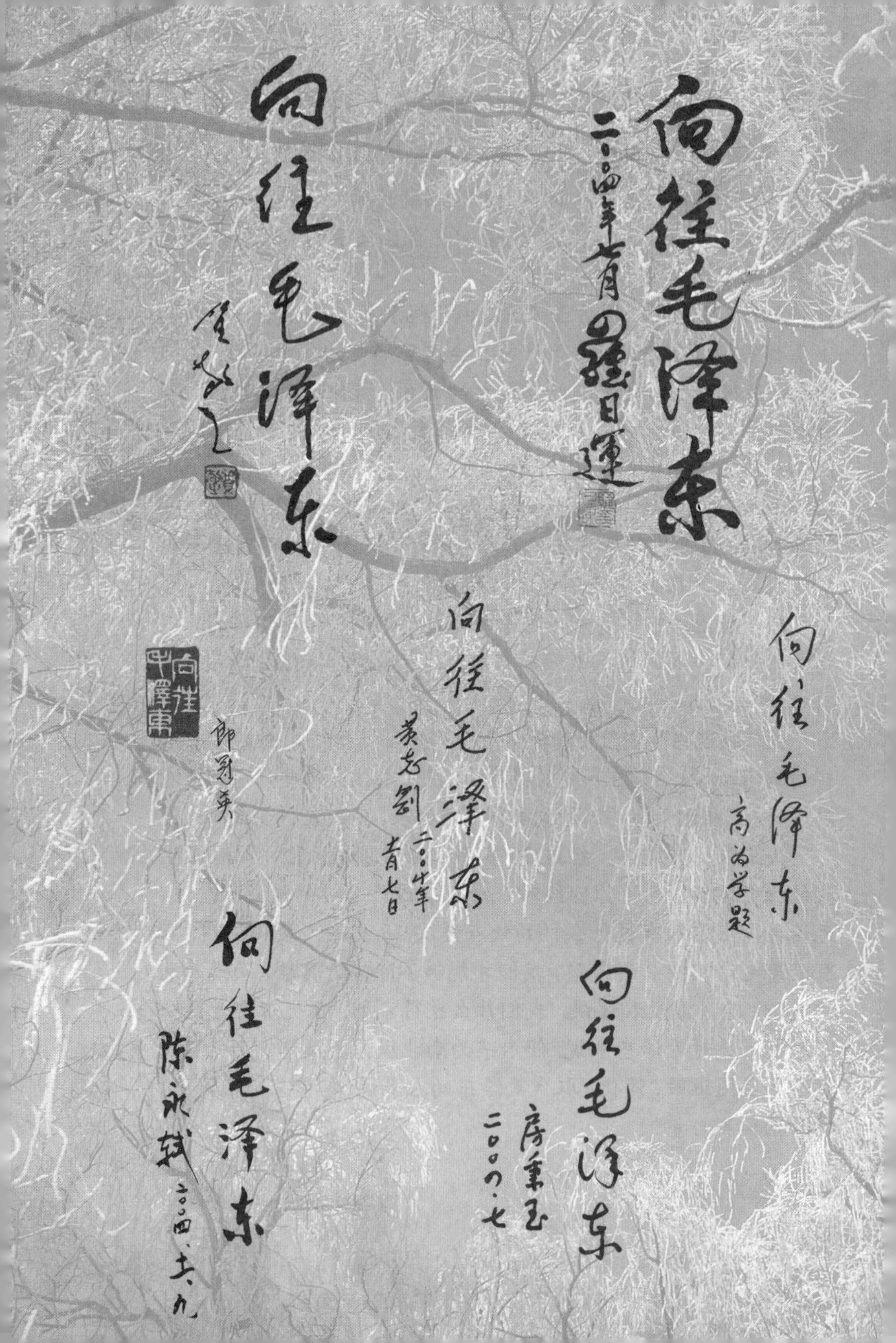

向往毛泽东

二〇一四年七月四日雨日运

向往毛泽东

向往毛泽东

向往毛泽东

高为学题

向往毛泽东

黄志刘
二〇〇年
青七日

向往毛泽东

房重玉
二〇〇·七

郎冠英

向往毛泽东

陈永斌 二〇四.六.九

向往毛泽东

何静修

向往毛澤東

雷云
2007年七月

向往毛泽东，景焕焕

向往毛泽东

李淑

向往毛泽东

杜桐

第三章 聚焦于韶山冲的

进入新世纪以来，到韶山瞻仰、参观的人数一路攀升。据韶山管理局副局长毛岸平介绍，2003 年来到韶山参观毛主席故居的就有 130 万人次，2004 年的人数达到 140 万人次。

2003 年 12 月 26 日这一天来自国内外的近 3 万人来到韶山，表达对伟人的崇敬和思念之情。而在此前的一周内，前来韶山参加纪念活动的人数达到 10 万人次。

韶山，因一位伟人在这里诞生而名扬四海；韶山，因一种革命精神在这里折射而光芒永照。韶山，已经成为新千年向往毛泽东的集合地。当年毛泽东从这里走出，代表着一个时代的开始；今天人们又回到这里，其中的历史意蕴不言而喻：中国还是应当走毛泽东的道路，哪怕经历再多的艰难坎坷，这条道路注定是人民搞革命搞建设、求解放求发展的唯一"捷径"。说是"捷径"，是因为如果我们回顾历史、展望未来，便会发现正是因为中国出了个毛泽东，才使得中国人民在历史的长河中、在艰难曲折的探索中，少走了许多弯路。

韶山精神世代相传

在那民族苦难的年代，在那民生凋敝的时刻，"走出韶山"涵盖着革命的全部寓意。从韶山走出的不只是毛泽东，还有他的亲人和战友们，他们共同书写了这段革命的传奇。这段传奇比得上人类历史中任何一次远行。

韶山养育了毛泽东，韶山还养育了一大批革命志士，他们在长期的革命斗争中，抛头颅，洒热血，进行了不屈不挠的斗争。毛泽东先后有6位亲人为革命捐躯，自韶山建立党支部起，前后有40多位革命志士英勇牺牲。韶山冲第一个党支部5位成员全部牺牲，第一任支部书记毛福轩被反动派五马分尸。

1959年毛泽东回到韶山、见到父老乡亲，提起牺牲的革命烈士，难过地说："是我把他们带出去闹革命的，可惜我没有把他们带回来。"

透过血与火的洗礼，我们才能读懂那不朽的诗篇：

> 别梦依稀咒逝川，故园三十二年前。
>
> 红旗卷起农奴戟，黑手高悬霸主鞭。
>
> 为有牺牲多壮志，敢教日月换新天。
>
> 喜看稻菽千重浪，遍地英雄下夕烟。

毛泽东的大弟毛泽民、二弟毛泽覃和妹妹毛泽建，都是在毛泽东的引导下走上革命道路的。

1921 年春节，毛泽东因事回到家乡，和弟弟毛泽民讲起国难当头的情况，说民生多艰的根本原因是旧社会的制度不好，只有大家一起来改变旧社会，建立新的社会制度，国家和民族才有出路，劝弟弟泽民舍家为国、舍己为民。大哥的一席话，使毛泽民懂得了要革命，要推翻旧制度，才能救千千万万穷苦农民的道理。毛泽民想到家里的财产问题，毛泽东说：这些都好办，房子可以让给人家住，田地可以给人家种，我们欠人家的钱一次还清，人家欠我们的一笔勾销，都不要了。泽民完全按大哥的意见，迅速妥善处理了家务。几天后，带着全家，挑着简单的行李，到了长沙。

毛泽覃生于 1905 年 9 月，比大哥毛泽东小 12 岁。他长得跟大哥一样，身材修长、大眼睛、圆脸。毛泽覃 8 岁进村里私塾读书，13 岁从韶山来到长沙"一师"附小学习，毛泽东成了他的监护人。在哥哥的关照下，毛泽覃成绩一直是班级的前三名。毕业后，毛泽覃进入长沙私立协均中学读书。这时毛泽东已与杨开慧结婚，他向小弟灌输马克思主义，常借些政治书籍给他看。1922 年秋冬之交，根据毛泽东的安排，毛泽覃和二哥毛泽民一起到湖南自修大学附设补习学校参加学习。那时毛泽东任中央湘区区委书记，和杨开慧住在湘区区委机关——清水塘 22 号。毛泽覃和几个同学也住在这里。不久毛泽覃便加入了中国共产党，并担任社会主义青年团地方执行委员会书记。1922 年下半年，湖南工人运动达到高潮。中共湘区区委书记毛泽东决定派毛泽覃去水口山铅锌矿区从事工人运动。到水口山后，毛泽覃担任工人俱乐部教育委员兼工人学校教员，领导工人罢工，并获得胜利。

毛泽建是毛泽东的堂妹，也是毛家的六位烈士之一。她于1905年10月出生在韶山东茅塘一个贫苦农民家庭。父亲毛蔚生，是毛泽东的嫡堂叔，靠帮工谋生，因生活穷困，过度劳累，年轻时就得了肺病，经常吐血。母亲陈氏，是个勤劳俭朴的家庭妇女，曾患红眼病，双目仅存三四分光。由于家计日蹙，毛泽建7岁时就过继给毛泽东的父母做女儿，从东茅塘搬来上屋场居住。到上屋场后，大哥毛泽东给她取名毛泽建。

1921年春节过后，毛泽东带着她来到长沙，先后送她到城内"建本"和"崇实"两所女子职业学校读书，由于她刻苦攻读，进步很快，成绩名列前茅，尤其是刺绣学得好。1922年9月，中共湘区委员会的自修大学附设的补习学校开办不久，毛泽建就来到这里，白天自修大学补习，晚上到平民夜校听课。

1927年，蒋介石、汪精卫先后背叛革命，国共两党全面破裂，"马日事变"后湖南省委遭受严重打击，中共中央决定成立以毛泽东为书记的新的湖南省委。这时已在武汉的毛泽东把两个弟弟找来，他说："和平的日子不多了，我们三兄弟在一起的日子不多了。"随后谈了自己对今后的想法，兄弟三人便各奔东西。毛泽民根据大哥的意见，回湖南准备秋收暴动。毛泽东则到湘赣边界发动秋收起义。毛泽覃也离开武汉，前往南昌，正赶上南下的"八一"起义部队，便去叶挺的十一军政治部工作，随部队转战于湘赣边界。

1925年，毛泽东同志在自己的故乡韶山创建了中国农村最早、最坚强的党支部之一——中共韶山支部，亲手在这里点燃了革命的火种。从此，韶山人民在党支部的领导下，前仆后继、英勇斗争，献身于党的崇高事业，谱写了一曲曲平凡而又壮丽的凯歌。几十年风风雨雨，数经变更的韶山党支部始终和毛泽东终生的事业保持着最为密切的联系。

1925年6月的一天晚上，农协骨干庞叔侃、毛新梅、李耿候、钟志申和共产党员毛福轩相继来到上屋场毛泽东同志卧室的阁楼上，如豆的油灯辉映着他们激动的脸，面对鲜红的党旗，四条精壮的汉子庄严地举起了自己的右手，一字一句地跟着毛泽东同志宣誓："努力革命，牺牲个人，服从组织，阶级斗争，严守秘密，永不叛党"。随后，毛泽东同志郑重宣布：隶属中共湘区委员会的中共韶山特别支部成立，党组织的代号为"大校CP"，党支部的代号为"庞德甫"。从安源煤矿奉命回乡协助毛泽东开展农民运动的毛福轩担任了第一任支部书记。

毛福轩（1897—1933）是韶山市韶源村人，1922年经毛泽东介绍在湖南自修大学附设补习班学习当勤杂工，半工半读。同年冬受毛泽东派遣到安源从事工人运动，加入中国共产党。

1924 年底，受党组织派遣回韶山开展农民运动。1925 年 6 月担任中共韶山特别支部第一任书记，后任湖南省委委员。1928 年被迫转移去上海，化名毛恩灏，打入金山县警察局，任巡长、分局局长，搜集情报，救护同志，机智勇敢地战斗在敌人的心脏里。因被叛徒出卖不幸被捕，于 1933 年 5 月在南京雨花台从容就义。在遗书中，毛福轩写道："余为革命奋斗牺牲，对于己身毫不挂虑"。解放后以他的事迹为原型，拍摄了影片《特殊身份的警官》。

最初加入韶山党支部的毛福轩、庞叔侃、李耿候、毛新梅、钟志申，他们后来都为革命献出了自己宝贵的生命，其中最小的年仅２２岁。毛福轩等 5 人，被韶山人民誉为"韶山五杰"，他们光荣的革命事迹，广为流传。

毛福轩牺牲几年后，毛泽东才在延安得悉毛福轩已为党捐躯，深情地说："一个农民出身的同志，学习和工作那样努力，一直到担任党的省委员会的工作，是很不容易的。" 1959 年 6 月，毛泽东回到韶山，在接见烈士遗孀贺菊英时又说："毛福轩同志为革命牺牲是光荣的。"

毛泽东为革命不辞日夜操劳，但也异常思念家乡，盼望着家乡亲人的音讯。然而，关山阻隔，音讯难通。加之国民党反动派对工农红军实行"围剿"，对革命根据地实地严密封锁，家乡音讯杳无。毛泽东俨如一位远方的游子，常常抬头遥望南天，寄托对家乡亲人的一片思念。

1927年10月，毛泽建接受党交给的任务，和丈夫陈芬同志一道，被派赴衡山。新县委成立后，陈芬任书记，她任县委妇女委员。衡山工农游击队成立，她参加了游击队的领导工作，打击土豪劣绅、爆炸县衙门、破坏铁路与通讯设备，成了令敌人闻风丧胆的女游击队长。在艰苦斗争的岁月里，她不忘学习，曾给自己取名毛日曦，她说："我们共产党人就要和太阳一样，红红烈烈，光明普照。"

她写信总在落款处画一柄利剑。她说："剑"与"建"同音，"泽建"就是"泽剑"。我喜欢利剑，它所向披靡。我们革命者就要像利剑一样，对敌人毫不留情。1928年春，在湘南特委领导下，毛泽建和丈夫陈芬参加了南岳暴动，一度攻占了南岳镇。不久，因组织遭到破坏，与上级联系中断。他俩听说朱德领导的工农革命军已进抵耒阳，就转移到那里。其时朱德的队伍已赴井冈山，他俩就在当地组织游击队，开展地下斗争。她担任队长，陈芬任党代表。这时她已怀孕七、八个月，仍奋不顾身，指挥战斗。

1928年6月，在一次突围中，毛泽建被捕。陈芬也同时被捕，后牺牲。不久，井冈山下来的一支队伍将她救出。但敌人很快反扑，毛泽建又一次被敌人逮捕。

敌人抓到了毛泽建，以她系"毛泽东之妹，马日前后，均负该党重要职责"，对她进行威逼利诱，多次审讯，妄图从她身上捞取我党的重要机密，却始终一无所获。面对敌人的酷刑，毛泽建坚贞不屈、毫不动摇。当敌人审问她的名字时，她昂首回答："我叫共产党！"

毛泽建在狱中被关押一年多后，于1929年8月在衡山县城南门外马庙坪慷慨就义，年仅24岁。南岳敛容，湘水含悲！

1934年，由于"左"倾冒险主义的错误，第五次反"围剿"失败，红军主力将要突围转移，苏区变成了白区，毛泽覃和妻子贺怡奉命留下来打游击。1934年12月，毛泽覃被任命为红军独立师师长。1935年，是白区工作最困难的岁月。4月的一个下午，毛泽覃率领的独立师被打散后，他便率领部分游击队员穿山越谷，黄昏时来到瑞金县一个名叫"红林"的大山中。高山上有个村子叫"黄田坑"，毛泽覃和游击队员们夜宿村里。不料第二天拂晓枪声大作，敌人追上来包围了村子，毛泽覃命令队员们撤往后山，他自己跑到门外一个高地，端枪扫射涌来的敌军，以掩护大家撤退。队员们迅速撤退了，而毛泽覃却再也无法突破敌人的包围，一阵枪弹飞过来，射中了毛泽覃的右腿，他勇敢还击，又一发子弹飞来，射中了他的左腿，鲜血染红了草地。毛泽覃咬紧牙关，忍着伤口的剧痛，双腿跪在地上，继续朝潮水般的敌人射击，子弹又飞过来，穿透了他的胸膛。毛泽覃牺牲时，年仅30岁。

1937年底，毛泽民积劳成疾，胃病更加严重，身体极为虚弱。中央安排毛泽民到苏联养病和学习，取道新疆去苏联，但到了迪化（即乌鲁木齐），因中苏边界发生鼠疫，暂断交通线，未能成行。当时，盛世才正要求中共派干部建设新疆，于是，中央批准毛泽民等人留新疆工作。毛泽民先担任财政厅长，后任民政厅长，为新疆人民的解放事业作出了很大贡献。1942年9月，盛世才捏造"共产党阴谋暴动案"，将共产党员陈潭秋、毛泽民等人逮捕。次年2月毛泽民被关进迪化第二监狱。9月被秘密杀害在狱中，尸体葬于迪化郊外六道弯山坡。毛泽东又一位亲人为革命献出了宝贵的生命！

随着抗日声浪的不断高涨，一批批进步青年，怀着抗日救国激情和对革命的向往，开始从全国各地跋山涉水、千里迢迢奔向革命圣地延安。此时，毛泽东的表兄文运昌正在长沙教书，获悉毛泽东正在延安领导抗日救国战争，他欣喜若狂、倍受鼓舞，迅速与毛泽东取得了书信联系。

1937年秋，文运昌在长沙长郡中学任庶务时，有一位学生莫立本，思想进步，满腔热情地希望去延安投奔革命，参加抗日救国。文运昌便写信介绍他去延安找毛泽东。莫立本经过几个月的长途跋涉，到达延安，向毛泽东转交了文运昌的信。毛泽东收阅此信后，随即于1937年11月亲笔复信文运昌。

毛泽东的信使家乡人民深受鼓舞、力量倍增，看到了中国革命的前途和光明。尽管毛泽东一再说明"并无薪水，不宜来此"，但湘潭、湘乡、韶山的一批有志青年，如章淼洪、毛泽全、毛泽润、毛慎义、毛远志等不畏艰苦，纷纷奔赴延安，投身抗日民族解放斗争，充分体现了家乡人民光荣的革命传统和斗争精神。

出生于韶山的另一些革命青年没有去延安，而是留在家乡坚持革命斗争，例如：毛浦珠，1917 年生于韶山，1938 年加入中国共产党，历任中共潭湘区委委员兼湖堤支部书记、韶山区委委员、书记，1945 年牺牲；毛振南，1918 年生于韶山，1938 年加入中国共产党，曾任党小组长、支委、支部书记，1944 年参加中共湖南省工委工作，解放前夕参加党的地下武装——湘中纠察总队，解放后曾任中共韶山区委书记；毛远翔，1924 年生，1942 年加入中国共产党，以教书为掩护从事党的秘密活动，1945 年组建中共桃花塘支部和中共银田区委，任委员、书记，后任武工队长，解放后在湖南省委工作。

全国解放以后的 1950 年隆冬，韶山乡的土地改革已到了划分成分的阶段。应该给毛泽东主席家划什么成分呢？当时负责土改的农会主席兼乡长毛寅秋犯了难：按实有财产，应划富农；把富农的成分划给一个革命领袖家，又于心不安。

毛寅秋想来想去，主意已定。他提笔给毛主席写了一封信，大意是：家乡人民在党的正确领导和您的亲切关怀下，土改现已进入划分成分、分田的阶段了。您老是知道的，韶山是山多田少，初步推算，人均九分三左右，不知您老一家有几口人分田？

信发出不久，毛岸英、毛岸青兄弟俩来到韶山，转交了毛泽东同志的亲笔信，信中嘱托：一、所有财产分给农民；二、划为富农，则无旁议，付来三百元，作退押金；三、人民的政府执法不徇情，照政策办事，人民会相信政府。

毛泽东同志尊重地方政府的决定，模范地执行政策的崇高品质，教育了乡政府的同志和家乡人民。"照政策办事"，不但成了韶山人民的口头禅，同时，也成为他们的自觉行动。

中国农民创造了毛泽东，毛泽东解放了中国农民。合作化运动，是毛泽东再一次解放农民的战略选择。

这个来自韶山冲农民的儿子深深体会到，小农经济决不是中国农民走向繁荣富裕的出路。他的治国方略与共产主义运动创始人的思想达到一脉相承的境界。马克思在他的鸿篇巨著《资本论》中写道：

> 小块土地所有制按其本性来说，就是排斥社会生产力的发展、劳动的社会化、资本的社会积聚、规模经济和科学技术的不断扩大的应用，生产资料无止境地分散，生产条件日趋恶化，对这种生产方式来说，好年成也是一种不幸。

毛泽东作出了把农民"组织起来"的重大决策。1955年8月5日，毛泽东复信给湖南省湘潭县韶山乡政府，称"互助合作大有发展，极为高兴。"同日，毛泽东还复信湖南省湘潭县云源乡政府，"望随时相告乡间情况"。8月7日，毛泽东和中央的许多领导同志集体前往北戴河"疗养"。"疗养"期间，毛泽东审阅了 120 多篇全国各地关于农业合作化的材料，在部分材料上写下按语和序言，编辑《中国农村的社会主义高潮》一书，准备出版发行。

建国初期，毛泽东的一些亲朋故旧纷纷投书北京，要求他帮助解决问题，有的要求他帮助调入北京安置工作，有的要求他出面介绍工作。对此，毛泽东以全心全意为人民服务的博大胸怀，断然抛弃"一人得道，鸡犬升天"这种"任人唯亲"的历史陈规，模范地执行党和国家的方针政策，带头遵守人事制度，一一劝阻，婉言谢绝。1949 年毛泽东刚进京便收到杨开慧烈士之兄杨开智的信，提出希望能在北京安排工作。同年 10 月 9 日，毛泽东回信希望杨开智"在湘听候中共湖南省委分配合乎你能力的工作，不要有任何奢望，不要来北京。湖南省委派你什么工作就做什么工作，一切按正常规矩办事，不要使政府为难。"毛泽东又写信给当时任湖南省军政委员会委员、长沙军管会副主任的王首道，嘱咐他说"杨开智等不要来京，在湘按其能力分配适当工作，任何无理要求，不应允许。"

毛泽东说："我对开慧家里的人和我家中的人一样非常有感情。开慧在家乡搞革命工作，他们都支持。开慧被反动派逮捕以后，他们也冒着极大的风险，千方百计地设法营救。开慧被反动派杀害了，他们冒着风险收殓尸体，还营救岸英他们，把他们送到上海交给地下党组织。他们这样做，我是非常感激的。可是，开慧的哥哥杨开智本来在湖南农场工作很好，现在来信要我在北平给他安排工作。我如果这么做，不说以后其他亲友也会提出这类要求，就是只解决他一个人的工作问题，我也是强加于组织，强加于群众呀。"

毛泽东的表兄文运昌给毛泽东的秘书田家英写了一封信，并随信开列了一个14人的名单，都是毛泽东外祖家的亲属，要求照顾安排工作或保送升学。这份名单后来转到了毛泽东手里，毛泽东在上面批示："许多人介绍工作，不能办，人们会要说话的。"这以后，毛泽东外祖家的亲人又陆续直接给毛泽东写了一些信，他都以"宜在湖南就近解决工作问题，不宜远游"、"不宜由我推荐"、"未便直接为他作介，尚乞谅之"等等婉言谢绝，没有一人被特殊照顾。1949年10月，毛岸英的表舅向立三在来信中谈到他的另一位亲戚希望能在长沙谋个"厅长方面位置"。毛泽东嘱咐毛岸英复信婉拒其要求，毛岸英在给亲戚的复信中写道："至于父亲，他是这种做法最坚决的反对者，因为这种做法是与共产主义思想、毛泽东思想水火不相容的，与人民大众的利益不相容的，是极不公平、极不合理的。""新中国之所以不同于旧中国，共产党之所以不同于国民党，毛泽东之所以不同于蒋介石，毛泽东的子女妻舅之所以不同于蒋介石的子女妻舅，除了其他更基本的原因以外，正在于此:皇亲贵戚仗势发财，少数人统治多数人的时代已经一去不复返了。靠自己的劳动和才能吃饭的时代已经来临了。""生活问题要整个解决，而不可个别解决。大众的利益应该首先顾及，放在第一位。个人主义是不成的。"毛岸英的信，感人至深，也从一个侧面反映出毛泽东以人民的利益为最高准则的伟大品格和以廉为政的深谋远志。

韶山有光荣的革命传统，韶山这个支部是毛主席亲手创建的，支部书记到毛雨时是第24任。原来的支部书记，在革命的各个时期，都为党的中心工作、党的各项任务尽心尽力，有些人在解放前就牺牲了。解放后50年代到60年代，一直到今天，支部的宗旨都是"为人民服务"。毛雨时，一个纯朴的农民，上世纪80年代当过农科员、会计、副主任，1984年开始当大队长，一直干到1995年。1996年担任支部书记，他领导村支部这些年，一直坚持"为人民服务"的宗旨不变，主要体现在带领群众干好两件大事。

首先是发展集体经济，只有发展集体经济才能共同致富，才能提高党组织的战斗力、凝聚力。第二是大兴水利建设，为农民改善农业生产设施和条件。从1996年开始，抓住韶山被列入国家农业综合开发区的契机，大搞田园水利建设，利用集体经济积累的300多万元，连续6年进行农业开发，全村600多亩水田全部平整为田园化工程，实行山、水、田、林、路综合治理，达到了国家农业开发"直如线、弯如月、坚如铁、平如镜、美如画"十五字方针标准。全村112口山塘、80000米渠道、8座机埠都得到了高标准整修。通过多年的艰苦奋斗，韶山村取得了可喜的成绩，各项工作走在前列。村社会总产值过亿元，村级纯收入80多万元，人均可支配收入5000多元。这与毛雨时公而忘私为民办实事是分不开的。

韶山这块神奇的土地，水绕山环，风光旖旎。置身于韶山，你总会被一种精神所感动。"为有牺牲多壮志，敢叫日月换新天"，慷慨激昂的诗句，不正是这种精神的写照？就是这样的韶山精神，感动着每一位慕名前来的人们。

人民群众云集韶山，向往毛泽东

2003年12月26日，是毛泽东诞辰110周年纪念日。从26日晨零时起，韶山的群众自发地聚集到毛泽东铜像广场，向主席像献花、燃放鞭炮，以表达心中的悼念、景仰之情。到早上8点半左右，广场上已经聚集了4000多名群众，其中有全国各地自发来到韶山参加纪念活动的群众。

在毛主席故居前，来自西藏林芝县的游客尼玛次仁正在兴奋地拍照留念。他激动地说，是毛主席、共产党给西藏人民带来了幸福生活，今天来到他老人家的故居瞻仰，既是一种怀念，更是对美好生活的憧憬。

"我是在历史书中认识毛泽东的，他是一位影响世界的伟人！"哈萨克族游客阿尼亚这样说。

美国马里兰大学一位教授参观完故居后感慨地说："在我的印象中，他被描述成民族之神。看了毛泽东的故居，我才知道他是生长在一个什么样的家庭里，了解了他极具人性化的一面。他对共产主义事业执著地投入，提出的'实事求是'、'为人民服务'等思想，始终是民主政治的最基本内容。"

河北省石家庄市的武女士兴奋地说："我对毛主席的人格和功绩非常敬仰，瞻仰毛主席故居和铜像是多年的愿望，我今天非常高兴，多年的愿望终于实现了。"

湖北老退伍军人万怀东悼念毛泽东的方式最为引人注目。他身着"65式"军装，在毛泽东铜像前大声朗诵《毛泽东颂 —— 毛泽东诗词精选》。万怀东眼含热泪对周围观看的人说："我从小在孤儿院长大，是毛泽东给了我第二次生命。"

来自深圳的毛泽东像章收藏家李雷鸣，激动地谈起自己与毛泽东像章的情缘。他说，他虽然没有见过毛主席，但是却生在红旗下，唱着《东方红》，沐浴着毛泽东思想的阳光雨露长大成人。一次偶然的机会让他对毛主席像章一见钟情，后来收藏的兴趣越来越浓，并成为自己最重要的精神寄托。他还说，在毛泽东同志诞辰 110 周年特别的日子里，在主席家乡的土地上，他萌发了一个想法：为了让像章能发挥更大作用，体现其社会价值，像章应该有个"家"。他想"家"应该是在韶山。

一位柳州青年毛阿毛在网上发表了《关于隆重纪念毛主席诞

辰110周年的倡议书》，然后他千里单骑来到韶山，为我们记录下了珍贵的一幕。

为确保这项特殊意义的活动取得成功，他毅然辞掉了工作。周围的人都说他简直是疯了，父母也很为他担心。可他说，我必须去，一定要去，一定要成功，否则会后悔一辈子的！在筹备期间，毛阿毛日以继夜忙碌着，在朋友的协助下，他创办了活动专用网站（www.maoamao.com）。

尽管很多人不解，甚至嘲讽，但毛阿毛的出行仪式还是顺利地在2003年10月26日上午的毛家饭店柳州店举行了。柳州市社科联主席，共青团柳州市委副书记，各大媒体及亲友团三十多人为他壮行。他的行程路线依次是柳州、桂林、永州、衡阳、株洲、长沙、湘潭、韶山等十五个县市，行程一千多公里。孤身一人的他，风雨兼程，多有磨难，面对爆胎、漏气、生病、饥渴、迷路等等诸多困难，他笑以应对，激情飞扬。他说，只要心中想着毛主席，就什么都不怕，什么困难都能克服了。

他每到一地，都给当地政府、共青团组织和媒体投寄倡议书，号召全社会都积极行动起来，纪念伟大领袖毛主席。同时，他还调查了解当地革命遗迹并寻访老红军、老革命，收集毛泽东时代的故事，以及开展签名活动等。他真诚地希望更多的青年也积极行动起来，所以到株洲工学院、湖南大学、第一师范、湘潭大学等十多所大中小学作演讲、作调查、开展签名活动，受到师生们的热烈欢迎。广大青年学子非常钦佩他的行为，大家纷纷签名并写上自己最想对毛主席说的心里话，委托他带到韶山。在青年人眼中，毛主席是伟人，是中华民族的大英雄！

毛阿毛的行动不但在沿途引起强烈反响，在网上反响更大。他白天行军，晚上则到网吧把当天日记、把沿途见闻、所思所想传上网和网友们分享。他的行动吸引了五万多网友的关注。网友们纷纷致电或发短信向他表示慰问和鼓励，这让阿毛感到自己并不孤独，他的背后有着千千万万人民群众的支持！他于2003年12月1日胜利抵达红太阳升起的地方——韶山，先后参观了毛主席故居、纪念馆、滴水洞、纪念园等，并拜访了见过毛主席的老人们。同时，他还应"毛泽东旗帜"网之邀，在韶山开展"关于将12月26日法定为国家纪念日'毛泽东日'"的签名活动。

12月26日是韶山最为激动人心的一天。来自全国各地的数万群众相聚韶山，开展盛大的纪念活动。鞭炮燃起来，歌声唱起来，舞蹈跳起来，口号喊起来……人民群众用自己的方式深情缅怀毛主席。毛阿毛被深深地感动和强烈地震撼着。能亲眼见证这一伟大的历史场面，真是三生有幸啊！

2004年1月1日，他放弃了坐火车回家的计划，千里单骑回故乡。他高举着"学习毛泽东"的大旗，战风雨，抗冰雪，张扬着"与天斗，其乐无穷；与地斗，其乐无穷"的澎湃激情，在神州大地划了一个美丽的圈……

　　韶山，不仅是人民群众寄托思念的圣地，也是艺术家体验生活的宝地。扮演青年毛泽东的特型演员王霙 素有陕西"毛泽东"之称的特型演员王翰文，都到过韶山体验生活。

　　李尔重同志曾经来到韶山。作为一位早期投身革命运动、身经百战的老革命家，李尔重同志置身韶山冲，抚今追昔，头脑里有着更加冷静的沉思。老人提笔写道：

　　伫立韶山冲，茅屋在眼中。一门六烈士，幸存毛泽东。人民同呼吸，烈火铸英雄。根深泥土厚，马列郁葱葱。忠民养大勇，求是点明灯。坎坷千重路，崎岖万里行。顺境常虑险，困厄无悲容。革地改天事，脱胎换骨同。政权容易得，旧秽最难清。无影无声处，毒虫毒菌生。一朝蚁穴破，堤溃恶浪腾。毁国亡身日，触目最心惊。常恐红旗落，时时敲警钟。身行防腐败，力戒骄傲情。守志八十载，轨物最范风。身后无常物，木铎总有声。斯人已归去，红霞驻长空。冬寒君莫叹，寒尽梅花红。正道沧桑变，潮儿踏波行。无为在歧路，相与泪纵横。天下纷纷乱，报曙有鸡鸣。

　　在毛泽东铜像前，从北京、广东、上海等１０多个省市赶来的车辆，将原本宽阔的道路挤得水泄不通。鲜花制成的花篮里三层外三层摆满铜像周围。居住在"铜像广场"附近的韶山市民黄女士说，纪念毛泽东诞辰１１０周年活动之后的几个月里，在韶山举行的各种民间纪念活动就始终没有停息。

毛主席110岁华诞，韶山纪念工程丰富多彩

2003年纪念毛泽东同志诞辰110周年，湖南省委、省政府、湘潭市委、市政府和韶山市委、市政府早就作了精心筹划和安排，启动了一系列纪念活动，包括"毛泽东同志诞辰110周年纪念大会"、"纪念毛泽东同志诞辰110周年大型文艺演出"、"纪念毛泽东同志诞辰110周年全国书法大赛"、"纪念毛泽东同志诞辰110周年12·26长跑比赛"，以及"毛主席永远活在我们心中"全国征文大赛。

2003年12月，韶山到处悬挂着"隆重纪念毛泽东同志诞辰110周年"、"为有牺牲多壮志，敢教日月换新天"、"缅怀毛主席，建设新韶山"等巨幅标语，街道干干净净，韶山沉浸在喜庆气氛之中。

由中国县市报研究会、韶山市毛泽东同志诞辰110周年纪念活动组委会联合举办的"毛主席永远活在我们心中"全国征文大赛，从2003年8月开始，到11月30日，收到来自全国26个省、市、自治区3000多篇文章，从不同角度歌颂了毛泽东的丰功伟绩，抒发了各族人民对毛主席的无限怀念之情。

韶山市举办的韶山市"纪念毛泽东同志诞辰110周年'东方红'杯书画大赛"，从2003年9月份开始，全国有1.8万作者参加，收到作品2万多件。参赛选手中年龄最大的93岁，最小的

5岁，其中有工人、农民、教师、各级党政领导、人民解放军的将军，大学教授、画家。书法作品都是书写毛主席诗词、美术作品大都是毛主席诗词、警句意境的描绘。

2003年12月20日开始，湘潭市在韶山举办领袖著作、纪念文集、相关文学作品主题书市。12月23日，举行了《爷爷毛泽东》一书签名售书活动和《历史的记忆——毛泽东像章赏析》一书首发式。

2003年12月23日，韶山举行《毛泽东同志像章展》、《邵华将军摄影展》、《新中国从这里走来》摄影展。

2003年12月24日，湖南省委在韶山举行"湖南省纪念毛泽东同志诞辰110周年座谈会"，还举行了"湖南省纪念毛泽东同志诞辰110周年'东方红'大型诗词歌会"，并举行了"韶乐公演"。

始建于上世纪60年代末的韶山"毛泽东同志纪念馆"，2001年开始进行改建，上海市科委将其列为国内科技合作重大项目大力支持，上海大学计算中心科技人员承接这一工程后，倾力创新，不仅使展示面积增加1倍（达1600多平方米），而且大量运用高科技表现手法，使观众身临其境。在毛主席110周年诞辰前夕，"毛泽东同志纪念馆"改建工程已竣工，声光电构成的虚拟场景美不胜收，宛如穿越时光隧道，带领人们追寻毛泽东带领中国人民走过的光辉足迹:目击"一大"会议秘密召开，旁观遵义会议唇枪舌剑，参加万里长征……栩栩如生地再现了毛主席伟大的一生和中国革命壮阔的历程，一幕幕历史风云在观众眼前重现。画面中的 13 段多媒体场景脚本均根据中央文献研究室提供的材料编写，真实可靠，由上海戏剧学院百余位师生"友情出演"。上海大学科技人员感慨道："设计改建纪念馆的过程，是一次深刻的爱国主义教育，推动我们千方百计把工作做得好上加好。"

2003 年 12 月 25 日，韶山市举行"纪念毛泽东诞辰 110 周年座谈会"。

2003 年 12 月 26 日，中共韶山市委向毛泽东同志铜像敬献花篮；韶山市举行了从毛主席故居至韶山火车站的长跑赛。

同一天，"中国韶山首届红杜鹃文化节"开幕；晚上，举行了"纪念毛泽东同志诞辰 110 周年焰火晚会"。

2003 年 12 月 20 日，韶山市政府代表团来到北京，拜谒了毛主席遗容，敬献了花圈，并将一尊以韶山毛泽东铜像为原形按比例微缩制作的毛泽东纯金塑像，敬赠给毛主席纪念堂做永久收藏。

2003 年，韶山为纪念毛主席诞辰 110 周年，不仅整治了毛泽东同志铜像周边环境，还改造了韶山环线、韶河综合治理等八大重点工程。

情系伟人的放歌

韶山青松翠，韶峰太阳红。2003 年 12 月 24 日，韶山冲响彻《东方红》，11 万韶山儿女和来自祖国各地的人民群众，以各种形式隆重纪念毛泽东同志诞辰 110 周年。

毛主席铜像广场前，"湖南省纪念毛泽东同志诞辰 110 周年大型诗词歌会"开始了，当一曲曾经激动过亿万群众的《东方红》乐曲再次奏响时，在场的万余群众情不自禁地引吭高歌，韶山顿时成了诗与歌的海洋。激越、动人的毛泽东诗词及革命历史歌曲把人们带到了那难忘的年代。随着《农友歌》的唱出，毛泽东当年考察农运的历程历历如在目前；《长征》《解放区的天》《歌唱祖国》等展现了毛泽东同志在各个历史阶段带领我们前进的壮丽图景。尤其《十送红军》的旋律一响起，全场立刻沉浸到对红军弟兄的怀念中。当歌曲唱到"问一声亲人呵，几时再回山……"，人们的思绪一下转到了韶山冲那片池塘和那池塘畔的几间茅草屋间……

诗的咏叹、歌的洋溢……人们兴奋着，也思考着。在此时此刻置身韶山，你能够无数次听人们说道："我们永远怀念毛主席！""毛主席永远活在我们心里！"这些话为什么人们常说不厌，听者也常感动着，因为他们说的都是内心话啊！一个领袖心中常装着人民，很自然的，人民心中则永远有他们的领袖。毛泽东是深深植根于民众的伟大领袖，人民对他的情怀就像韶山青松那样永不凋谢！情系伟人的放歌激人心魄，长驻心间！

12 月 24 日下午 2 点，韶峰下，"毛泽东纪念园"里埙、筝、钟、磬齐鸣，手捧火盆的"苗蛮"们执矛舞蹈……韶山儿女以一曲失传了4000年的韶乐拉开了追思领袖毛泽东系列活动的帷幕。

韶乐，相传是上古舜帝之乐，舜帝为将中原文化传入苗地，来到汉苗交界之地的韶山，登至韶山最高峰韶峰，忽听鼓角齐鸣，手执弓矛的"苗蛮"们将舜帝一行团团围住达三天三夜。在情势危急之际，舜帝命人奏起了美仑美奂的"韶乐"，一时间凤凰下临，百鸟和鸣，"苗蛮"们在妙不可言的乐声中，丢下武器，踏着节奏舞蹈不止，干戈化为玉帛——这座当年演奏韶乐的山峰，后来得名为韶峰。在纪念毛泽东同志诞辰110周年的活动中，韶山儿女重编了失传4000年的"韶乐"，以表达对伟人的追思。

魂牵梦绕韶山情

2004年9月9日，由韶山村党支部和村委会编写的《韶山魂》一书正式公开发行。韶山村人民向毛主席诞辰110周年献上了一份厚礼。

2001年6月，韶山村内部发行了《韶山魂——韶山村史》。2002年4月，韶山村开始对该书进行修编，现已由湖南人民出版社出版5000册，正式面向社会公开发行。

《韶山魂》一书以"钟灵毓秀"、"韶山之子"、"政事纪略"、"山村巨变"、"景观揽胜"和"人物春秋"等篇目展示韶山村特色，歌颂韶山村人民在毛泽东思想的指引下，艰苦创业、开拓进取的豪迈精神。

在公开发行座谈会上，韶山村党总支书记毛雨时说，9月9日是个令人难忘的日子，韶山村人民更不会忘记主席的丰功伟绩。公开发行《韶山魂》一书将更好地宣传韶山，弘扬韶山精神，教育子孙后代，发扬革命传统，把毛主席的家乡建设得更加美好。

《百姓心中的毛泽东——网络纪念毛主席》出版

毛泽东，一个永恒的话题！随着时光的流逝，尘埃洗尽后，留下的是人们的无限思念、不尽缅怀，数千古风流人物，还看毛泽东！

因为互联网，毛泽东的点点滴滴得以用文字、图片、音影、游戏等各种集声光色于一体的网络传媒手段迅速地向全世界传播。尤其是网民们可以在网上的各种纪念毛主席的论坛及留言板中直抒己见，畅所欲言表达他们对毛主席的无比热爱之情。"中国韶山网"作为韶山市纪念毛泽东同志诞辰110周年纪念活动组委会指定的唯一专用网站，借天时地利，其"网上祭奠"毛主席和"焦点网坛"栏目便成了世人瞩目的焦点，义不容辞地充当了网上纪念的一个纽带，成为广大网民自发学习毛泽东思想，缅怀毛主席的丰功伟绩和弘扬爱国民族精神的一个网上阵地。自"中国韶山网"的网上祭奠留言开通以来，有十多万人次前来浏览、观看，上至九旬老人，下至四岁儿童，都在其中留下了发言；从国内到海外，凡有中国人的地方都有声音在这里响起，他们都是中国韶山网的真实朋友。他们留下的近万份留言中，既有精彩散文，也有优美诗词，既有精悍短文，也有长篇宏论，充满真知灼见。为纪念毛泽东同志，"中国韶山网"特选取部分有代表性的留言，编辑出版了《百姓心中的毛泽东——网络纪念毛主席》一书。

这是一本直接反映普通老百姓评价一代伟人毛泽东的图书，情真意切，真实感人，读后让人热泪盈眶、掩卷沉思。它既是纯正的网络文学作品汇编，形式新颖；又是真情直抒的毛学书籍中的一朵奇葩，别开生面；因其是（纪念毛主席110岁华诞）特定时期的网络留言汇编，极具史学价值。此书通过网上网下虚拟和现实两个空间的互动，原声重现网友的真情精彩言论。同时在编纂上、在装帧美工上力求完美，高规格、高品质、高档次；其图片制作精美，许多独家资料首次面世，让人浮想、耐人回味。

老革命家李尔重同志为该书作序：

毛主席逝世已经28年了。他弥留之前说："我一生干了两件事：一件是与蒋介石斗了那么几十年，把他赶到那么几个海岛上去了；抗战八年，把日本人请回老家去了。对这些事持异议的人不多。……另一件事你们都知道，就是发动文化大革命，这事拥护的人不多，反对的人不少。这两件事没有完，这笔'遗产'得交给下一代。怎么交？和平不成动荡中交，搞不好就得'血雨腥风'了。你们怎么办？只有天知道。"

这话不是随便说的。

他在1955年10月1日还说过："在五十年到七十五年这个期间，国际国内党内会发生严重的复杂的冲突和斗争，我们一定会遇到许多困难。"（《农业合作化的一场辩论和当前的阶级斗争》）

如何？苏联解体了，东欧剧变了，社会主义阵营垮台了；世界两霸变成一霸了，美霸踢开联合国肆意横行，到处以各种"莫须有"的名义进行侵略。帝国主义反动言论，修正主义的言论，新自由主义的言论，"私有财产神圣不可侵犯"论，"私有股份万能"论，……铺天盖地，惑乱人心，咬定"马克思主义过时了"，"共产主义茫茫不可捉摸，不必看了"，"毛泽东思想"是"好斗的公鸡"、"教条"、"左倾机会主义"……等都来了。

于今，世界共产主义运动进入低潮。

在我们国内，赞颂毛泽东的有，冷落毛泽东的有，反对毛泽东的有，口头上挂着毛泽东、内心上仇恨毛泽东的有，至于丢开毛泽东追求发财享乐的人更是不少。

"百花开时香气盛，
忙煞蝴蝶绕村飞。
一朝西风凋碧树，
岂有黄莺唱好歌！"

这本来是革命潮长潮落时必有的现象，也曾逼得毛主席唱过"西风烈，长空雁叫霜晨月，'霜晨月'马蹄声碎，喇叭声咽。……"逼得鲁迅先生唱出"惯于长夜过春时"，"忍看朋辈成新鬼，怒向刀丛觅小诗，吟罢低眉无处写，月光如水照缁衣。""独坐小楼成一统"。但是他们依靠群众，终于争得了中国革命的胜利。

胜利了，万民欢腾，群众欢乐。但是毛主席告诉我们："这只是万里长征走完了第一步"（七届二中全会的报告），"福兮祸所伏，祸兮福所倚。"人民取得了政权，也只是奔向消灭阶级、消灭剥削、消灭资产阶级复辟，达到人人平等、共同富裕、各尽所能、按需分配的共产主义的一个开端。制造社会灾难的私有制还存在，国内资产阶级残余，其他反动势力与国际帝国主义的联合进攻（有文的腐蚀，有武的侵略）等未停止。

新民主主义革命胜利了，中国人民站起来了，人民掌握了政权，这是个伟大的胜利。

胜利了，手中掌握了政权，下一步该干什么？

搞社会主义革命。毛主席说："据四十年和二十八年的经验，中国人民不是倒向帝国主义一边，就是倒向社会主义一边，绝无例外。"（《论人民民主专政》）

社会主义是什么？社会主义是共产主义的初级阶段，它是奔向共产主义的前一段，在这一阶段里一步一步地为实现"同传统所有制（即私有制——注）关系实行最彻底的决裂，……它（共产主义——注）在自己的发展进程中要同传统的观念（私有制的传统观念——注）实行最彻底的决裂。"（共产党党章）而努力奋斗。我们不能靠"各顾各"发财致富救自己和后代子孙，我们靠公有制，各尽所能，发公财、致公富、为全人类造万代幸福。河南临颖南街村、河北的半壁店、周家庄、北京的窦店、湖北的洪林村……据说全国有七千左右这样的单位，坚持走集体化道路，使人人有房住，有受教育机会，有富裕生活，养老医疗等社会保险；人人为公劳动，人人享受共同劳动之所得；人人体会到走集体化路才能达到共同富裕，人人为公的观念便日益增强；这些单位几乎扫掉了一切犯罪行为，人与人相互友爱，安居乐业。

这些单位给我们创造出奔向共产主义的实例和奔向共产主义的实际步伐。

……

看看这些实例，能说共产主义是摸不着，看不见的么？

纪念毛主席献身革命，一门六烈士，不以权谋私，不特殊于人民之上，一生艰苦奋斗，无所畏惧，无求无悔的伟大品格；纪念毛主席与人民一起推到了三座大山，创造了人民民主专政的天下，纪念他打开了社会主义革命和建设社会主义的大道；纪念他一生不辍地学习马克思主义、实践马克思主义、在批评和自我批评中发展马克思主义。

纪念本身不是目的，学习并实践共产主义革命运动，接过他临终瞩托的未竟事业，高举马克思主义旗帜，实践无产专政下继续革命的任务，不畏一切，为实现共产主义，艰苦地长征下去，才是目的。

毛主席最讨厌人们用空话恭维他，他拒绝林彪称他为"顶峰"。我们诚心纪念他，最好的祭品是：以他为榜样，与反动派、与修正主义、与共产主义的叛徒，战斗到底。

毛主席曾对年轻人说：中国是我们的，也是你们的，但最终还是你们的。历史决定着：青年一代担负着天下的兴亡。

要认真刻苦地学马克思主义经典著作和毛主席的著作，把自己的革命感情提高为理性认识，为革命人生观打下一个比较坚实的基础。

真正的理性认识，是书本知识与实践的统一。读革命的书并不是为了夸夸其谈，是为了以之为武器研究实际问题，找出合乎规律的实践道路，争取一步一步的新胜利，达到"星星之火，可以燎原"的目的。

不论从国际上看或从国内看，有无数的问题摆在面前，许多人都担心：亡党、亡国、亡头。但矛盾的中心在哪里，这一大堆矛盾应从何入手去解决，这是必须研究的。光着急，光骂人，光愤慨，是无济于事的。必须刻苦研究，抓住前进的正确战略与策略，像毛主席"论政策"、"七届二中全会上的报告"那样分析问题指导行动。人，一生不犯错误，是不可能的；革命者必须掌握理论武器，苦心研究实际，争取少犯错误。

目前的情况是，许多热心的人并没有下功夫读马克思主义和毛主席的著作，或者更没有像毛主席那样下调查研究的功夫。这会使我们认识肤浅，收不到预期的效果。

这本书的出版，必将引导许多有良知的人进一步认识毛主席一生集中了中国人民的智慧的伟大作用：它不但指导我们取得了新民主主义革命的胜利，而且必将指导我们在无产阶级专政下继续革命，争得社会主义革命的彻底胜利。这是可望、可兹的。但，我更进一步祝愿：兴起一个读马克思主义、毛泽东思想的著作的高潮，从而接过毛主席的临终嘱托：搞好社会主义革命，消灭阶级，消灭剥削，消灭制造灾难的私有制，达到人人平等，共同富裕的目的。

与反动派斗争到底，与披着各种伪装的、维护私有制的修正主义斗争到底。坚决走公有制道路，反对两极分化。

党和国家领导人到韶山，怀念毛泽东主席

韶山是新一届党和国家领导人最关注的地方，因为那里孕育着中国革命之魂。

2003 年 11 月 8 日，中共中央政治局委员、书记处书记、中宣部长刘云山一行来到韶山参观考察。刘云山向毛泽东铜像敬献了花篮，瞻仰了毛主席故居。在听取了关于韶山经济社会发展情况、纪念毛主席诞辰 110 周年活动筹备情况的汇报后，刘云山提出：要把精心组织毛主席诞辰 110 周年纪念活动作为重要的政治任务和政治责任，认真贯彻中央精神，纪念活动立足教育，

着重发展，指导思想明确。

2003年12月11日，中共中央政治局常委李长春同志一行来到韶山。李长春同志向毛泽东铜像敬献了花篮，参观了改造一新的毛泽东同志纪念馆，瞻仰了毛主席故居，还参观了滴水洞景区，视察了毛泽东图书馆。

李长春同志指出，要把韶山建设成为爱国主义教育基地，弘扬民族精神的基地，革命传统教育和精神文明建设的基地。要通过我们的努力，弘扬毛主席的精神财富，把毛主席留给我们的精神财富融入到中华民族的血脉中去。

2003年5月"非典"正肆虐着中国大地，曾庆红副主席不畏艰险来到湖南考察工作。在考察中他专程瞻仰了韶山毛泽东故居，向毛主席铜像敬献了花篮。他强调，我们要世世代代铭记毛主席的丰功伟绩，把毛主席和老一辈无产阶级革命家开创的社会主义伟业不断推向前进。

2003年10月1日，秋高气爽，艳阳高照，韶山的天空更是格外明亮，胡锦涛总书记于上午11点50分亲临韶山毛泽东铜像广场，与在场的许多群众一起在毛主席铜像前敬献花篮，然后向毛泽东铜像深情鞠躬，并绕铜像一周，表达对伟大领袖毛主席的深切怀念之情。

下午，他又参观了"毛泽东同志故居"和"毛泽东同志纪念馆"。"毛泽东同志纪念馆"是经过重新修缮于当天重新开放的，胡锦涛在参观了故居和纪念馆之后，又到了纪念园南门的老革命毛振南家进行亲切慰问，并在毛振南家里与韶山村老党员代表进行了座谈。胡总书记深情地说，毛泽东同志等老一辈革命家以"为有牺牲多壮志，敢教日月换新天"的革命精神，坚持把马克思主义革命原理同中国革命的具体实际相结合，带领全党全国人民经过百折不挠的斗争，终于建立了人民当家作主的新中国，为我们开辟了通向美好未来的广阔道路，也为我们留下了极其宝贵的精神财富。我们要缅怀毛泽东同志等老一辈无产阶级革命家的历史功勋，大力发扬革命传统，坚持解放思想、实事求是，把他们开创的、几代共产党人为之奋斗的社会主义事业继续推向前进。

　　胡锦涛总书记一行，受到了韶山人民的热烈欢迎。在铜像广场，胡总书记频频向来自全国各地参观的群众挥手致意，全场上万群众不时报以热烈的掌声和欢呼声。

向往毛泽东
李力安

向往毛泽东
李希凡

向往毛泽东
李戈瑞敬题

向往毛泽东
李定凯

向往毛泽东
梁心明

向往毛泽东
刘博

向往毛泽东
李鹏州题

向往毛泽东
李晨

向往毛泽东 李士坤
二〇〇四·八·十

向往毛泽东
刘继英

向往毛泽東
劉長春

向往毛泽东
李子

向往毛泽东
方寅辰

第四章

萦绕于纪念堂的

毛泽东热

　　晶莹剔透的水晶棺里，毛泽东主席正在静静长眠。纪念堂本来是座路标，指引来者不断革命勇往直前。纪念堂还是一块试金石，人们不妨把自身做番检验。谁说毛主席已经安眠？他永远活在人民中间！

——熊光明

　　一座神圣的殿堂，灿烂的光辉照耀四方。不，它不是屹立在广场，它矗立在人民的心房。世上没有哪一座殿堂，能够像它一样，容得下一个古老民族的历史，容得下一个伟大时代的辉煌！

——林为公

梅花欢喜漫天雪——12月26日纪念堂前的人海

　　2003年12月26日是毛泽东诞辰110周年纪念日。在这个特殊的日子里，除了党和国家安排的活动外，约有2.6万人来到位于北京天安门广场中央的毛主席纪念堂瞻仰主席遗容。据毛主席纪念堂管理局副局长孙向东介绍，自1977年9月9日开放至今，毛主席纪念堂接待的来自世界各地的瞻仰者人数已超过1.38亿人次。

12月26日这一天早晨9时左右，北京天安门广场寒风刺骨，广场中央的毛主席纪念堂前，来自全国各地的瞻仰者已经排起了几百米长队。

来自山西太原的青年作家刘君排在队伍的最前列。从1991年开始，每年的9月9日和12月26日，他都会专程自费到北京瞻仰毛主席遗容。刘君说："毛泽东是我的精神导师，我从他的作品和思想中不断汲取养料。"

从辽宁来北京做生意的刘东升，早上5时30分就手捧一束鲜花，和公司的几位同事赶到了毛主席纪念堂，等候瞻仰毛主席遗容。

走在瞻仰队伍最前列的刘东升说，为了能在早上赶到纪念堂，他前一天晚上连夜驱车从赤峰赶往北京，抵达时已是午夜时分。没来得及休息，他就和同事们出发了，并在夜色中敲开了一家花店的门，买了鲜花。"今天，这一束鲜花不仅代表我们几个人，我相信同样代表了全国56个民族13亿人民对毛主席共同的怀念与崇敬。"

9时30分，如长龙般的瞻仰者队伍开始缓缓移动。整齐、安静的队伍中大多数是中年人，也有老人和孩子，还有一些身穿制服的警察和士兵。队伍按顺序步入纪念堂，在毛主席坐像前献花，瞻仰毛主席遗容。面对着纪念堂中汉白玉雕成的毛主席坐像，曾担任毛主席卫士的王宇清和几位昔日的战友深情地回忆不能忘怀的往事。从1949年毛泽东"进京赶考"开始，20多年的时间里，王宇清一直在毛泽东身边工作。在如今75岁的王宇清印象中，毛泽东"是一个全心全意为人民服务的人。不管走到哪儿，他都愿意接近群众，与老百姓倾谈。"近距离接触过毛泽东的王宇清这样评价："他是人不是神，但他是伟人，一个世纪伟人。"

来自吉林的退休工人杨春兰随着队伍缓缓向前移动，满脸肃穆。63岁的老人说，她一共到过北京5次，每一次都要到纪念堂瞻仰毛主席遗容。"毛主席一辈子和我们老百姓心连心。不管在什么时候，不管走到哪儿，他都愿意接近群众，想着念着群众。"

纪念堂大厅里的毛主席塑像前，一会儿花束就堆起了一尺多高。来自中国航天科技集团公司的高级工程师于树川向毛主席塑像献上花束并三鞠躬，泪水一下子就涌出了眼眶。他哽咽着说，40多年前，正是在毛主席等老一辈的英明决策和坚强领导下，我们国家造出了"两弹一星"，也为今天的载人航天飞行成功奠定了坚实基础。"毛主席讲全心全意为人民服务，核心就是讲无私奉献，在我们科技界，就是'两弹一星'精神和载人航天精神。这一直是推动我们前进的不竭精神动力。"

瞻仰厅里，毛主席的遗体覆盖着党旗，遗容安详，静静安卧在鲜花丛中。瞻仰者放慢脚步，注视着毛主席的遗容。许多人走到出口处，又忍不住回首凝望。来自甘肃宁县金村乡的邵生志在儿子和孙子的陪伴下来到纪念堂瞻仰。老人说，他一辈子最大的愿望就是到北京看毛主席老人家一眼，今天终于实现了。"我们农民都感谢毛主席，永远都记着他老人家的恩情。"

党和国家领导人来到纪念堂

2003 年 12 月 26 日，胡锦涛、吴邦国、温家宝、贾庆林、曾庆红、黄菊、吴官正、李长春、罗干等党和国家领导人来到毛主席纪念堂北大厅，向毛泽东同志坐像三鞠躬。大厅内肃穆庄严，毛泽东同志大理石坐像被苍翠的松柏和芬芳的鲜花簇拥，正前方摆放着中共中央、全国人大常委会、国务院、全国政协、中央军委敬献的花篮。胡锦涛等随后来到瞻仰厅，瞻仰了毛泽东同志的遗容，共同缅怀毛泽东同志的丰功伟绩。

以胡锦涛同志为总书记的党中央领导人集体拜谒毛主席纪念堂，在民间引起了强烈的反响，受到广泛赞誉。人们希望这种集体拜谒能形成惯例，经常有，最好年年有。这对于一代代接班人努力传承毛泽东等老一辈无产阶级革命家的思想风范，会产生巨大作用。

紧接着，中共中央在人民大会堂举行座谈会，纪念毛泽东同志诞辰１１０周年。中共中央总书记、国家主席胡锦涛在会上发表重要讲话。

中央文献研究室主任滕文生，中央党史研究室主任孙英，全国政协副主席、中央统战部部长刘延东，外交部部长李肇星，解放军总政治部副主任袁守芳，湖南省委书记杨正午先后发了言。

出席座谈会的领导同志还有王兆国、回良玉、刘淇、刘云山、吴仪、周永康、贺国强、郭伯雄、曹刚川、曾培炎、王刚、徐才厚、何勇、李铁映、何鲁丽、成思危、许嘉璐、路甬祥、王忠禹、罗豪才、陈奎元、黄孟复、李蒙，中央军委委员梁光烈、廖锡龙、李继耐。

中央和国家机关有关部委、人民团体、解放军和武警部队、北京市、湖南省的负责同志，各民主党派、全国工商联主要负责人和无党派人士，部分老同志，毛泽东同志原身边工作人员、亲属子女和家乡代表，以及参加"全国纪念毛泽东同志诞辰110周年学术研讨会"的代表出席了会议。

胡锦涛在讲话中指出，在革命和建设的长期实践中，以毛泽东同志为主要代表的中国共产党人，努力推进马克思主义的中国化，形成了具有鲜明中国特点的科学指导思想，这就是毛泽东思想。毛泽东思想是马克思列宁主义在中国的创造性运用和发展，是被实践证明了的关于中国革命和建设的正确的理论原则和经验总结，是中国共产党集体智慧的结晶。在任何时候任何情况下，我们都要始终高举毛泽东思想的伟大旗帜。

胡锦涛同志的这一论述在社会上得到热烈拥护，在互联网上也得到广泛好评。当然，也有一些反毛反共势力在互联网上发出反对的声音。但是更多的是拥护和喝彩之声。那些反共可怜虫的嗡嗡叫声，一经出现，便遭到广大网民的口诛笔伐。

一名网友在互联网上发表文章指出：

胡锦涛总书记在中共中央举办的"纪念毛主席诞辰110周年座谈会上的讲话"明确提出："在任何时候任何情况下，我们都要始终高举毛泽东思想的伟大旗帜。"讲话发表后，关于"两个任何"的口号引起国内国际各方面的强烈反响。广大工农兵、知识分子、党政干部都热烈拥护，而国内外反对势力则一片喧嚣反对声。这是正常的社会现象，世界上没有无缘无故的爱，也没有无缘无故的恨。在反毛非毛势力如此猖獗的情况下，明确提出这个口号，是需要大气魄和大勇气的。

反毛非毛者攻击"两个任何"是新的"两个凡是"，此论简直不值一驳。"两个凡是"——即"凡是毛主席作出的决策，我们都坚决拥护；凡是毛主席的指示，我们都始终不渝地遵循"，确实是形而上学的机械论。毛泽东思想是严整的思想体系，它的基本点、精髓、核心理论是完全正确的理论。我们要坚持、高举的是毛泽东思想的根本体系，而对毛主席的具体决策、指示，则要根据现实情况决定是否坚持，而不能固守一切具体决策、指示。这才是唯物辩证法。所以，"两个凡是"在特定的历史条件下，遭到来自各方面的质疑，自然败下阵来。而胡总书记的"两个任何"，强调的是始终高举毛泽东思想的伟大旗帜，并不是固守毛主席的一切具体决策指示。这两个口号在思想体系和方法论上是截然不同的。我们要坚决高举毛泽东思想伟大旗帜，但并不主张生硬照搬毛主席当年的一切决策指示。现在斗争的焦点是捍卫毛泽东思想的根本体系。反毛非毛者们一听说"高举"，就想用"两个凡是"的方法论上的错误来砍倒毛泽东思想旗帜。二十多年的社会实践证明，任何时候任何情况下，只要放弃毛泽东思想旗帜，就会陷入歧途。中国国内反毛非毛势力之所以猖獗，本身就是背离"两个任何"、长期"一手硬、一手软"的产物。我们要遵循胡总书记的号召，为贯彻和保卫"两个任何"而战斗。

"毛泽东旗帜"网把胡锦涛总书记关于"两个任何"的口号醒目地镶入了作为网站标志的封页上，"毛泽东旗帜"网的网友们以极大的热忱，持续地宣传、拓展这一口号所蕴含的现实意义和历史意义，坚信这一口号必将在未来的风浪中进一步显示它的威力。

一年一度秋风劲——9月9日纪念堂前的情思

缓缓地、缓缓地来到您的灵柩前。走了那么久，您苍老了没有？泪光中让我们再看看您慈祥的面容。走了那么久，您想我们了没有？您是否依然把我们百姓牵挂在心头？每次走进纪念堂，我总是浑身颤抖，每次离您而去，我总会泪眼朦胧中一步三回头！漫长的二十八年呀，我们仍一遍遍唱着《东方红》，至今仍不相信您离开我们已有那么久。今天，迎着秋风，踏着晨曦，我们扶老携幼，那一束束鲜花里包裹着人民对您最真挚的问候！

走了那么久，您仍然是我们的旗帜与舵手，爱您、想您、跟随您，已是人民永恒的追求！新长征途中纵有险滩无数、暗流涌动，仍挡不住人民群众奋起的脚步。人民，只有人民，才是创造历史的真正动力！消除贫困、消除剥削，是您的遗愿；环球同此凉热，是您毕生的奋斗与索求。高举旗帜，完成遗愿，十三亿人民风雨同舟，看今朝百万工农，我们齐心协力一起向前走，待到山花烂漫时，我们再来告慰英灵，向您把凯歌奏！

——凤宇

对于北京某成衣厂的女工李素梅来说，"毫无疑问，毛泽东是一个伟人，所以我才到纪念堂来看他，也帮我的父母看他老人家"。这位老家在山东德州的25岁农村少妇一边说，一边喜滋滋地和她的三个女同伴在毛主席纪念堂门前拍照。

李素梅从她父母的口述中得知，没有毛泽东就没有他们的今天，是毛泽东把他们从贫穷困苦中拯救了出来，是毛泽东帮助穷人挣脱了剥削阶级的锁链。只接受过5年小学教育的李素梅不善言谈，但她代表了当今中国很大很大的一个群体。

李素梅还有些没有说出的话，由一位出租车司机"帮忙"说了："我当然喜欢毛主席。我不是知识分子，说不出什么漂亮话。我就知道一条，毛泽东是大公无私的，他很为老百姓考虑。"32岁的出租车司机王师傅说："想想看，毛主席一家多少人为中国牺牲了？他的亲生儿子也死在了朝鲜战场。"最后，王师傅又补充了一句："我们这种无权无钱的老百姓最热爱毛主席。"

一位网友在"华岳论坛"网站上发表文章，记录了他2004年9月9日来到纪念堂瞻仰毛主席遗容的心境：

毛主席逝世28周年纪念日这一天，一大早来到纪念堂，发现前来瞻仰的人非常多，从进入纪念堂的正门口开始，队伍蜿蜒曲折一直排到西边，然后一直向南。我顺着队伍往后走，想看看都是什么人来瞻仰。应该说什么人都有，包括各种年龄的人。老年、中年、青年、少年，还有带着小孩的，有外地旅游团的，有农民工模样的，还时不时能看到不少老外。广播里不断重复着参观注意事项。因为人太多，维持排队秩序的工作人员也不少，他们也挺辛苦，不停地告诉大家要先到马路对面存包。我问了一个工作人员，是不是天天都这么多人，她说天天如此，有时比这还多。我问那有多少人，她说要绕着广场排队。后来我又问过一个警卫，是不是天天都这么多人，有没有人少的时候，他回答说，没有，从他两年前来这里站岗，人就一直这么多。我放眼一看，今天的队伍估计差不多得有五六百米长，四个人一排，这么算来排队的人有几千之多，那么一天的接待量就是几万，不知道纪念堂最高的接待量能达到多少？

我为毛主席献了一束花，在他老人家的坐像前深深地鞠躬，心里念着："我带来了今天没能到这里来的朋友们对您的思念，他们怀念您，决心继承您的遗志，坚决捍卫您的伟大旗帜，要让您的旗帜永远高高飘扬！"

站在主席的坐像前，我心里不停地念道："总有一天，我和我的朋友们，也许是我们的后代，要在您的坐像周围植上一圈厚厚的万年青！"

人民心中永远的纪念堂

全国各族人民，每年都有数百万人来到纪念堂，为的就是看一眼自己的领袖和导师。前来瞻仰的人中，有工人、农民、知识分子，也有跟随毛主席多年的革命老战士，有的老人是在子女的搀扶下来的，有的是坐着轮椅来的。有些边远地区的高龄老人，一辈子最大的心愿就是来一次毛主席纪念堂，因而不顾年迈体弱专程前往北京了却这桩心愿。有些老年人来到毛主席灵前，由于心情过于激动而泣不成声……

居住在祖国各地的人们，每逢来北京办事、旅游，总要在自己的行程中特意安排出时间来纪念堂看看毛主席。还有一些朋友，每逢毛主席诞辰和逝世纪念日都来看望老人家。"毛泽东号"机车组、中央文献研究室第一编研部、中国毛泽东诗词研究会的全体同志，每年9月9日和12月26日都要如期来纪念堂看望。

毛主席纪念堂是一块净土，在这里没有私心杂念，人们的心灵自然地被净化。李可染、关山月、启功、沈鹏、刘炳森等数百位著名书画家，将自己的作品无偿地献给毛主席纪念堂保存。一位小学生在自己的日记里记录的一件小事，也能证明这一点。那天虽然阴天，他在父母的带领下，早上7点钟就来到纪念堂前排队等候瞻仰，可是天突然下起雨来，这时虽然很多人没有带雨伞，但是没有一个人离开。有些人打起了自带的雨伞，而没有伞的人则纷纷把脑袋伸到别人的雨伞下面，有伞的人们不但没有半点拒绝，反而是热情地欢迎别人凑过来一起避雨。这位小学生的妈妈打着雨伞，雨伞下面钻进了三四个人，"我和爸爸的雨伞下面，也有好几个人挤了进来。"平时人们都喜欢说，现在世道

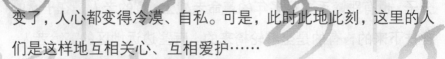

变了，人心都变得冷漠、自私。可是，此时此地此刻，这里的人们是这样地互相关心、互相爱护……

在毛主席纪念堂的每一时刻，人们都有无数的感动充溢胸间。在这里，请允许我们再摘录一位网友的文章：

我加入了瞻仰人群的队伍。由于人太多，队伍长长的，从纪念堂北门的台阶下，到队伍的末尾，足有三四百米长。虽然人多，又来自四面八方，绝大多数人互不相识，瞻仰人群的队伍却井然有序，没有人大声喧哗，大家自觉地按要求，四个人排成一排，紧挨着慢慢地向前移动。我环顾前后左右，在瞻仰的队伍中，有步履缓慢的老人，但更多的是二十几岁、三十几岁、四十几岁的青壮年。在我的前面，还有一对好像是恋人的青年男女，因为他们在喁喁私语，看上去很亲密。更令人感动的，是一家祖孙三代，同在瞻仰的队伍里，年轻的爸爸抱着裹在御寒被子里的婴儿，年轻的妈妈挽着祖母（或外祖母），他们小声地谈着什么。队伍很安静，陌生人之间没有话语的交流，但我感到，瞻仰队伍中所有人的心此刻是相通的，就是对主席怀着共同的思念之情。

天安门广场此刻很安静，我能听到不远处旗杆顶端的红旗在风中猎猎作响。纪念堂前面的大型花岗岩雕塑还是那么高大、雄伟、挺拔，各民族工、农、兵、知识分子的雕像簇拥着镌刻有毛主席头像的旗帜奋发向前，使人情不自禁回想起那激情燃烧的岁月。进入纪念堂庭院的大门后，我随着人流，也买了一束美丽的花，准备献在主席的白色汉白玉坐像前。人们手中的花，有白色的，有紫罗兰色的，有黄色的，也有红色的，五彩斑斓，空气中似乎弥漫着人们从心底散发出来的心香。

经过几个"之"字形的人流回转，我终于走进了纪念堂的大门，主席的汉白玉坐像立刻映入了我的眼帘。我怵然心动，觉得他比我二十年前瞻仰时更加洁白和庄严。主席的形象经过岁月的磨洗，雨雪风霜的砺炼，在我的心目中变得更加清晰明朗了。今天是主席一百一十周年诞辰纪念日，在主席的坐像前，摆放着一排巨大的、制作精美的花篮。人们纷纷默默地走向献花台，把自己的思念、信仰和忠诚奉献在主席的坐像前。

然后我随着人流来到安放着主席遗体的大厅，心里念叨着："主席，在您的思想教育下成长起来的，我这个有三十八年党龄的党员时隔二十年又看您来了！"虽然主席已经作古，他已经没有了生命，如今他的遗体好像只是一个象征、一个符号，但瞻仰的人们都想多看他几眼，延缓一下向前移动的步伐，不时停下来向他鞠躬，要不是工作人员的提醒，瞻仰的队伍就会凝固在他的灵前……

我从排进瞻仰队伍，到走出纪念堂的南大门，四十分钟过去了。在这四十分钟时间里，我的心灵经过了一次净化，一次享受和满足。人们常说：有的人活着，他却死了；有的人死了，他却活着。诚哉斯言！瞻仰过主席的遗容后，我的脑海里忽然生出一个怪诞的假设：如果主席不是死了，而是睡了一觉醒来，走出了水晶棺，走出了纪念堂，那会是怎样呢？我不怀疑，他的身后还会追随着亿万人民，听他教导，听他指挥。

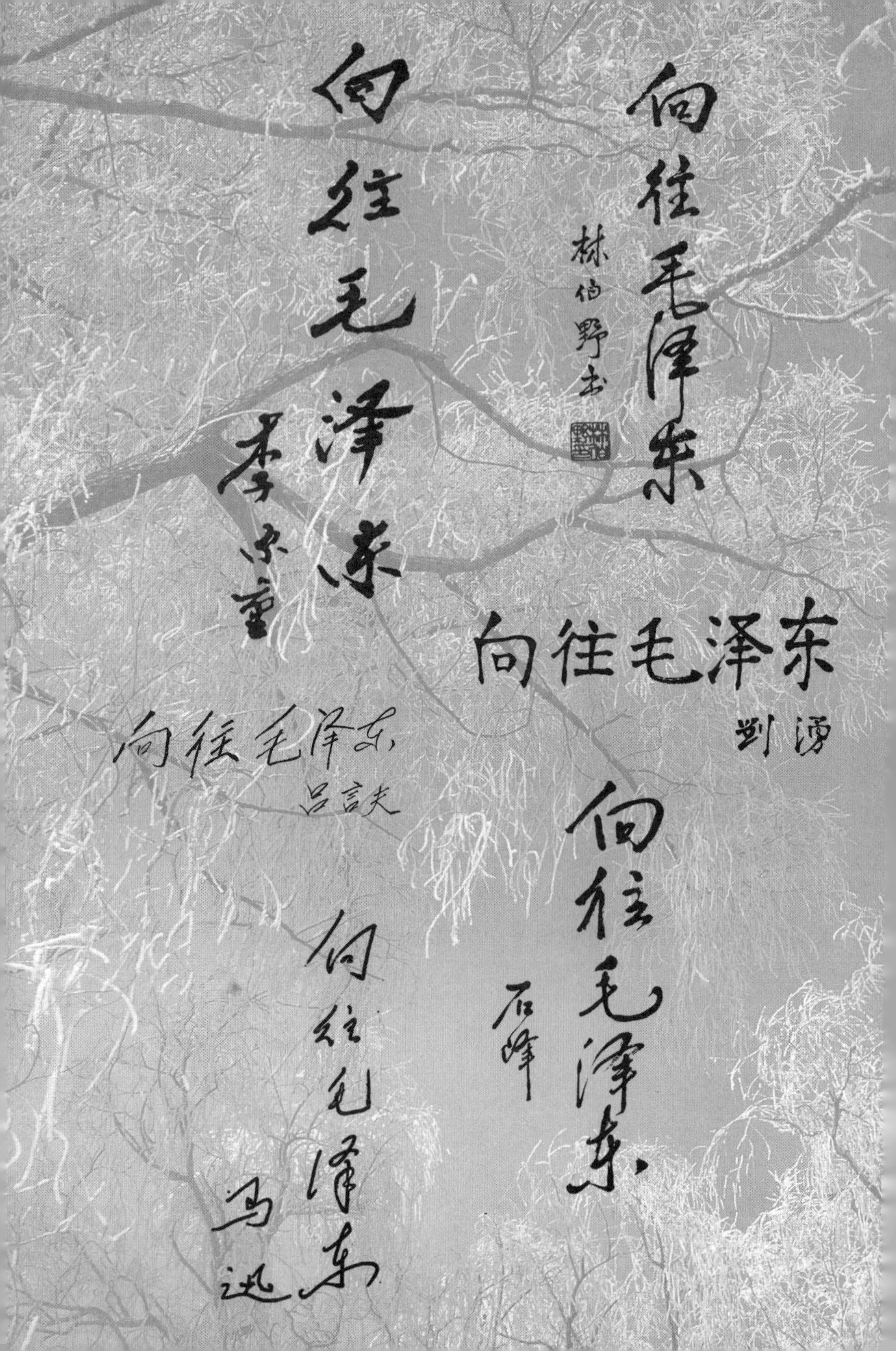

向往毛泽东
林伯野书

向往毛泽东
李松童

向往毛泽东
吕言夫

向往毛泽东
刘汤

向往毛泽东
石峰

向往毛泽东
马迅

向往毛泽东

李路

向往毛泽东

林晓霖

向往毛泽东

李保俊

向往毛泽东

罗梓

向往毛泽东

刘恩凤

第五章 扎根于南街村的

伴随着纪念毛主席诞辰 110 周年和逝世 28 周年两个重大纪念日活动的高峰期，至今已有近百万人访问了坚持高举毛泽东思想伟大旗帜、用毛泽东思想育人治村创业起家的"红色亿元村"——河南省临颍县的南街村。

在涌往南街村的近百万人群中，有来自韶山的由 6 位青年农民组成的"东方红"之旅（骑电动自行车循"韶山—长沙—延安—北京—南街—南湖—井冈山—韶山"的路线图"瞻仰革命圣地，宣传韶山精神"），有陕西省毛泽东书法协会访问团等红色社团组织，有北京市崇文区劳动和社会保障局访问团这样的机关、企事业单位，这些都是"向往毛泽东"的红色之旅。还有由 40 人组成的香港爱国社团考察团。值得一提的是，当年以推行"包产到户"而闻名全国的安徽省小岗村，也派其领导班子成员到南街村参观学习。

来南街村参观考察的，还有数十批由省、部、军级以上领导干部携行的考察组、参观团，有身经百战的老将军、共和国的老部长……2003 年以来到南街参观的，有原任全国人大副委员长、现任中国关心下一代工作委员会主任王丙乾一行，有全国政协副主席毛致用一行，全国政协副主席张思卿一行，全国政协副主席郝建秀一行，还有农业部长杜青林一行，新疆维吾尔族自治区主席司马义·铁力瓦尔一行，中华全国供销合作总社党组书记周声涛一行，国家体育总局党组书记李志坚一行，等等。

南街村还接待了远道而来的客人，他们是外国的官员、记者和社会团体，如俄罗斯萨马拉州的杜马代表团，与南街村结为国际友好村的日本山岸会考察团，慕名而来的美国麻省理工学院的左翼学者考察组，等等。

"向往毛泽东"与"向往南街村"在这样一个时空中，得到了一种奇特的契合。

2003 年 12 月 26 日，南街村在宽阔的东方红广场召开了万人参加的纪念大会，晚间举行了盛大的焰火晚会，成为毛主席诞辰 110 周年全国纪念活动中的一道夺目的壮丽景观。

丰功伟绩昭日月　光辉思想指航程

说到南街村，人们马上会想到毛泽东思想，想到毛泽东思想的威力。这是 20 年历史的昭示。

当初，在开拓一种新的创业之路时，南街人在思想武装上的第一选择就是毛泽东思想。用南街村党委书记王宏斌"班长"的话说："我们都是过来的人，对毛泽东思想感情非常深，也亲身体验过毛泽东思想的威力有多大，首先选择的就是用毛泽东思想武装人、教育人。"

1984年在南街重新走集体经济道路的同时，确立了毛泽东思想的指导地位，开展了大学毛著、大学雷锋、大唱革命歌曲的三大活动。从这时起《东方红》的旋律又重新响彻这片土地，20年来伴随着南街的成长，奏出了绚丽的乐章。

为使学习卓有成效地开展，村里统一购置了马列、毛主席著作600多套，达11000册。同时，南街还自己编印了《毛主席语录》《雷锋日记》《革命歌曲选集》等教材，发到每个职工村民手中。在学习上，采用集中辅导与自学相结合的办法。

对刚进南街的新工人，采用集中辅导的方法。凡进入南街企业的人要先会讲几条毛主席语录。劳资处的办公桌上，有几摞毛主席的《为人民服务》《纪念白求恩》《愚公移山》《反对自由主义》《人的正确思想是从哪里来的》等文章单行本，愿来南街企业打工的，先要学习几条毛主席语录。身体素质、文化素质、年龄条件合格后，应招者再把学会的几条毛主席语录默写在招工表上特设的一栏里，这也就是说，不管哪一个人，一踏进南街，就必须开始接受毛泽东思想的熏陶。

在工作过程中，由厂队办公室负责组织安排学习，并定期组织村民、职工召开小型座谈会总结经验，互相促进，要求人人写出每阶段的总结、学习心得，并要求学用结合。

南街村还要求每人一个月学会一首革命歌曲、并至少办两件好事，村企管办还把学习毛主席著作作为评选先进职工、五好村民、十星级文明户的一项标准。新婚夫妇能得到村委赠的《毛泽东选集》。连住在南街的日本客商的书柜里也摆放《毛泽东选集》，他们也领教了毛泽东思想的威力。

学习毛主席著作时分层次、有针对性地进行学习。党委成员和基层干部学习《人的正确思想是从哪里来的》《整顿党的作风》《关心群众生活，注意工作方法》《实践论》《矛盾论》等，村民和职工重点学习《为人民服务》《纪念白求恩》《愚公移山》和《反对自由主义》等。

南街人认为：干革命就需要有革命的劲头，干工作就要有干工作的精神。南街村在开展群众性学习毛主席著作的同时，还经常组织党员、车间主任以上的干部召开理论研讨会，以便改进工作方法、改善工作作风。

南街人认为：搞经济建设也需要一种信仰、一种精神，那就是毛泽东思想，就是全心全意为人民服务的精神，就是不怕吃亏和无私奉献的精神。

南街村定期举行的理论研讨会，使党员、干部从毛主席著作中找出了许多解决问题的新办法，也使职工、村民加强了组织纪律性，培养了集体主义观念，提高了思想素质。

南街村党委实行民主集中制，坚持走"从群众中来、到群众中去"的群众路线，设置了意见箱，接受群众监督，有效地发扬了自下而上的大民主。

南街村健全的制度化、经常化的党内民主生活会是开展自我批评的一个重要组织形式，有效地防止了糖衣炮弹对领导干部的侵袭。

南街村的职工参与管理，是落实毛主席《鞍钢宪法》思想，实行"两参一改三结合"的具体措施。特别是在优秀职工中选拔干部，充分体现了党的任人唯贤的组织路线，这是给职工的最高政治待遇。

正是由于用毛泽东思想指导经济建设，20年来，南街的发展"比深圳速度还深圳速度"（李长春语），创造了人间奇迹。20年来，南街人按照毛主席指引的方向，干一摊儿成一摊儿，南街人学毛著尝到了甜头，因而更激发了学毛著的劲头。党员带干部，干部带群众，连学校的政治课也增加了毛著的篇数。学习毛主席著作已成了经常性的群众活动。

实践证明南街村建立在公有制基础上的集体经济、共同富裕道路的经济基础是与毛泽东思想的上层建筑一致的。发展集体经济必须有全心全意为人民服务的人；发展集体经济，需要有吃亏精神奉献精神；发展集体经济，需要有精神振奋、干劲十足、具备主人翁意识的全面发展的人。这些，南街人都通过学毛著、学雷锋和大唱革命歌曲三大活动得到了。

南街村为了推进三大活动的顺利进行，开展了一些形式多样的活动，实行了一些行之有效的方式，毛泽东思想活学活用的例子比比皆是。

全村先后开展了"学毛著经验交流会"和"毛泽东生平事迹演讲会"活动，全村上下轰轰烈烈。

职工、村民真心实意地用毛泽东同志"全心全意为人民服务"思想武装头脑，用"自力更生、艰苦奋斗"的思想指导自己的行动，大家自觉地积极开展"批评和自我批评"，去私心扬正气，真正做到像毛主席说的那样，"从物质到精神、从精神到物质"，形成了良性促进。

南街村每年评一次劳动模范，都让模范们免费到北京、韶山等地参观旅游，追寻毛主席的战斗历程，缅怀毛主席的丰功伟绩，以此激励人们更加热爱毛主席，更加努力工作。

南街村还开展了"看革命戏曲、做时代新人"活动。村里成立了文工团，自1996年以来演出数百场，观众达百万人次。给群众职工演的剧目大都是具有教育意义的现代剧，有革命剧《沙家浜》、《红灯记》、《刘胡兰》、《杜鹃山》，有反映五六十年代社会现实的《人欢马叫》等。

《南街村报》促进了双文明建设，宣传了毛泽东思想。1996年9月9日创刊的《南街村报》的头版头条，就是王宏斌"班长"纪念毛主席逝世20周年的讲话《毛泽东思想指引我们前进》。《南街村报》每期刊载一条毛主席语录和一篇毛主席故事，成为和外界交流毛泽东思想的载体。

南街村档案馆的张天顺副馆长是坚定的毛泽东思想信仰者，

在他的帮助下档案馆聚集了大量的关于毛泽东主席的档案资料。档案馆陈列室的第一栏就是毛主席专栏，有毛岸青和邵华赠送的《毛主席诗词镀金纪念册》和韶山管理局捐献的毛主席铜像。这里是许多大中院校和社会组织的共产主义理想教育基地，是南街村宣传毛泽东思想的阵地，每年有四五十万游客来此驻足参观。

"毛泽东是人不是神，毛泽东思想胜过神。"在南街村胜过神的毛泽东思想无处不在。在南街村村党委、村委、村工贸公司和各厂办公室、村演出大厅、工厂生产车间、商店里，都悬挂着毛主席画像，就连汽车司机驾驶室里，也都挂着各种样式的毛主席像牌，村民家家都有一尊瓷质毛主席全身像，南街人胸前都佩戴毛主席像章，毛主席像章在南街起到了村徽的作用。

南街村颍松大道和朝阳门大道交汇的"十"字路口的东方红广场，耸立着高达10余米的毛主席全身汉白玉雕像。毛主席面向前方，双目有神，挥着刚劲坚毅的大手，为南街人指引着前进的方向。广场四角各竖着一支800瓦的日光灯柱，入夜银光如昼，使雕像光芒四射，与日月同辉。村民兵营卫士班的民兵全副武装，一年365个日日夜夜为毛主席站岗放哨，风雨无阻，雷打不动。

南街人把毛主席的雕像比作南街的红太阳。每天从毛主席像前经过，在毛主席眼皮底下工作，他们觉得心里踏实、身上有劲儿。每当南街人外出时，总是自发地到主席雕像前鞠躬。

为了缅怀毛主席，宣传毛泽东思想，追念毛主席的恩德，南街人还先后在红色文化教育园区修建了"毛主席故居"、"黄洋界"、"遵义会议旧址"、"延安宝塔"、"枣园窑洞"、"西柏坡毛主席住所"、"《毛泽东选集》四卷楼"等红色革命景点，展现毛主席戎马一生的战斗生涯和完美一生。

在这红色革命景点中最著名的要数"《毛泽东选集》四卷楼"了，她不仅是南街村红色革命的教育基地、红色文化的旅游景点，更是"南街村精神"的象征。

南街村没有小桥流水、奇峰异石，没有千年古刹、曲径通幽，但南街村却像磁石般吸引着中国乃至世界人民的目光。

共同追求心相印　五湖四海宾客来

2003年10月6日上午，一支统一着装、骑着清一色电动自行车的队伍出现在南街村，队伍中人人胸佩毛主席铜质像章，领队车上一面鲜红的旗帜在风中猎猎飞扬，"隆重纪念毛主席诞辰110周年，韶山农民追寻伟人足迹行"的金色大字格外引人注目。这支特殊的队伍，就是由韶山6个农民组成的"东方红"之旅活动小组，他们专程赶到南街村进行参观。

为了表达家乡人对老人家的无限怀念之情，韶山乡朝阳村农民郭学斌发起了这次自费骑自行车追寻伟人足迹活动，并通过报纸、电视台等新闻媒体发出征友公告，诚邀韶山市内20—35岁、高中以上文化、身体健康、品行端正的农民志愿者加盟。经过严格挑选和积极筹措，9月22日，郭学斌、彭俊兴、尚合武、汤应文、黄铁道、谢勋6位青年农民，在韶山毛主席故居前的铜像广场誓师后，踏上了"瞻仰革命圣地，宣传韶山精神"的征途。

"南街村是我们这次行程预定的一站"，谈及为什么要到南街村，郭学斌道出了大家的心声，"我们很早就听说过南街村，知道这里在建设共产主义小社区，心中早就盼望着能有机会来这里看看。南街村是一个农村，我们也是农民；南街村坚持用毛泽东思想教育人，而我们是毛主席的家乡人，今天来到这里，感到特别亲切。看到南街村现在的形势，我们感到实现共产主义不是梦想，同时感到这里有一个很好的领导，把一个贫穷的农村建设得这样富裕，把老百姓的思想都统一到集体事业上来，这很了不起！我们相信，通过南街人的团结和努力，一定能够实现自己的理想。我们今天到这里，真是不枉此行。"

在南街村期间，郭学斌一行到各处进行了参观。在松翠菊艳的东方红广场，他们恭恭敬敬地向毛主席汉白玉雕像三鞠躬；在住宅区、在教育区、在工业区，在任何一个景点，他们都认真观看、仔细询问，并合影留念，且不住地赞叹："真是太好啦！"郭学斌还在档案馆陈列室题诗留作纪念。

据了解，他们此行的主要路线是"韶山—长沙—延安—北京—南湖—井冈山—韶山"，途中将经过12个省市，全程约6000公里，计划日行70公里，于毛主席诞辰110周年之际返回韶山。

2003年9月13日上午，原广西军区政委毕可周和原兰州空军副司令员米战成两位老将军慕名来到南街村。当两位老将军看了录像、听了介绍、走访了工厂学校、职工村民，目睹到南街村火热的共产主义小社区建设后，大加赞赏道："南街村共产主义小社区建设不是梦，共产主义一定能够实现。"

　　毕可周老将军全方位看了南街村，尤其是看到村民过着供给制的幸福生活后，激动地说，"没想到市场经济下竟还有这样一个想着共产主义、干着社会主义的共同富裕村；没想到南街村的领班人竟有这样的抱负和胸怀，把马列主义、毛泽东思想坚持、运用得这样好；没想到南街村建设得这样美，环境治理得这样到位，人的思想觉悟这样高。南街村的共产主义小社区建设不是海市蜃楼，而是实实在在的创举，是看得见、摸得着的希望。如果全国的农村都像南街村这样，都走上共同富裕道路，那么共产主义就有了希望。作为老党员，我坚信中国共产党的领导，坚信共产党人的追求，也坚信南街人的梦想一定能成真。"

　　毕可周老将军还在档案馆陈列室写下了"运用马列主义的典范"的留言。

　　米战成老将军夫妇看完南街村后也非常激动。米副司令员说，"南街村确实是认真贯彻党的路线、方针的模范村。作为一个小村的党员干部，能够时刻不忘党的宗旨，时刻实践着为共产主义奋斗终身的誓言，为群众谋利益，这就是我们应该学习和效仿的。如果我们每一位共产党员都像王宏斌书记那样，想群众的事情，谋群众的利益，干共产党人的事业，都有不忘共产主义远大目标的思想和追求，都有为共产主义运动做实践探索的勇气和动力，那么共产主义社会就一定会早实现。所以，我希望那些丧失了共产主义远大理想、丧失了为共产主义奋斗信心的人，都要到南街村走一走、看一看、问一问，以便受到共产主义理想教育、增强为共产主义事业奋斗终身的动力，体味一下南街村党员干部建设共产主义小社区的热忱。"

米副司令员在档案馆陈列室还挥笔写下了"看了档案馆，大开眼界"的留言。

两位老将军鼓励南街村："坚持下去，南街事业就一定能够胜利。"

曾被称为"中国改革开放第一村"的安徽省凤阳县小岗村一行13人，在村党支部书记沈浩的带领下，也来南街村参观，寻求集体共同富裕的道路。来访的13人中有村主任、会计、妇联主任，及当年最早主张"大包干"按手印的18名发起人中的4人。

南街人热情地接待了小岗客人，并向他们介绍了南街村的发展历程，特别讲述了南街村如何在"大包干"3年后就及时意识到出现的新问题，又果断作出了发展集体经济、走共同富裕道路的决策。他们听后很激动，感受颇深，说这次来一定要看个仔细，学个认真。

小岗村的客人们兴致勃勃地参观了档案馆陈列室，认真地观看记录着南街人奋斗历程的每一张图片资料，仔细地倾听着讲解员讲解的每幅图片背后的动人故事。当看到"难忘岁月"专栏中"土地分了，人心散了"的图片时，他们默默看着，驻足良久。

小岗村党支部书记沈浩紧握着南街村档案馆副馆长张天顺的手感慨地说："向你们学习，首先把思想武装起来，将农民组织起来，走共同富裕道路。"

张副馆长回忆起了两年前小岗村村干部来南街的情形，并指着展览室的电子屏幕说，瞧！这是你们上次来的同志的留言："大包干发源地的人员，看到了南街村的变化，为我们提供了发展的模式，使我们的党组织看到了前进的方向。"

张副馆长还向小岗人介绍了南街村的发展变化，他说，现在学习南街精神，重新走集体化、建合作社的村庄很多，比如山西省壶关县小逢善村、河南洛阳新安县土古洞村、开封兰考县，还有山东济宁鱼台县、吉林四平梨树县等地农民自发组织合作社，已发展起了新的集体经济。这是解决"三农"问题的出路。

小岗人听后深受鼓舞，一致表示：要学习南街村，坚定信念、找准方向，努力发展集体经济，实现共同富裕。他们还说也准备建一个档案室，将小岗人那段历史陈列起来，希望与南街村档案馆交流。

当年"大包干"的18个发起人之一、现已年逾六旬的严宏俊老人深有感触地说："分的那一亩二分地，现在只能管温饱，年轻人都出去打工了，家里的地靠留下的老弱病残人也照料不好，不是荒废着，就是廉价卖给了那些私企老板。村民想干什么也干不成，被自己那一亩二分地束缚住了手脚，迈不开步子啊！"

小岗人纷纷表示，"南街之行让我们大开眼界、精神振奋，我们一定要学习南街精神，结合实际，务实工作，付诸行动。"

参观结束后，南街村档案馆还向客人们赠送了《南街村村规民约》和《南街村十星级文明户评比标准》等材料。小岗村党支部书记沈浩非常感激，在档案馆留言簿上欣然留言："学习南街村，壮大集体经济，走向共同富裕。"

2003年11月15日，日本山岸会考察团访问南街村之后，给南街人寄来了一封热情洋溢的信。信中是这样说的：

过去听说过南街村的事，也看到过南街村的录像，同时也和来山岸会的人员进行过交流，但还是没有实际的感受。这次有幸亲自来访，亲眼看到了我们的兄弟姐妹们共同创造的南街村，为了追求全人类幸福的明天，全村人生龙活虎地实践着、奋斗着！

这种龙腾虎跃的情景，给我们全体访问人员刻下了不可磨灭的印象，能访问南街村是我们一生中的荣幸。

今后我们要进行实质性的交流，从访问团的形式渐渐走向串亲访友，最后走向没有任何隔阂的同志之间的往来。

我们是革命的同志，今后的道路是漫长的。让我们脚踏实地，肩并肩，手拉手，一步一步向前迈进，这是我强烈的愿望。

这次访问中，又有幸看到了中国各地人民的情况。这虽是一个片段或一个场面，但也深知南街村在现代中国社会中的地位和价值。

苍松翠柏万年青　颂歌献给毛泽东

每年的12月26日和9月9日，南街村都要举行纪念毛主席诞辰日和逝世日纪念大会。每年这个时候十里八村、乃至全国各地的毛泽东思想"信徒"们，都早早赶到，聚集在这里，缅怀他们心中永不陨落的红太阳。广阔的东方红广场成了人的海洋，人们都肃立着默默地仰视着毛主席的雕像，他们这时的心情是最汹涌澎湃的，最不能用语言表达的。

每到这个时候，南街村的全体党员、干部、村民及学校师生都一起庄严宣誓："要努力学习毛主席著作，用毛泽东思想武装头脑，坚定共产主义信念，牢固确立无产阶级的世界观、人生观、价值观，为建设南街共产主义小社区而努力奋斗"。

2003年12月25日晚，南街村艺术团一曲深情而高亢的《毛泽东思想照千秋》大合唱，拉开了南街村纪念毛主席诞辰110周年文艺晚会的序幕。

晚会以歌颂毛主席的丰功伟绩为主题，表达了用毛泽东思想武装起来走集体共同富裕道路的南街人对他老人家的深切怀念。幼儿园师生表演的《万岁毛主席》、《五星红旗》，农村支部表演的《老两口学毛选》，艺术团表演的《芝麻官看南街风景》等节目，引起了台下观众的共鸣，富有特色的内容，精彩形象的表演，不时激起全场暴风雨般的掌声。豫剧大师常香玉的小女儿常茹玉和陕西省东方红艺术团团长、曾经扮演毛主席演出 200 多场的王翰文到场献艺，更是把晚会一次次推向高潮。

2003 年 12 月 26 日上午，阳光普照的东方红广场上，洁白的毛主席汉白玉雕像更加高大挺拔、神采奕奕。两个 10 米高的巨型红灯笼、6 个凌空飘浮的硕大彩球、40 面迎风招展的鲜艳红旗，把这里装扮得分外庄重、喜庆。漯河市、临颍县四大班子领导，南街村全体党员、职工村民、学校师生万余人汇聚这里，共庆伟大领袖毛主席诞辰 110 周年。

纪念大会由临颍县委书记郭国辉主持。清脆的鞭炮声和激越的《东方红》乐曲响过，全体人员向伟大领袖毛主席雕像三鞠躬。漯河市委副书记吴长忠，市委常委、军分区政委马自正代表市四大班子，临颍县长陈平、县委副书记姚云华代表县三大班子，南街村党委副书记郭全忠、贾忠仁代表南街村出席大会。

北京市崇文区劳动和社会保障局、陕西省毛泽东书法协会、山东省临清县唐元镇李官寨村党支部、南街村学校全体师生代表，先后向毛主席敬献了花篮。

"班长"王宏斌在纪念大会上作了题为《永远高举毛泽东思想的旗帜胜利前进》的讲话。他深刻阐述了一代伟人毛泽东在中国革命和建设中发挥的巨大作用和创下的盖世功勋，不愧为人民心目中最伟大的领袖、最伟大的统帅、最伟大的导师和最伟大的舵手。尤其是南街村十几年来坚持用毛泽东思想教育人、武装人，使党员干部树立起了全心全意为人民服务的思想和作风，使职工村民进一步增强了集体主义观念、强化了大家庭意识，人人胸怀理想、坚定信念、敢于拼搏、无私奉献，有力地推动了南街事业的向前发展。"班长"强调，我们召开这个纪念大会，就是要深切缅怀伟大领袖毛主席的丰功伟绩，学习他老人家的光辉思想，弘扬他老人家的革命精神，走好他老人家指引的光辉大道，激励我们为实现伟大的共产主义理想，为加快南街村共产主义小社区建设进程更加努力奋斗。"班长"要求，全村党员干部、职工村民要乘这次纪念大会的东风，掀起学习毛泽东思想、弘扬毛泽东思想的新高潮，具体做到：一、进一步加强南街村党组织建设；二、把学习毛主席著作的活动进一步引向深入；三、牢记宗旨，坚定信念，真正经得起各种考验；四、继续继承和发扬毛泽东同志大无畏的彻底革命精神和斗争精神，不断发展、巩固、壮大我们的胜利成果。

党员代表、南街村彬海胶印公司经理张平，团员代表、南街村面粉厂团支部书记李永琪在大会上发言。他们谈了对毛泽东思想的深刻认识，讲述了用毛泽东思想武装头脑在工作、学习中所取得的可喜成就，表示今后要继续高举毛泽东思想伟大旗帜，学理论、学文化、学业务、学技术，当好企业主人，为早日建成

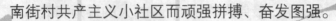

南街村共产主义小社区而顽强拼搏、奋发图强。

县委书记郭国辉最后指出，我们举行集会纪念毛泽东主席，缅怀他老人家的丰功伟绩，是党心民心的共同反映。但是，对伟人的纪念，仅仅寄托于对他的缅怀之情是远远不够的，重要的是要立足实际，面向未来，继续坚持和发展毛泽东思想，坚持党的基本理论、路线、纲领和经验不动摇，肩负起历史赋予我们的光荣使命，把改革开放和社会主义现代化建设进一步推向前进。

为庆祝伟大领袖毛泽东主席诞辰 110 周年，12 月 26 日晚，南街村举行了盛大的焰火晚会，全村党员干部、职工村民以及从十几里外赶来的群众到场观看。礼花朵朵绽夜空，心语串串表衷情。缤纷的礼花把南街村的夜空点缀得绚丽多姿，也把南街人怀念伟人的心情表达得淋漓尽致。

永远高举毛泽东思想的旗帜胜利前进

在 2003 年南街村"纪念伟大领袖毛泽东同志诞辰 110 周年大会"上，王宏斌发表了题为《永远高举毛泽东思想的旗帜胜利前进》的讲话中，有这样几段话：

人民热爱毛泽东，因为他永远是人民心目中最伟大的领袖。纵观中华民族的发展历史，居于领袖地位、文武兼备、业绩显赫者不乏其人，但始终把人民的利益放在第一位，把全心全意为人民服务作为根本宗旨的领袖人物，古往今来，只有人民领袖毛泽东。

人民信仰毛泽东，因为他永远是人民心目中最伟大的统帅。

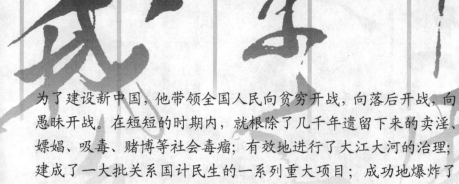

为了建设新中国，他带领全国人民向贫穷开战，向落后开战，向愚昧开战。在短短的时期内，就根除了几千年遗留下来的卖淫、嫖娼、吸毒、赌博等社会毒瘤；有效地进行了大江大河的治理；建成了一大批关系国计民生的一系列重大项目；成功地爆炸了氢弹、原子弹。这些举世公认的巨大成就，极大地提升了伟大祖国的国际地位，激发了全国人民的爱国热情，调动了广大人民群众大干社会主义的积极性和创造性。

人民崇敬毛泽东，因为他永远是人民心目中最伟大的导师。他是精通马列主义而又活用马列主义、发展马列主义的光辉典范。他一生勤奋好学，手不释卷，兼收并蓄，博采众长。他的著作广泛涉及到政治、经济、军事、外交、国防、科技、文化、卫生、体育、哲学等众多领域。古今中外，像他这样集革命家、政治家、军事家、战略家、思想家、理论家、教育家、哲学家、诗人、书法家于一身者，前无古人，至今尚无后来者。

人民怀念毛泽东，因为他永远是人民心目中最伟大的舵手。他不怕鬼、不信邪，顶住了重重压力，经受住了严峻的考验，带领全国人民夺取了一个又一个伟大的胜利。历史证明：无论中国革命和建设遇到什么样的惊涛骇浪，面临什么样的险恶环境，只要有他掌舵，中国革命的航船就会永远劈波斩浪，勇往直前。

原中共中央组织部部长、现任"全国党建研究会"会长张全景同志在"纪念毛主席逝世28周年"暨"'旗帜网'开通一周年"大会上的发言指出：

"我曾在河南省南街村住过一个夜晚，那里的工人、农民都在坚持大学毛主席著作，大学雷锋，大唱革命歌曲，《东方红》、

《大海航行靠舵手》、《社会主义好》不绝于耳。

"那里生产搞得好，产值已达百亿元，每年交税过亿元。群众吃饭不要钱，每户住着70—90平方米的公寓楼，看病有公费医疗，孤寡老人集体供养，孩子上学从幼儿园到大学全部由集体负担。

"那里的精神文明、社会治安也特别的好，不用安装防盗门、防盗窗。"

老革命家李尔重同志在《向往毛泽东》一文中高度评价了南街村、周家庄、刘庄、华西村、洪林村、半壁店村、韩村河村等坚持毛主席倡导的社会主义集体化道路的先进典型的实践，其中特别讲到南街村，指出：

从南街看见了几条道理：

（一）公有制是可以办好的。因为公有制把劳动所得都归公了，并没有把剩余劳动变成剩余价值，被资本家拿走。

（二）公有制可以用集体力量致共有之富，使人民生活蒸蒸日上，比个体生产者越来越高。

（三）政社合一是可能的，也是有利的。以王宏斌为中心指挥思想教育，政治措施，经济规划，各项管理规则：不须叠床架屋，楼上盖楼。这才是精简机构的办法。

（四）王宏斌有一条指导原则："供给制越来越多，工资比例越来越小"。这证明了巴黎公社的原则"干部只能享有工人的待遇"是可以行得通的。

（五）经济建设与思想建设是同步的。王宏斌坚持"老三篇"、

"老五篇"的教育，就是一心为公而致富，以公富给人们带来共同富裕的幸福。在南街，"老三篇"的精神落到为公致富的行动上，涵养人们互相友爱的关系，逐步驱除旧的思想、道德、风俗、习惯。有的人退休、看仓库，给他薪水，他不要，他说："我不需要钱了，什么都有了。"可见旧的传统意识形态是可以随公有制的发展而除掉的。

（六）有人说共产主义是看不见摸不着的，难道南街不是一步一步走向共产主义吗？供给制部分日增，工资部分日减，这不是走向"各尽所能、各取所需"的步骤吗？

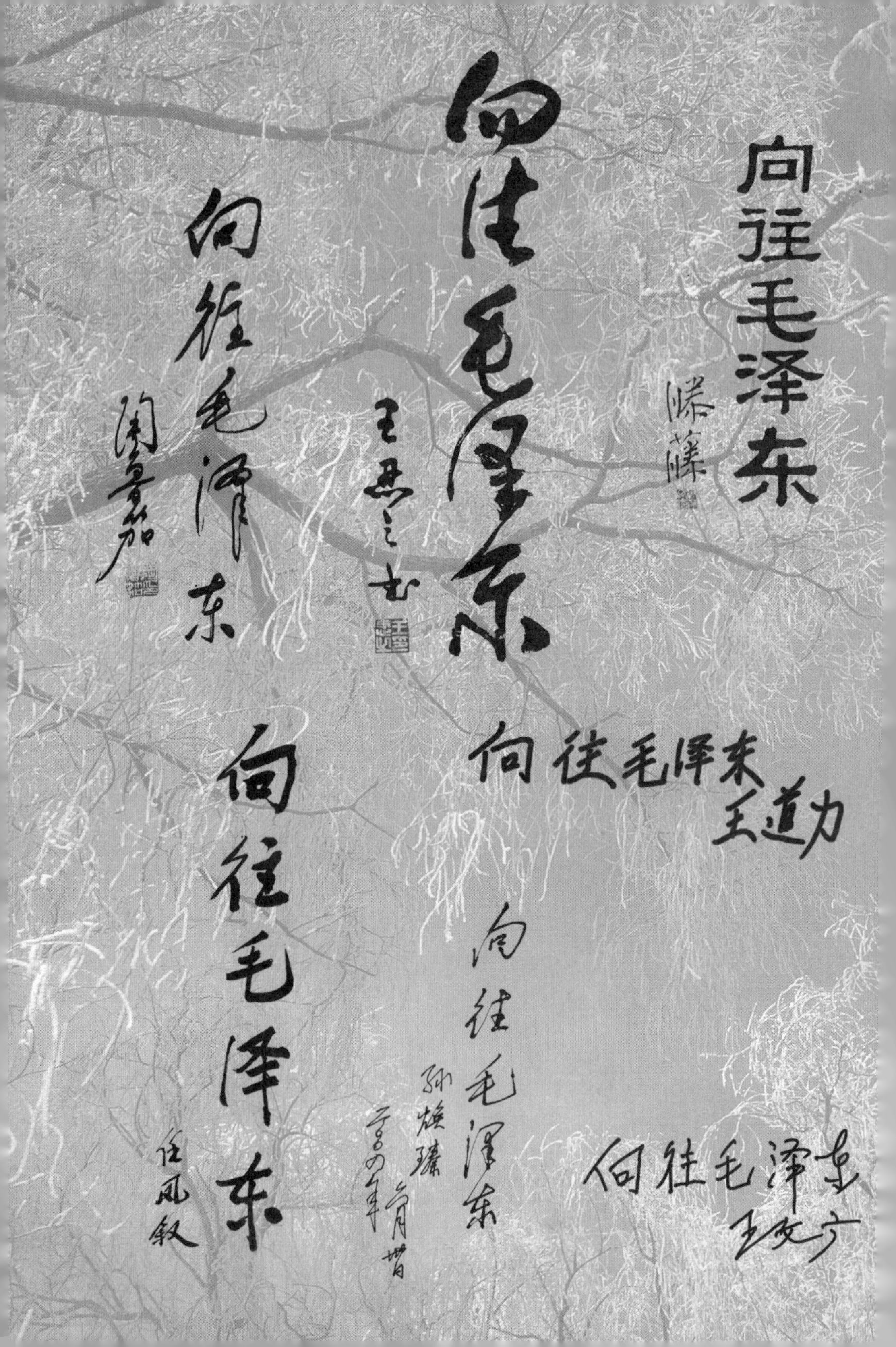
向往毛泽东
滕藤
向往毛泽东
王忠之书
向往毛泽东
陶鲁笳
向往毛泽东
王道力
向往毛泽东
任风叙
向往毛泽东
孙焕璪
向往毛泽东
王文广

向往毛泽东

魏魏 2004.7.1

向往毛泽东

沈加海

2004年7月1日

向往毛泽东

唐志龙

2004.8.20 于上海

向往毛泽东

王惠民

向往毛泽东

宋威吉

第六章

弥漫于华人世界的夏日烈

港澳台同胞及遍布全世界的华人，和祖国大陆同胞一样，共同遭受了1840年以来帝国主义列强的欺凌和蹂躏，并肩抵抗过外国强盗的入侵，他们都热爱我们中华民族空前的民族英雄毛泽东。

2004年10月来到江西宜春参加第五届全国农民运动会的台胞代表团观摩成员之一纪先生对媒体记者说：

"毛主席真伟大，他是我们中国人的骄傲，他让中国人有了尊严，国家又管理得这么好，我们台湾很多老百姓也崇敬毛主席。"

毛主席领导的中国革命，不仅把祖国大陆亿万劳苦人民从水深火热中拯救出来，这个革命同时改变了东方和世界的力量格局，使得中华民族傲立于世界民族之林，使居住在世界各地的炎黄子孙挺直了脊梁、赢得了尊严。

旅美华人学者程君复这样说：

"在中华民族危困的时代里，有志之士，奋起救国，前有孙中山，后有毛泽东，乃我民族之幸。一代民族英雄，由于他们的胆识，不顾一己的牺牲，挽救了中华民族，使中华民族继续发扬与成长，为我民族建立了永垂不朽之功。我相信历史会给二位一定的地位，无惧你的损害，也无需我的多言。

"毛主席所建立的远见，他伟大的地方，不只影响了中国，而且影响了全世界。所有被压迫被欺负的弱小民族没有一个不尊敬毛泽东的。"

在新世纪启行之际，在整个华人世界弥漫、升温的"毛泽东热"，也是惹人注目的。

深藏在海外游子心中的毛泽东情怀

毛泽东代表着一个民族的尊严，这一点对于身在海外的游子更是感同身受。向往毛泽东就是心向祖国，向往毛泽东意味着叶落归根，向往毛泽东是游子心灵最高的寄托，向往毛泽东把港澳台同胞、海外侨胞紧密地连在了一起。让我们一起翻开这时代的画卷吧。

2003 年 12 月 26 日纽约地区各界华人 300 多人在唐人街冒着风雪举行纪念会，缅怀毛泽东的丰功伟绩，并观看反映"两弹一星"的纪录片《东方巨响》。这次纪念会的主办单位"纪念毛泽东筹备会"是由纽约地区学者与侨界知名人士组成，并由"工农天地"网站等 20 多个网站参与发起。与会者多数来自纽约，也有的来自费城、滨汉姆顿等地，其中有白发苍苍的老者，也有稚气未脱的中学生。谈及举办纪念会的意义，主办单位表示，过去的100多年里，中国从国穷民弱、被列强瓜分、任人宰割的半殖民地半封建社会，变成今日屹立于世界民族之林的泱泱大国，这都源自于所有中华儿女前仆后继、流血牺牲的奋斗，但功居其首者，非毛泽东莫属。在21世纪刚刚开始的时候，中国面临新的更大的挑战，此时纪念毛泽东就更有意义。

纽约市立大学教授、亚美文化协会会长黄哲操说，毛泽东是世纪伟人，是中华人民共和国的缔造者，他领导中国人民推翻了三座大山，建立了一个新社会；他大公无私，为中国人民的解放事业奉献了自己的一切，确确实实是一个世纪伟人。

纽约衣联会主席林以和在大会致辞中说，我们怀念毛主席，是因为毛泽东时代的政府廉洁、民风纯朴。

全球反独促统会会长程君复冒雪从费城赶到纽约参加纪念会。他在发言中表示："毛泽东是我的偶像，毛主席在世的时候，我崇拜他，毛主席逝世以后，我怀念他。"

纪念会的会场四周悬挂着10多幅毛泽东在各个时期的照片，纪念会还进行了文艺表演，其中包括演唱毛泽东时代的歌曲、现代京剧以及诗歌朗诵等。对于当地土生土长的华人来说，他们看到现场播放的大型文献纪录片《东方巨响》感到很新奇，但对于上了年纪的人来说，一个个艰苦奋斗的历史镜头仿佛又把他们带回到那难忘的年代。

本次纪念会的一个亮点是，与会者热烈响应设立"毛泽东日"的倡议签名活动，很多人当场签名并写下了热情洋溢的留言。一些来不及签名的与会者还带走了签名表，并表示要去网上签名并向其他朋友做宣传，动员他们一起参加倡议签名活动。

哈佛大学历史学博士龚忠武在纪念会上把海外游子的毛泽东情怀表达得淋漓尽致。他说，毛泽东的一生对我们中国人来说，立了德、立了言、立了功，是三不朽在近现代中国最好的体现。立言、立功，这两个不朽，大家都很清楚了，今天只讲他的立德，讲他给我们留下的无比丰富珍贵的道德和精神遗产。他赞扬毛泽东的一生，是挺起脊梁、进行战斗的一生，是永不向强权和邪恶势力低头的一生。在他的领导下，1949 年中国人终于"从此站起来了"，中国人从此挺起了脊梁，极富尊严地立于大国之林，永远告别了屈辱挨打的时代。但是我们并没完全脱离这个没有骨气的旧时代，所以今天纪念毛泽东 110 周年诞辰，正好可以提醒一些软骨头的炎黄子孙及早悔悟，做一个有骨气的中国人。

海外赤子能对毛主席作出精湛的评价远不止龚忠武一人。

新加坡著名的中文报纸《联合早报》刊登的《毛泽东:终点还是起点？》一文也反映出很多海外华人的共识。该文指出:"中国的'改革开放'事业走过80年代的发展蜜月和成长阵痛，到了 90 年代中期，开始面临'全球化'竞争。社会文化的物欲横流、精神萎靡，及执政党与政府内部的腐败现象，这时人们不觉又想起了毛泽东。"

更多的海外游子则以其他形式表达着对毛主席的怀念。一把剪刀闯英伦的旅英华人企业家陈俊非常崇拜毛主席，每年毛主席诞辰他都要回祖国纪念，他在唐人街开了一家自己的理发店，取名"中国理发公司"，里面展示着新中国各个时期的像片。

旅居英国的华侨在毛主席诞辰110周年的时刻，把曾经战斗、生活在毛主席身边的摄影师侯波请到了伦敦，一场名为"伟人毛泽东——侯波、徐肖冰个人摄影展"的大型图片展在享有盛誉的英国伦敦摄影师画廊开幕。80高龄的侯波女士专程来英国参加了开幕仪式。不少旅英华侨都是携家带口来看展览，并表现出对这个展览的极大兴趣。他们说，过去就知道毛主席，但看到的毛主席的形象都是很严肃的，今天看到这么多毛主席的生活镜头，感到非常亲切。"伟人毛泽东——侯波、徐肖冰个人摄影展"展期将近两个月，广大英国观众和旅英华人华侨有机会从中了解毛泽东生活和工作的一个侧面。

毛泽东诞辰110周年之际，在法国的中国人以各种方式纪念这位中国历史上的伟大人物。一位在高科技领域工作的老板在一家私人俱乐部里举办了一场晚会，应邀参加者大部分都穿着文化大革命时期红卫兵式的服装，其中不乏风险投资的总裁或在美国上市公司的老总。在欧洲出现此类纪念形式，同上世纪六七十年代受毛泽东思想影响而在西欧轰动一时的"左翼"青年风潮留下的历史记忆有很大关系。

在菲律宾首都马尼拉市最豪华的购物场所阿亚拉中心，有一家中式餐厅，大号"碌碌毛"。"碌碌"是当地语"爷爷"的意思，而"毛"所指的绝非旁人，正是中国人民的伟大领袖毛泽东。这家店的店内陈设极具特色，墙上悬挂着巨型毛主席纪念章和红底黄字的革命标语，桌凳是店主人特意定制的，宽大而粗糙。这里显然都折射出时代思潮的波动。

在中国大陆甚为流行的"上好佳"膨化食品的老板，是一位姓施的菲律宾华人，但是很少有人知道《毛泽东选集》和毛主席像章是他一日不可离身的爱物。据了解，当年施先生离开中国大陆来到菲律宾时，中菲尚未正式建交，菲律宾海关当局对于涉及意识形态领域的书籍、宣传品等查扣得很严厉。施先生身穿一件很厚的上衣，将许多毛主席纪念章和若干本《毛选》别在了衣服的内里，从海关官员的眼皮子底下混了过去。

在宝岛台湾，还有一家毛主席咖啡馆。在台湾众多的咖啡馆中，最具特色、令人心动的当属这家坐落在台北市民大道敦化北路129号的"毛主席咖啡馆"了。这是一座低层楼，门外招牌上只有两行拼音字和英文，上面是MAOCAFE（毛咖啡馆），下面是CAFEBAR——BISTRO（咖啡馆、小餐馆）。馆外虽然不大引人注目，但里面的装饰布置却具十足的文化味儿。正面是一幅毛主席站在亚非拉青年朋友中间的、约有2米高的大照片；左边楼梯旁挂的四幅招贴画，一幅是《党的女儿》电影宣传画，一幅是"到工农群众中去、到火热的斗争中去",一幅是"一定要解放台湾",还有一幅是反映空军形象的"常备不懈,全力以赴,务歼入侵之敌";右边一个玻璃柜橱,里面摆了一幅斯诺拍的毛主席头戴红星帽的半身瓷像,还有"中华"、"熊猫"、"飞马"等等大陆名烟。两侧挂的是各式各样的毛主席像章和芭蕾舞剧《红色娘子军》剧照。屋顶上也是一幅淡化了的一个个毛主席的头像。柜台里面橱柜上有毛主席穿解放军军服的半身像。楼上是酒吧间——上楼还可看到毛主席和周总理在延安时、在参加重庆谈判时合影的照片,有《毛主席语录》和《毛主席语录歌》灌的唱片……来这里仿佛走进了博物馆。咖啡馆服务员胸前都佩戴着一枚有机玻璃的毛主席像章,落落大方。到毛主席咖啡馆光顾的,男的、女的、中国人、外国人都有,年纪大的也有,但年轻人最多。他们都是冲着毛主席去的。

既然我们说到宝岛台湾,那就让我们说说具有强烈毛泽东情结的台湾著名歌手张洪量。张洪量小时候经常偷偷收听大陆的广播,成了一种嗜好。从那里他听到了许多关于毛主席的事情,还听到了民族交响乐。他将一部分《黄河大合唱》钢琴协奏曲录下,反复聆听,每一个片段都能让他的心灵激荡好久。那时候,张洪量渐渐地感觉到来自毛主席的民族自信及打倒帝国主义的精神。

幼时那段接触毛主席的时光,也许培养了张洪量日后独立客观地对待历史及事物的能力。之后到美国留学多年,学的是电影导演，第一个想拍的片子就是毛主席传记，为的是让更多的黄种人及被压迫的民族有机会从毛主席那里得到往前迈进的动力。留学美国期间，他体会到西方白种人整体上对其他种族的歧视和压迫，他希望中华儿女都能体会到毛主席"东风压倒西风"的豪语以及对抗帝国主义的坚强精神。

在毛主席诞辰110周年前夕，香港同胞也强烈表达着对毛主席的崇敬之情。2003年12月24日，由香港万都集团高莉女士和钟建国先生出资捐建的诗碑《七律·长征》在韶山毛泽东诗词碑林正式揭碑了。韶山毛泽东诗词碑林位于风景秀丽的韶峰山腰，是毛泽东诞辰100周年时兴建的永久性纪念工程，镌刻着毛泽东诗词50首，自1993年开放以来年均接待中外游客40万人次。新落成的《七律·长征》诗碑位于碑林二区，是一座主碑，与以毛泽东另一篇脍炙人口之作《沁园春·雪》为主题的诗碑相互映衬，各显风采。该碑长5.2米，高3.5米，以雪山造型，取"红军不怕远征难，万水千山只等闲"之意。高女士和钟先生表示，他们出资60万元人民币为毛泽东的《七律·长征》筑碑，是想通过这种方式表达十三亿中华儿女深切缅怀伟人丰功伟绩的赤子之情，同时也表达香港同胞对这位世纪伟人的敬仰之情。

海外华人学者的声音：继承和光大毛泽东的精神遗产

美籍华人学者龚忠武，上世纪60年代毕业于台湾大学，后

获得哈佛大学历史学博士学位。他在毛主席诞辰107周年时，曾经称赞毛主席是跨世纪的伟人，并且指出："毛泽东为中国今天在国际上所获得的地位，为中华民族的振兴，作出了巨大的贡献，并为后世留下了无穷无尽的精神遗产"。

在毛主席诞辰110周年之际，龚忠武又发表了题为《毛泽东的精神遗产及其现实意义》的演讲：

一、毛泽东热回温了

这几年来，国内外的毛泽东热似乎有回暖的迹象。例如，12月5日，哈佛大学的三个院所，哈佛费正清东亚研究中心、哈佛政治系和肯尼迪政治研究院联合举办了一次大规模纪念毛泽东110周年生日的讨论会。会期三天，主讲人有好几位是目前欧美中国学或毛泽东研究领域知名的专家学者，例如有耶鲁大学的史景迁、麻省理工学院的白鲁恂、英国的毛泽东学权威施拉姆和来自澳州现在哈佛做研究的特里尔等。会场座无虚席，气氛非常热烈。在我的记忆里，这可以算是一次研讨毛泽东专题的空前盛会了。毛泽东学似乎又变成显学了，会上也推崇了施拉姆对毛泽东研究的贡献。

今天我们在这里纪念毛泽东110周年生日的讨论会，我们的目的主要是缅怀、反思毛泽东的丰功伟业。但是，无可否认，也有很多人认为，这有什么好纪念的。

对于这些人，我只想提出一个简单的问题：

如果110年前的12月26日这天，神州大地上，没有"出了个毛泽东"，那今天的中国会是个什么样子？我们中国人今天过的会是什么样的日子？

向往毛泽东——新世纪第一波「毛泽东热」大潮扫瞄

邓小平的答复是，我们今天很可能还要在漫漫的长夜中摸索，继续在寻找救国的道路。

饮水思源嘛。他不仅挽救了当代的中国，还振兴了中华民族，振兴了中国古老的文明，所以我们应当纪念他的生日，缅怀、反思他的功业。

二、三不朽

我们中国人对人生的价值，人的生死的看法，一般不大相信灵魂不朽，死后会上天堂。我们中国人相信的是人文主义的宗教观，就是三不朽：首先立德、其次立功、然后是立言，其中又特别重视立德。

人死之后，他的灵魂肉体虽然都消失了，但是他生前的德行、思想、功业，却是长存的；越伟大，传承得越久。毛泽东的一生，对我们中国人来说，立了德，立了言，立了功，是三不朽在近现代中国最好的体现。立言、立功，这两个不朽，大家都很清楚了，今天我只讲他的立德，讲他给我们留下的丰富珍贵的道德和精神遗产。我认为在今天这个只认金钱，不讲道德，党风官风腐败的市场经济时代，在台独分子丧失民族气节，鲜廉寡耻，阻碍中国统一的今天，他的精神遗产，应该更具有特别鲜明的现实意义，更加值得我们学习、仿效、发扬。

三、毛泽东的精神遗产

毛泽东留给我们的道德精神遗产到底是什么？我认为可以归纳为以下七种：骨气、志气、勇气、才气、土气、正气、王气。现在简要地分别说明一下。

首先，阐明一个概念，就是这七种精神遗产中都有个"气"字。气，是物质的，也是精神的，物质可以变精神，精神也可

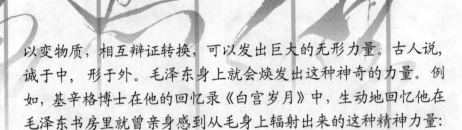

以变物质，相互辩证转换，可以发出巨大的无形力量。古人说，诚于中，形于外。毛泽东身上就会焕发出这种神奇的力量。例如，基辛格博士在他的回忆录《白宫岁月》中，生动地回忆他在毛泽东书房里就曾亲身感到从毛身上辐射出来的这种精神力量：

"或许除了戴高乐之外，我从来没有遇见一个人像他那样具有如此高度集中的、不加掩饰的意志力；他成了凌驾整个房间的中心，而这不是靠大多数国家那种用排场使领导人显出几分威严的办法，而是因为他身上焕发出一种几乎可以感觉到的压倒一切的魄力；没有任何外在的装饰物可以解释毛泽东所焕发的力量感。

"我的孩子谈到流行唱片艺术家身上有一种颠流，我得承认自己对此完全感觉不到。但是，毛泽东却的确发出力量、权力和意志的颠流。"

这些话，如果出自一般人之口，的确是难以令人置信，但出自基辛格之口，应该是有很高可信度的。

我认为，这种精神力量源自毛泽东个人的先天道德秉赋、中国固有的深厚道德传统和外来先进的马克思主义道德传统，以及他后天毕生艰苦卓绝的革命实践。

四、七种精神遗产

首先说明骨气。骨气，这是作为一个有尊严的人，一个有尊严的国家和民族必须具备的最起码的道德精神品质。骨气，说白了，就是要有脊梁骨；没有脊梁骨，只有任人欺侮，任人宰割，任人凌辱，是个软骨头，一个永远站不起来的可怜虫。《走向共和》这部电视剧，要为李鸿章翻案，而历史事实一再证明他基本上是一个没有骨气的大官僚。《走向共和》说他是一个忍辱负重的政治家，事实是他丧权辱国，卖国自保，毫无骨气。例如在1880年的中俄伊犁交涉中，李鸿章力主放弃伊犁，而左宗棠力主收回伊犁。结果，沙俄让步了，中国取得了空前的外交胜利，保住了伊犁，保住了新疆。试想，如果当时清廷接受李鸿章丧权辱国的下策，今天的新疆恐怕同外蒙一样，早已脱离了中国的版图。

毛泽东的一生，是挺起脊梁、进行战斗的一生，是永不向强权和邪恶势力低头的一生。在他的领导下，1949年中国人终于"从此站起来了"，中国人从此挺起了脊梁，尊严地立于大国之林，永远告别了屈辱挨打的时代。

但是我们并没有完全脱离这个没有骨气的旧时代，君不见今天的台湾，仍然有一批数典忘祖，没有骨气，甘愿做日本皇民的台独分子吗？所以今天纪念毛泽东110周年诞辰，不是正好可以提醒这些软骨头的炎黄子孙，及早悔悟，做一个有骨气的中国人吗？

其次是志气。毛泽东一无高贵的家世，二无显赫的学历，但是他一直胸怀大志；志向就是人生的目标，然后百折不回，力求实现。"指点江山，激扬文字，粪土当年万户侯"，"到中流击水，浪遏飞舟"，这是毛青年时代的志向。"安得倚天抽宝剑，把汝裁为三截？一截遗欧，一截赠美，一截还东国。太平世界，环球同此凉热"，"今日长缨在手，何时缚住苍龙？"，"俱往矣，数风流人物，还看今朝"，这是毛壮年领导红军长征时代的志向。"四海翻腾云水怒，五洲震荡风雷激。要扫除一切害人虫，全无敌"，这是毛晚年反帝反修时代的志向。试看，毛的志向真是具有何等的豪气！毛壮年以后到晚年，由于已经成为中国共产党和中国人的领袖，所以他的志向，也就顺理成章地变成了中共党员和中国人的志向。

第三是勇气。两万五千里长征是人类历史上从未有过的一次史诗般的军事壮举和奇迹，长征路上遇到的艰难险阻，说有多困难就有多困难。例如，毛泽东以事实生动地形容说，长征路上，"天上每天有几十架飞机侦察轰炸，地下几十万大军围追堵截。"然而，红军终于冲破重重障碍，克服了一切困难，取得了最后胜利。这是何等的勇气?! 具有"敌军围困万千重，我自岿然不动"这样大无畏勇气的统帅和军队，才能谱写一首首胜利的凯歌，才能战胜远比自己强大的敌人。所以对内的三大战略决战，对外的五大战略决战（朝鲜战争、援越抗法、中印边界战争、越战和中俄珍宝岛战役）的胜利，可以说是毛非凡的战略勇气和理论勇气的自然结果。

这里，我要特别强调毛主席的理论勇气和战略勇气。中国革命是一个前无古人的事业，没有现成的理论和经验可以照抄照搬，一切都要靠自己敢于创造，敢于试验，敢于实践。毛的理论勇气和战略勇气，初见于两万五千里长征，再见于抗日战争，三见于三大决战，四见于五次的对外决战。每一次的决战，都是中国历史进程的一次飞跃，都是一次理论和战略的突破。特别是晚年的反帝反修，更是一次巨大的理论和战略的飞跃，因为当时的中国是在美苏两霸的重重围堵之下，要冲破美苏构筑的铜墙铁壁，要冲破当时国际的二元格局，建立世界的三元格局，为中华民族争得生存空间，没有巨大的理论勇气和战略勇气办得到吗？

结果，毛还是像他领导的历次斗争一样，最终取得了辉煌的胜利。当然，无可否认，毛本人和中国，都为此胜利付出了极其高昂的代价。

不过，我个人研究他晚年事业的一点心得是，毛晚年全力以赴的是要解决两个大问题：一个是如何突破两极世界秩序，建立三极世界新秩序，使中国尊严地融入国际大家庭。一个是如何构建一个使中国社会主义江山得以维持千秋万代的心防，也就是思想和精神长城，或简称之为心的长城。

这两个都是大谋略，大理论，大战略，需要超凡脱俗的勇气。也就是说，毛晚年下的这局棋，是一盘构思深远、暗藏玄机、变化复杂的一局棋。

他错了吗？目前尚难下定论，因为毛晚年两反（反帝、反修）的命题毕竟要比毛曾经作出的任何决策，例如比长征时期的鼓新场战役，重得多、大得多、深得多、复杂得多。

"千秋功罪，谁人曾与评说？"我觉得最有资格评说毛晚年功过是非的，还是我们的后人和后代的史家，因为他们可以拿他们当时的现实来证实或否证。孔子不也是千百年后的后人才能证明他的伟大的么，他的思想言论不也是遭到当时人攻击诟病的么？

说到毛的理论勇气和战略勇气，当我们眼前正面临一个十分严峻的、大有失控趋势的台海问题之际，不正是需要再出一个具有像毛泽东那种大理论勇气、大战略勇气的中国领导人么？让他带领我们和平地——如果办不到，那就"百万雄师"过海峡，早日实现祖国的统一。这恐怕也是目前越来越多的人怀念毛的一个原因吧？如果台海局势继续恶化下去，这种心情肯定还会有增无减的，因为在他的时代，台独势力何曾这样的猖獗嚣张过？

第四是才气。才气算不算是一种道德品质？儒家将智包括在五大德（仁义礼智信）之内，可见也是一种德性，一种精神品质。毛的才华是多方面的，而且都是超凡的才华；他是中国历史上甚至人类历史上一个罕见的具有军事、哲学、文学、政治等多方面综合性超凡才华的旷世奇才。耶稣、释迦牟尼只是个宗教家，孔子、苏格拉底、柏拉图只是个哲学家，孙子只是个军事家、战略家，秦皇汉武、成吉思汗、康熙，只是军事家或政治家，李白、杜甫，只是个诗人，王羲之只是个书法家，然而毛泽东却兼而有之，集众美于一身，而且每一美都可独立成家。

集众美于一身，才能使他的骨气、志气、勇气有用武之地；试想：他的军事才能，如果不是加上他洞见机微的哲学智慧和富于想象力的诗人浪漫奔放的性格，恐怕也成就不了他"战神"和比美孙子武圣的地位。才气，不仅要靠先天的秉赋，更要靠后天的好学、博学、苦学、勤学。毛爱读书，无时无刻不在追求新知，唯恐由于知识不够，而造成对重大决策的失误。这种不断爱书、读书的学习精神，不是很值得今天中共的干部仿效发扬吗？

第五是土气。我所说的土，不是土包子的土，而是乡土的土，可以理解为国情，民族风格。毛的这种土气，体现在他为人行事的风格上，体现在他革命治国的思路上。例如，毛被充分肯定的一个重大的理论贡献，就是将欧俄马列主义的普遍原理、原则同中国本身的具体国情相结合，国情就是土气的一种体现。长征时期，留俄的中共领导人博古的主要错误，就是在军事上盲目地听命于一个共产国际派来的、对中国历史、政治、社会、军事传统一无所知、完全照搬西方和俄国革命军事经验的德国顾问李德的瞎指挥，以致同中国的国情格格不入，致使红军几乎遭受覆灭的命运。最后，还是靠毛的土法子，游击战，才挽救了红军，引导中国大革命走向胜利，缔造了新中国。

第六是正气。他一身的正气来自他大公无私的理想，来自于他一心为人民服务、为国家奉献、为人类解放的高尚道德情操。这决不仅仅是句政治口号，而是贯穿于他的整个思想，并且身体力行；他一家有六个亲人为革命牺牲，包括他的爱妻杨开慧和长子毛岸英。这有几个国家领导人可以做到？他晚年更是致力于实现这个目标，但好心却得到相反的结果。这恐怕是他离开人世

时感到的最大遗憾吧？！

最后是王气。就是王者之气。以德服人者王，这是中国儒家政治理想的最高境界。他晚年济弱扶倾的反帝反霸事业，使他不仅在第三世界赢得了崇高声望，也赢得了第二世界和第一世界政治人物的由衷敬佩。继尼克松、基辛格访华之后，几十个国家的元首和政府首脑纷纷以"朝圣"的心情，前往北京，欲亲身目睹他睿智、诙谐、博雅、谦逊的东方王者的风采和气度，从而在近现代中国的外交史上写下了空前辉煌的一页，也为改革开放的时代，在第三世界留下了一笔巨大的政治资产。然而，他所塑造的这种独特的东方王者的形象，恐怕将及身而止，因为时代毕竟不同了，后人难以仿效。

五、小结

毛一生的丰功伟业和思想言论，也许仁智互见，较多争议，但他留下的上述丰富的宝贵精神遗产，高尚的道德情操和精神品质，应该超越时空，历久而弥新。它们不仅是一个人立身处世的基本原则，也是一个国家民族繁荣昌盛的精神源泉。今天我们纪念毛泽东110周年生日时，愿我们能够继承这些精神遗产，并身体力行，发扬光大。

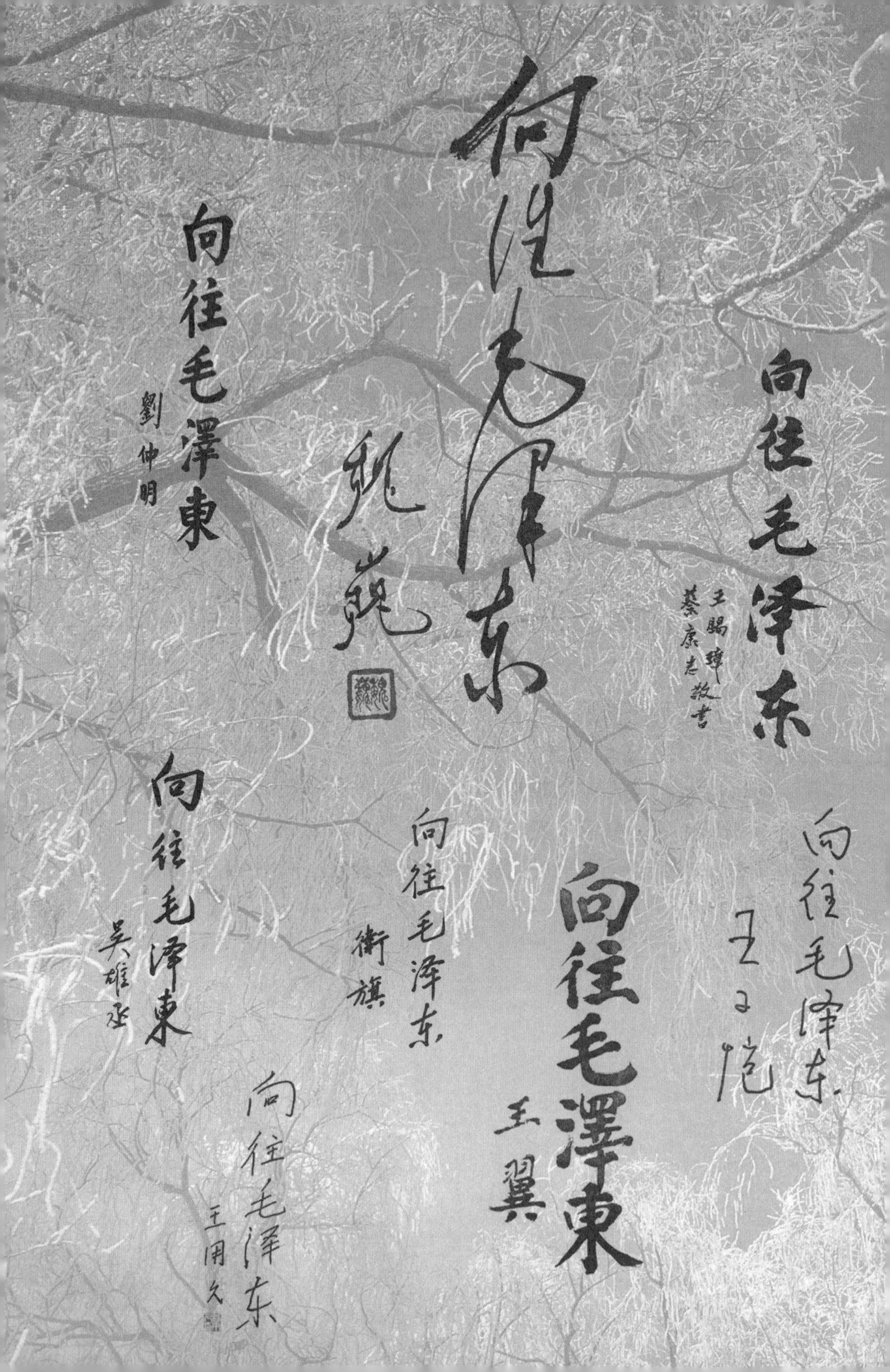

向往毛泽东

向往毛泽东
刘仲明

向往毛泽东
姚艳

向往毛泽东
王锡璋
蔡康志敬书

向往毛泽东
吴雄武

向往毛泽东
衡旗

向往毛泽东
王子瑞

向往毛泽东
王翼

向往毛泽东
王用久

向往毛泽东

萧一平

向往毛泽东

武光

向往毛泽东

吴健

向往毛泽东

汤纵敏

向往毛泽东

肖衍庆
2004-5-14

第七章

传播于出版界的

热

　　书籍历来是传承毛主席思想、风范的重要载体。我们上面已经讲到，上世纪90年代民间自发兴起的"毛泽东热"，就是以大量出版发行缅怀毛泽东、回忆毛泽东的书籍为重要标志。自从那时开始，出版界不断推出歌颂、回忆、研究毛泽东的图书，至今不断。随着新世纪"毛泽东热"大潮的来临，图书出版界又兴起了温度空前的"毛泽东热"。这一时期推出的新书，描绘出一个高瞻远瞩、不怕帝国主义的毛泽东，描绘出一个博学多才、思想深邃的毛泽东，描绘出一个思想超越时空、为理想社会而艰苦探索的毛泽东，也描绘出一个廉洁自律、不徇私情的毛泽东，促使广大人民群众不断从毛泽东那里获得新的智慧和力量，展开着更深一步的现实思考。

　　有一位叫作巴哈尔古丽的歌唱家在一首歌中曾这样唱道：

　　　　把天下的水都变成墨，把蓝天和大地都当作纸，把天下的树木都当成彩笔，让天下劳动人民都成为诗人，歌颂您呀毛主席，我们心中的红太阳……

是的，过去有这样一句话："蓝天作纸、大海作墨，也写不尽毛主席对广大劳动人民的无限恩情。"

书界"毛泽东热"亮点纷呈

2003年正式出版的纪念毛主席诞辰110周年的图书，已经超过200余种，总字数达数千万字。其作者中既有专家学者，更有毛主席身边的工作人员和家属；内容丰富全面，既有反映毛主席生平的传记，也有关于毛泽东政治、军事、文艺思想等方面的专著，既追述了伟人的丰功伟绩，又挖掘了伟人和普通人一样具有的亲情、爱情、乡情、友情、同志情，全面反映了他作为战略家、政治家、军事家、外交家、文学家、诗人、书法家等的多重身份，并披露了大量鲜为人知的往事细节，刊出了许多此前从未刊出的照片，与以前的图书相比有了多方面的突破和进展。北京中关村图书大厦、北京图书大厦等书店举办了"纪念毛主席诞辰110周年"图书展卖活动，受到了读者的热烈欢迎。

在此次出版的纪念图书中，毛主席的传记图书非常引人注目。《毛泽东传（1949－1976）》由中共中央文献研究室编著，它主要依据的是中央档案馆保存的毛主席在新中国成立后的大量文稿、讲话和谈话记录，中共中央文件和有关会议记录。这部长篇巨著根据可靠的第一手资料，力求向广大读者提供一部翔实的信史。中央文献出版社同时还推出了何明编著的《伟人毛泽

东》和研究当代中国的知名英国学者迪克·威尔逊撰写的《毛泽东》两部传记。近年才被发现的"1937年青岛版"的《毛泽东自传》现已重印，包括简体字版本和彩色影印原本。尘封半个多世纪、被誉为《毛泽东自传》"姐妹篇"的《毛泽东印象》一书，经重新编选校注，也已由中央文献出版社推出。

为纪念毛泽东同志诞辰110周年，中共党史出版社精心组织出版了一批有关毛泽东的新书，其中包括三卷本《毛泽东时代的中国（1949－1976）》、四卷本《毛泽东之路（1893－1976）》（修订本）、《毛泽东国际交往录》（增订本）。此外，还有《走近毛泽东》、《开国前夜——毛泽东在西柏坡的风云岁月》、《毛泽东初进中南海》等十多部新书。

为了方便不同层次的读者更好地了解、学习毛泽东思想，查阅相关资料，出版界也作了不少努力。中共中央文献研究室编辑的《毛泽东著作专题摘编》是一部系统地反映毛泽东思想科学体系及其丰富内涵的大型理论工具书。该书从毛泽东同志的各种专题文集以及少量文稿档案中，精选出重要论述6000余条，分为九编。北京大学出版社出版了由北京大学马克思主义学院组织编写的《毛泽东思想专题讲座》，中央文献出版社还出版了《毛泽东年谱》（1893－1949）。

为了全面地介绍毛主席的生平，反映毛泽东同志的卓越智慧和才能，不少出版社选择了丛书的形式。中央民族大学出版社推出的大型丛书《伟人毛泽东》共1200多万字，是从我国目前已出版的两千多部研究反映毛泽东同志生平事迹的著作中精选编纂而成。

在纪念毛主席诞辰110周年的图书中，毛主席的亲人写的书无疑是一簇独特的鲜花。毛新宇作为毛主席的孙子编著了《爷爷毛泽东》（国防大学出版社）一书，这是毛新宇多年追寻毛泽东足迹，依据多种档案文献，采访众多革命前辈，以一个亲人的独特视角抒写出的力作。孔东梅在《我心中的外公毛泽东——翻开我家老影集》（中央文献出版社）中，以毛主席外孙女的身份，将往事、家事娓娓道来。书中还刊有许多从未发表过的珍贵照片。

著名编剧张天民撰写的《青年毛泽东》（中国社会出版社）以翔实、淡雅的文字，写出了青年毛泽东那感人的亲情、恋情、同志情。这也是张天民的遗作，在张天民人生道路的最后时刻，他一直忙于《青年毛泽东》剧本的创作。

曾和毛泽主席有交往的老同志和毛主席身边的工作人员，也以写书的形式来纪念他们所崇敬的领袖。原中共山西省委第一书记陶鲁笳撰写了《毛主席教我们当省委书记》（中央文献出版社），《在伟人身边的日子》则由毛主席的保健医生兼生活秘书王鹤滨撰写。曾在中南海毛主席身边工作多年的原中共中央组织部秘书长何载编著了《怀念与回忆》一书，由中央党校出版社出版。

用图片展示毛泽东同志光辉一生的图书一直得到读者的喜爱。2003年中共中央文献研究室毛泽东研究组推出了国内第一部史诗性画册——《毛泽东画传》。画传中收入的1800余幅珍贵历史照片是从上万幅照片中精选出来的，这部画传也是迄今为止收编毛主席照片最多的画册。

毛主席的军事才能一直受到世人的极力推崇，有关毛泽东军事生涯和军事思想的图书也是图书界持久的热点。2003年又有一批新书聚焦于此。孔见少将主编的《毛泽东兵法十三篇》(漓江出版社)，以大量生动的事例，配以珍贵的战史图片，全方位展现了一代伟人的军事智慧，该书由原中央军委副主席张万年题写书名。《险难中的毛泽东》(中央文献出版社)、《毛泽东遇险实录》(广东人民出版社) 介绍了毛主席怎样从无数次的危险中死里逃生。此类图书还有《毛泽东用兵录》(黑龙江人民出版社)、《毛泽东军事思想发展史》(解放军出版社) 等。

毛主席诗词是纪念毛主席诞辰110周年图书中的一个亮点。辽宁出版集团配合同名20集大型文献电视艺术片推出了《独领风骚——毛泽东心路解读》一书。该书作者系毛泽东诗词研究会副会长陈晋，他收集了毛泽东同志公开发表的大量诗词，从诗词的角度解读了毛主席的绝代风华。《毛泽东诗词鉴赏(图文珍藏版)》(红旗出版社)、《毛泽东诗词鉴赏》(长春出版社)、《毛泽东诗词修改始末与修改艺术》(华夏出版社) 等大批图书令毛主席诗词爱好者欣喜不已。《毛主席文艺论集》(中央文献出版社) 则展现了毛泽东浓郁的文化人气质。

毛主席的书法是书法花苑中的一朵奇葩。《毛泽东手书真迹·题词题字卷》(西苑出版社)详细地介绍了毛泽东书法的起源以及执笔方法、用笔方法、稿纸选择、章法等，细致入微。中央文献出版社专门制作的黄金版《毛泽东诗词手迹》，采用了当代印刷技术最新成果和纳米技术，以纯度达99.9%的黄金纸为材质，封面镶嵌有纯度达99.9%的纯金毛主席头像。

2003年出版的纪念图书还充分展示了生活中的毛主席形象。《毛泽东个性化的健康之道》(中共党史出版社)介绍了毛主席独特的健康观和生活习惯。《毛泽东保健饮食生活》(广东人民出版社)收录了一批曾长期在毛主席身边工作的人员的回忆文章和营养师的点评文字。

毛泽东的交往史也得到了深入的挖掘。人民文学出版社出版的《毛泽东与著名学者》、《毛泽东与著名作家》、《毛泽东与文化界名流》，真实、准确地再现了毛主席与文化界名流的接触和交往情况。《毛泽东高层政治交往书系》(北京出版社)展示了毛泽东同志与朱德、周恩来、彭德怀、陈毅、贺龙、郭沫若等的交往史。此外还有中央文献出版社出版的《毛泽东与他的警卫员》等，追忆了毛主席的交往史和交往风格。

长江文艺出版社出版的《毛泽东瞩目的风云人物》分"文臣武将"、"世界名流"、"著名战役"等10册，中央文献出版社出版的毛泽东智慧书系包括《跟毛泽东学读书》、《跟毛泽东学写作》等10本。红旗出版社也推出了《跟毛泽东学用人》、《跟毛泽东学领导》等系列丛书。

据悉,纪念毛主席诞辰110周年的活动还带动了很多有关毛泽东研究的旧版图书的销售。

在纪念毛主席诞辰１１０周年之际,"毛泽东热"方兴未艾,大有"万里江山一片红"之势。透过书界"毛泽东热"现象,从深层次的思考来看,社会各阶层、各行业的人们,都在以不同的方式表达自己的情思、纪念这位土生土长而又功业卓著的共和国伟人、千年伟人。这不仅仅是一种崇敬,而且是默默流淌于人们心底的一种由衷的思念和向往。

图书出版界的纷呈亮点,虽表现形式各异,但其内涵和实质却只有一个:重新认识毛泽东和毛泽东思想的历史地位,重新审视中国共产党人和广大人民的时代使命。

信史如鉴耀千秋——《毛泽东传(1949-1976)》出版

任何一个想理解中国当代历史的人,都无法回避毛泽东;任何一个想理解中国的历史及预想她的明天的人,都无法回避毛泽东;任何一个真正关心人类命运、寻求被压迫人民解放的人,都无法回避一个伟大的名字:毛泽东。他是一个伟大的导师,一个伟大的政治家、军事家,还是一个伟大的诗人。20世纪的中国历史,深深地打上了他的标记。

谁也无法否认，毛泽东对20世纪中国和世界产生的巨大而深刻的作用和影响；谁也无法抗拒，毛泽东拥有的强烈而长远的个人魅力和精神力量。

一部翔实、权威的毛泽东信史——这是许多人的期盼。1996年8月，《毛泽东传（1893－1949）》的出版，在国内外产生极大反响。现在，备受瞩目的《毛泽东传（1949－1976）》，终于在毛泽东诞辰110周年之际与读者见面。

《毛泽东传》的完成，结束了我们以往只能看外国人写的毛泽东传记（指全传）的历史，也是多年来对毛泽东生平事迹研究的最大成果之一。这部传记将为我们展示一位怎样的毛泽东？又是如何展示毛泽东波澜壮阔、丰厚复杂的一生的呢？"央视国际"记者走访了《毛泽东传（1949－1976）》的主编逄先知和金冲及。

该书主编告诉记者，这部传记的重要特点之一，是材料丰富扎实，其中相当大部分是第一次公布。书中使用了大量中央档案馆保存的毛泽东文稿、批件、讲话和谈话记录，中央会议记录，还使用了人民日报和新华社新闻稿等报刊资料、有关的书籍和访问记录。尤其是很多小范围的谈话，往往能更真切地反映毛泽东的真情实感。

该书主编说，对这些材料的使用，我们注意完整性，避免支离破碎地引用，更切忌断章取义，力求全面完整地反映传主的思想。在引用毛泽东的讲话和谈话时，注意对背景的分析，说明它是在什么情况下、针对什么问题讲的，便于读者理解讲话的内容，又不显得枯燥。

主编指出，另一个特点，是用事实说话。书中着重通过大量第一手材料来反映毛泽东的思想发展和变化过程，反映他对一些重大问题的思考和决策过程。作者只作一些简单的分析和评论。夹叙夹议，以叙为主，主要还是把事实说清楚，给读者留下更多的思考空间，让读者自己去作结论，让历史去作结论。

传记再一个显著的特点，——该书主编告诉记者说，是不只写历史，而是以相当大的力量来写毛泽东的思想方法和工作方法，这可以给人很多的启示。书中对建国后的许多重大决策过程作了详细的描述，努力把它们的来龙去脉写清楚。例如，关于过渡时期总路线的提出及形成的过程，读者从传记中可以看到，毛泽东是根据国内形势的新变化，提出过渡时期总路线，从而改变了原来设想的如何由新民主主义向社会主义转变的具体步骤的。又如，关于《论十大关系》的形成过程，过去大家都知道，毛泽东是听了34个中央部门的汇报后形成的，但很少具体了解毛泽东是根据哪些汇报情况和怎样一步一步地思考而形成的，更少有人知道李富春的关于第二个5年计划设想的汇报，对毛泽东形成《论十大关系》的直接作用。这些，书中都根据当时的会议记录如实反映出来了。还有出兵朝鲜的决策过程，《关于正确处理人民内部矛盾的问题》的形成过程等，也都作了详细披露。

《毛泽东传(1949－1976)》的出版引起了国内外媒体的热切关注，发表了大量评介。"毛泽东旗帜"网站刊载的新华社记者李术峰、曲志红撰写的《伟大的回响——〈毛泽东传〉初读印象》和上海学者蔡仲德撰写的《"以革命的名义想想过去"！——始读〈毛泽东传（1949-1976）〉》，受到网友的普遍认同。

伟大的回响——《毛泽东传》初读印象

深棕色的封面色调透着历史的沧桑，毛泽东自信地端坐着，目光深邃……翻开《毛泽东传（1949－1976）》，中国社会主义革命和建设几十年风雨曲折的历程，自其中从容展开。

历史的力量在于真实，历史的作用在于鉴古知今。一部跨度２７年的伟人传记，以１３０万字的篇幅展开，笔力沉雄，宏大壮观。走进这部书，也就走进了毛泽东丰富的内心世界，在领略毛泽东的卓越智慧和高尚情怀的同时，我们更听到了那来自历史深处的伟大回响……

"动员一切力量恢复和发展生产"

整部书以开国大典开卷，其中记述了一个鲜为人知的细节：这一天，毛泽东在天安门城楼整整站了６个多小时，但精神始终十分饱满。回到中南海驻地，他对身边卫士说的第一句话是："胜利来之不易！"他连续说了两遍。

然而，以后的考验更加严峻。书中引用了一些人的怀疑："共产党在军事上得了满分，在政治上是八十分，在经济上恐怕要得零分。"

早在党的七届二中全会上，毛泽东就提出，在推翻了国民党统治，建立起人民政权，并且根本解决了土地问题以后，党的中心任务，就是动员一切力量恢复和发展生产，这是一切工作的重点所在。

1949年12月6日，毛泽东登上北上的专列，前往莫斯科。这是他生平第一次走出中国故土。在苏联参观时，他特别留意考察苏联经济建设的经验。每下车访问一个城市，就去参观工厂，看得那么认真，那么仔细，那么兴奋，不断地向工厂负责人询问工厂的情况。

当毛泽东回国到达沈阳，他立刻在东北局高级干部会议上讲了他的访苏观感：他们现在的工厂有很大的规模，我们到这些工厂，好像小孩子看到了大人一样……

建立一个以大工业为基础的新中国，这是毛泽东几十年来为之奋斗的目标。毛泽东深刻地感到党的各级主要负责人亲自抓经济工作的重要性和紧迫性。1950年5月20日，他在给各中央局的主要负责人的电报中叮嘱："各中央局主要负责同志必须亲自抓财政、金融、经济工作……中央政治局现在几乎每次会议都要讨论财经工作。"

"一定要每日每时关心群众利益"

关心人民群众的利益，是毛泽东伟大情怀的魅力所在。而如何真正了解和维护好、实现好人民群众的利益，毛泽东始终将调查研究作为一个利器。

1955年11月，毛泽东离开北京，乘专列南下，一路调查农业合作化和农业生产情况。当时的一张时间表，生动反映了毛泽东对了解情况的渴望之情："11月2日，晨6时58分，到德州车站，停车一小时，与德州地委书记谈话。上午10时43分到达济南，与谭震林、山东省委书记舒同谈话，下午1时结束。晚9时10分，与济南市委书记、副书记、市长谈话，9时55分结束。11时56分到达泰安，在火车行进中，继续与泰安地委书记、副书记谈话。"

1958年秋，毛泽东密切关注着"大跃进"和人民公社化运动的发展。正是在大量调查研究的基础上，毛泽东说，价值法则、等价交换，这是个客观规律，违反它，要碰得头破血流。他切切叮嘱全国的公社党委书记们："一定要每日每时关心群众利益，时刻想到自己的政策措施一定要适合当前群众的觉悟水平和当前群众的迫切要求。凡是违背这两条的，一定行不通，一定要失败。"

"使自己获得一个清醒的头脑"

毛泽东历来重视理论的指导，在重要的历史时刻需要总结经验的时候，他就特别强调读书，学习理论。

读书伴随着毛泽东度过了一生，成为他生活中不可离开的一部分。他最后一次读书的时间，有记录可查，是１９７６年９月８日晨，也就是临终前一天的５时５０分，是在医生抢救的情况下读的，读了７分钟。

毛泽东读书，有个显著特点:紧密结合中国的实际，结合当前中国正在做的事情和他个人正在思考的问题，发表议论。

1953年，为了起草宪法，毛泽东广泛阅读和研究了世界各类宪法，有中国的，有外国的；有社会主义国家的，有资本主义国家的。他还列出了中外各类宪法书的书目１０种，要中央政治局委员和在京中央委员阅读。这是中央高层领导第一次如此系统地学习法律，对新中国的法制建设很有意义。

鉴于1958年"大跃进"中发生的一些问题，干部存在一些混乱思想，毛泽东深感各级干部非常缺乏经济学的知识。他自己也觉得需要加强这方面的学习和思考。他建议大家读苏联《政治经济学教科书》，他自己带头读。毛泽东读书很认真，不时在一些提法下面画横道，或者在旁边画竖道，画了后接着就发表议论。毛泽东读《政治经济学教科书》的谈话，经整理，竟有近十万字……

1958 年 11 月，毛泽东给中央、省市自治区、地、县四级党委写了《关于读书的建议》这封信，他提出："要联系中国社会主义经济革命和经济建设去读书，使自己获得一个清醒的头脑，以利指导我们伟大的经济工作。"

"我不学李自成，你们不要学刘宗敏"

清廉朴素，伴随了毛泽东一生。在延安时期，他曾特意把郭沫若写的《甲申三百年祭》一文印成小册子，号召全党干部阅读，提出要引以为戒。

1950 年，毛泽东从苏联回来，到了哈尔滨。哈市设宴招待，把最好的东西做给他吃，有熊掌、飞龙等。第一顿饭，有胡志明在座，他吃了。回到住地，毛泽东对卫士说："我们国家现在这么穷，搞得这么丰富干什么！从明天开始，还按我们在家的标准去办。"后来到了沈阳，饭菜比哈尔滨安排得还好。毛泽东很生气，接见干部时专门讲了这个事。他说："我是不学李自成的，你们要学刘宗敏，我劝你们不要学。"

1951 年 12 月，刘青山、张子善因为贪污侵吞国家资财被河北省人民法院判处死刑。之前，是否"给他们一个改过机会"的意见反映到毛泽东那里，毛泽东说：正因为他们俩的地位高，功劳大，影响大，所以才要下决心处决他们。只有处决他们，才可能挽救 20 个，200 个，2000 个，20000 个犯有各种不同程度错误的干部。

后来薄一波回顾这段历史时说:"以毛主席为首的党中央对清除党的肌体上发生的腐败现象,表现了高度的自觉性和巨大的决心与魄力,真正做到了从高级干部抓起,敢于碰硬,从严治党。"

"以革命的名义想想过去"!——始读《毛泽东传(1949－1976)》

"以革命的名义想想过去。只有微不足道的小人,才会忘记过去。如果忘记,那就意味着背叛。"苏联话剧《以革命的名义》(在中国曾摄制成影片)中列宁这样说过。

多年来,在中国,很有些大大小小的人物,借口中国社会主义革命和建设过程中的错误和曲折,不仅忘记过去,而且完全否定过去,嘲弄革命,"告别革命",乃至诋毁革命,向无产阶级革命伟大领袖毛泽东倾泼污泥浊水,为被毛泽东领导的中国革命推翻了的旧人物、旧制度扬幡招魂,大造舆论,意欲"改天换地",似乎颇有市场,自以为得计。

这种时候,在亿万劳动人民倾注满腔热情纪念毛泽东诞辰110周年之际,《毛泽东传(1949－1976)》的问世,恰如劈开阴霾的雷电,震撼了人们的心灵,也照亮了那些人的丑恶伪善的嘴脸。

《信史如鉴耀千秋》这篇访谈录说得好:"谁也无法否认,毛泽东对20世纪中国和世界产生的巨大而深刻的作用和影响;谁也无法抗拒，毛泽东拥有的强烈而长远的个人魅力和精神力量。"另一篇题为《伟大的回响》的文章写道："深棕色的封面色调透着历史的沧桑，毛泽东自信地端坐着，目光深邃……翻开《毛泽东传（1949－1976）》，中国社会主义革命和建设几十年风雨曲折的历程，自其中从容展开。""历史的力量在于真实，历史的作用在于鉴今。一部跨度27年的个人传记，以130万字的篇幅展开，笔力沉雄，宏大壮观。走进这部书，也就走进了毛泽东丰富的内心世界，在领略毛泽东的卓越智慧和高尚情怀的同时，我们更听到了那来自历史深处的伟大回响……"。

对于跟随毛泽东走过这27年艰难历程的人来说，事情更是这样。时隔27年之后，通过阅读这部传记，尽管还只来得及浏览了下卷，当年的种种斗争拼搏，历历在目，拳拳在心，显得更加明晰，越发清新。

就拿"文化大革命"来说，本书第34章，就第一次披露毛泽东当时曾对身边的护士长吴旭君说过：

"我多次提出主要问题，他们接受不了，阻力很大。我的话他们可以不听，这不是为我个人，是为将来这个国家，这个党，将来改变不改变颜色、走不走社会主义道路的问题。我很担心，这个班交给谁我能放心。我现在还活着呢，他们就这样！要是按照他们的作法，我以及许多先烈们毕生付出的精力就付诸东流了。"

"我没有私心，我想到中国的老百姓受苦受难，他们是很想走社会主义道路的。所以我依靠群众，不能让他们再走回头路。"

"建立新中国死了多少人？有谁认真想过？我是想过这个问题的。"（该书第 1389 - 1390 页）

这番话，字字句句，岂非像千钧重锤，敲响历史的洪钟，响彻云霄，震撼人们的心灵，既令人惊心动魄，更使人思绪万千？

由此联想到邓小平 1978 年 12 月 13 日在中共中央工作会议上所说的话，就越加发人深省了。邓小平当时这样说过："关于文化大革命，也应该科学地历史地来看。毛泽东同志发动这样一次大革命，主要是从反修防修的要求出发的。至于在实际过程中发生的缺点、错误，适当的时候作为经验教训总结一下，这样对统一全党的认识，是需要的。文化大革命已经成为我国社会主义历史发展中的一个阶段，有必要总结，但是不必匆忙去做。要对这样一个历史阶段做出科学的评价，需要做认真的研究工作，有些事要经过更长一点的时间才能充分理解和作出评价，那时再来说明这段历史，可能会比今天我们说得更好。"（《邓小平文选》第 2 卷第 149 页）

《史贵在信，信史可读》，2003 年 12 月 25 日上海《新闻晚报》发表的这篇文章中，作者王昕最后写道：

"书里有这样一个细节，1976年9月的毛泽东，已病入膏肓，经常昏迷，但在他逝世前的8小时，他还在阅读文件，书载：'8日这一天，毛泽东看文件、看书11次，共2小时50分钟。他是在抢救的情况下看文件看书的：上下肢插着静脉输液管，胸部安有心电监护导线，鼻子里插着鼻饲管，文件和书是由别人用手托着'。

"次日零时10分，毛泽东与世长辞。

"这才是历史。历史是沉甸甸的。"

"历史的经验值得注意。"

历史是不能忘记的，更不容任意涂抹，随意编造，肆意戏弄。不然，历史的惩罚是严酷无情的。谓予不信，请看现实。

"以革命的名义想想过去"！

以革命的名义，读《毛泽东传（1949－1976）》。

宏篇钜制纪伟人——丛书《伟人毛泽东》

《伟人毛泽东》丛书已经由中央民族大学出版社出版，得到了各方面的广泛好评，普遍认为《伟人毛泽东》丛书是国内以至国外研究毛泽东的丛书中最大的一部、最全的一部，也是最权威的一部；是研究历史人物、研究政治领袖的丛书中最大的一部。编辑出版这部丛书，编辑者、出版者确实花了功夫，从两千多种有关毛泽东的图书中选出这部书，这在某种程度上说，是进行了一次关于毛泽东、毛泽东思想研究的学术调查和有关图书的普查。这必将促进关于毛泽东和毛泽东思想的研究。学术界已经议论多年，建议建立毛泽东学，这部丛书的出版为建立毛泽东学走出了重要的一步。编辑出版《伟人毛泽东》丛书，确实是一件传之久远、功德无量的大事。

《伟人毛泽东丛书》选取了历史上方方面面有关人士的文章。这些文章的作者在半个多世纪的革命生涯中，对毛主席、对毛泽东思想有着广泛的了解，他们的文章对于新世纪毛泽东研究，应该有着非常重要的参考价值。这些作者包括：

元帅、将军：朱德、陈毅、罗荣桓、叶剑英、聂荣臻、徐向前、黄克诚、李德生、蒋顺学；

党政领导人：杨尚昆、胡乔木、江华、江渭清、吴冷西、宋健、杨超、熊向晖、逄先知、张承先；

专家学者：郭化若、卢嘉锡、朱光亚、金冲及、刘德厚、沙健孙、廖国良、王普丰、王文理、李捷、陈晋、黄允生、宋一秀、雍涛、郭允文、戴知贤、李敏、孔令华、张民、张素华、边彦军、高风、杨福云、杨德明、吴可、张英杰、谭乃彰、朱晋平。

《伟人毛泽东》丛书"开篇词"

他，是伟大的无产阶级革命家、政治家；

他，是伟大的战略家，军事家；

他，是伟大的思想家、诗人；

他，是伟大的民族英雄、中华民族精神的人格化身；

他，是二十世纪中国历史上乃至世界历史上影响最大的人物；

他，就是毛泽东。

历史和时代呼唤毛泽东！

毛泽东倾其一生，领导了前无古人、艰辛备至的中国革命和建设。他领导中国共产党率领中国人民摧毁了旧中国的经济、政治结构，取得了新民主主义革命和社会主义革命、社会主义建设的伟大胜利，建立了自由、民主、独立的社会主义新中国，改变了世界格局，取得了具有世界历史意义的成功。毛泽东的一生，是为民族的解放、国家的富强、人民的幸福无私奋斗的一生。他终其一生，为革命牺牲了六个亲人，丢失了三个孩子，将自己的一切奉献给了人民，却不向人民索取毫厘。毛泽东的一生，是伟大理论家、思想家的一生。他在领导中国革命和建设的过程中，把马克思列宁主义普遍真理同中国革命实际结合起来，创立了以他为代表的科学思想体系——毛泽东思想。这是他给中国人民和世界人民留下的最宝贵财富。21世纪，毛泽东思想仍然是中国人民的伟大旗帜。

多年以来，国内外专家、学者对毛泽东进行了多方面、多层次的研究，出版了大量有关毛泽东的研究性、纪实性的著作，数量特别巨大。为便于广大读者阅读，编者从这些著作中选取部分水平较高、质量上乘的，加上请专家、学者新编写的，编纂为《伟人毛泽东》丛书，奉献给广大读者，以便读者较为全面地了解毛泽东，并以此纪念毛泽东主席诞辰 110 周年。

邓力群、郑培民与《伟人毛泽东》丛书

编写《伟人毛泽东》丛书是 1999 年冬开始运作的。要编好丛书必须有坚强的编辑委员会。著名理论家、革命家邓力群同志出任丛书编辑委员会的主编。他提出，编委会的成员，一定要对毛主席有深厚的感情，对毛泽东思想和毛主席的革命历程有一定的了解。编辑部建议郑培民同志任丛书第一副主编，当即得到主编邓力群同志的批准。培民同志知道后说："既然力群同志和大家信任我，那我就只好尽力，当好力群同志的助手，和大家一起把这部书编好。""这是一部好书，从提纲看，这部书一定能全面反映毛泽东思想和毛主席的革命历程。这部书出版后，会是党史教育、革命传统教育的好教材。""从细目看，这部书很全面，毛主席的方方面面都涉及到了。从作者名单看，都是我国研究毛泽东主席的知名专家学者。我了解的中央文献毛著部的几位知名专家都是作者。杨超、吴冷西、沙健孙、金冲及等这些全国一流名家的著作也收入在这部书中。这部书真可谓名家荟萃，很有权威性。"

郑培民同志生前十分关心《伟人毛泽东》丛书。他说，毛泽东的伟大实践，毛泽东的人格力量，毛泽东思想，是我们党、我

们国家、我们民族的巨大财富，应该继承。

《伟人毛泽东》丛书目录

▲《伟人的一生》（2卷）

中共中央文献研究室研究毛泽东的专家称:本书是第一部精选众多专家学者的文章编辑而成的准确反映毛泽东一生的高水准的著作。

▲《政治战略家毛泽东》（2卷）

毛泽东是伟大的马克思主义者和无产阶级战略家。他倾其一生，领导了前无古人的中国革命和建设，摧毁了半殖民地半封建的旧中国的经济政治结构，建立了自由、民主、独立的新中国，同时创立了中国新民主主义理论和中国社会主义理论。

▲《经济战略家毛泽东》（2卷）

他不是经济学家，但他的经济理论博大精深，《毛泽东读社会主义政治经济学批注和谈话》《论十大关系》等等著作，堪称经典。

▲《军事战略家毛泽东》（2卷）

他指挥打的仗最多，他指挥打的仗最大。他用兵如神，50年战争生涯，历尽艰难险阻，赢得举世震惊的长征，打败日本帝国主义，埋葬蒋家王朝，四次与美国交手，无一不胜。他是常胜统帅。《军事战略家毛泽东》向你一一说明。

▲《外交战略家毛泽东》（2卷）

毛泽东是伟大的马克思主义外交战略家，是共和国对外方针政策的主要奠基者。他关于国际战略和外交的战略思想，极其丰富，博大精深。本书作了深刻阐述。

▲《哲学大师毛泽东》（2卷）

毛泽东是马克思主义哲学大师。毛泽东哲学思想是博大的科学体系，在基本原理方面和实际方面都包含着丰富的内容。以实事求是为特征的唯物论，以对立统一规律是宇宙根本规律为特征的辩证法，以自觉的能动性为特征的反映论，以群众路线和社会基本矛盾学说为特征的唯物史观……本书都有详尽说明。

▲《文化巨人毛泽东》（7卷）

文化巨人的多侧面——毛泽东的文化思想、文化性格、文艺思想、教育思想、科学观、史学理论、诗词、书法，以七部书一一反映。

▲《毛泽东人际关系》（2卷）

在毛泽东不平凡的一生中，他别具特色的人际关系，向人们展示了他丰富多彩、鲜为人知的另一面。他交友很多，范围很广，有战友、同事，有老师、同学、亲朋故旧，有民主人士，有国内外知名学者、文学家、艺术家，有国际友人、外国政要等。本书以100万字介绍毛泽东与127人的交往。

▲《毛泽东逸事》（1卷）

本书从《农民的儿子》开篇，到在高科技领域中以毛泽东名字命名粒子这一轶事的《毛粒子》封卷，全书共143个具有故事性的珍闻逸事，真实、具体、生动地展示了毛泽东的革命情操、品格风范、人格魅力。

▲《毛泽东家系》（1卷）

本书记述了毛泽东的家系。如果按父亲的希望，他会像千百万农民一样，年年月月劳作田间。可他舍小家为大家，为劳苦大众谋解放。然而，他又深深眷恋着生他、养他的土地。他在事业上取得巨大的成功，而在家庭生活中，却有着超乎寻常的甜酸苦辣。本书告诉你这一切，告诉你毛氏家族和外戚文家、杨家、贺家的详情。

▲《中外名人评说毛泽东》（1卷）

中外名人，有政治家，有军事家，有科学家，有专家学者，有文学家、艺术家，他们大多与毛泽东有过接触，本书告诉你他们怎样评说毛泽东。

《伟大人民领袖毛泽东》丛书

在邓力群、袁宝华、李尔重、朱子奇、魏巍、袁木等老同志的支持下，以中国人民大学余飘教授为主任的《伟大人民领袖毛泽东》丛书编委会正式成立，属中国解放区文学研究会领导。它的任务是出版一系列多层次、多角度学习和研究毛泽东的富有史料价值和学术价值的专著，表达广大人民怀念和崇敬毛泽东的深厚感情，深入地宣传毛泽东和毛泽东思想。目前已经推出6本专著，均由中央文献出版社出版，它们是《中外著名人士谈毛泽东》、《中外著名人士谈毛泽东（续）》、《毛泽东颂》、《毛泽东文艺思想与中国当代著名文艺家》、《我们永远崇敬毛泽东》、《毛泽东与中国当代杰出革命家》。

1999年出版了《中外著名人士谈毛泽东》以后，受到广大读者的称赞，但也提出希望。他们指出：周恩来、刘少奇、邓小平、陈云、郭沫若、彭德怀、王稼祥、邓拓等许多著名人士谈毛泽东的文章未能收入，是一个缺欠。根据读者的建议，现在编辑出版了《中外著名人士谈毛泽东》续集。

《毛泽东颂》是我国第一部歌颂毛泽东的诗词精选本。这部诗歌集高度赞扬了伟大人民领袖毛泽东对中国革命和社会主义建设事业做出的极其重要的贡献；歌颂了他在反动派面前表现的大气磅礴、威武不屈的硬骨头精神；表现了他全心全意为人民服务的崇高品质；赞美了他的人格魅力、学问、诗词和书法；是一部体裁多样、诗味浓郁、情蕴深厚、雅俗共赏的诗集。

《毛泽东文艺思想与中国当代著名文艺家》收入20多位文艺评论家专门为本书写的20多篇文章。这些文章评论了一批著名文艺家在毛泽东文艺思想指导下写出的表现了新人物、新境界和新水平的优秀作品；用丁玲、赵树理、贺敬之、梁斌等文艺家成功的创作实践充分地论证了《在延安文艺座谈会上的讲话》对马克思主义文艺理论和中国革命文艺事业的发展做出的卓越贡献。

《我们永远崇敬毛泽东》收集了彭真、黄克诚、丁玲、刘绍棠等在"反右"和"文革"中受过挫折的同志平反以后，不计个人得失，用无产阶级世界观判断是非、正确评价毛泽东和毛泽东思想，表现了坚定的革命信念和高风亮节的文章。这些文章对于今天的读者会有所启示。

《毛泽东与中国当代杰出革命家》把一系列评述毛泽东与中国当代杰出革命家周恩来、刘少奇、朱德等人之间的工作与友谊来往、相互评论、思想交流的文章结集出版，从一个新的视角提供了学习和研究毛泽东的观点和资料。通过这些文章，读者可以从比较中具体而微地了解毛泽东在政治风云、军事斗争、外交舞台等各个领域内的非凡智慧、卓越见解、运筹帷幄、化险为夷、议论纵横、笔走惊雷的种种出色表现，也可以更亲切地感受到毛泽东的喜怒哀乐的丰富情感和人民领袖的精神风貌。

《真实的毛泽东》一书与读者见面

《真实的毛泽东》一书，由李敏、高风、叶丽亚主编，中央文献出版社出版。毛泽东这位世纪伟人，虽然与世长辞已28年，他的光辉形象却始终活在中国各族人民的心中。今天的中老年人爱戴他、怀念他；今天的青年人崇敬他，渴望更多地了解他，希望能认识一个真实的毛泽东。

毛泽东逝世后，国外出版的某些图书和杂志，对毛泽东进行了恶意的丑化。国内也有个别图书和杂志，胡编乱造、违背事实，歪曲了毛泽东的形象。鉴于上述情况，跟随毛泽东27年的老秘书叶子龙同志生前提出，要编辑一本《真实的毛泽东》，澄清有关毛泽东的不实传说，让人们了解毛泽东对他身边工作人员无微不至的关爱，身边工作人员对毛泽东的敬仰之情以及这些工作人员忠诚保卫毛泽东、为毛泽东服务的真实情景。

叶子龙同志的倡议，得到了毛泽东身边工作人员的热烈响应。在纪念毛泽东诞辰110周年之际，这些不同历史时期在毛泽东身边工作过的秘书、军事参谋、警卫、医生、护士、机要员、管理员、炊事员、乘务员、司机、摄影记者等，以自己的亲身经历，将在毛泽东身边工作的所见所闻，写成回忆文章，真实地再现了毛泽东的工作、生活、情感的各个方面。人们通过这些文章，可以走近毛泽东，更清晰地了解毛泽东，看到一个真实毛泽东。

毛泽东是一位伟大的革命家、理论家，他的光辉思想教育和影响了我们几代共产党人；毛泽东是一位廉洁奉公的人民公仆，他夜以继日、不知疲劳地工作，是全心全意为人民服务的楷模；毛泽东还是一位感情丰富、充满爱心的领导人，他对战友、朋友、亲友和身边工作人员的工作和生活，关怀备至，感人肺腑。《真实的毛泽东》，包含了很多鲜为人知的毛泽东的真实故事。

胡乔木的《回忆毛泽东》，高智的《回忆和毛主席第一次照相》，叶子龙的《回忆毛主席》，张耀祠的《毛主席对人对事对子女》，傅连暲的《毛主席是我的入党证明人》，吴旭君的《毛主席的生死观》，谢静宜的《回忆在毛主席身边的几件事》，张玉凤的《毛主席病中诵读〈枯树赋〉》，耿福东的《毛泽东思想哺育我成长》，篇篇文字，记录了当年的真实情景，蕴含了作者的无限情思。正如耿福东同志在文章中所说："毛主席啊，毛主席！您虽然与世长辞，但您的恩情人民群众不会忘记，您的光辉思想永远是中国人民的宝贵精神财富。主席，您安息吧！"

向往毛泽东

薛昌棠

向往毛泽东
二〇一〇年十月

向往毛泽东
姚保华

向往毛泽东
杨宇山

向往毛泽东
徐吮
2003年8月

向往毛澤東
喻权域敬题

向往毛泽东

向往毛泽东
易作
2004年2月17日

向往毛泽东
臧乃光

向往毛泽东
左太北
2004. 7. 1

向往毛泽东
余霖

向往毛泽东
燕登甲

向往毛泽东
杨友吾

向往毛泽东
于洋池

第八章 跃动于影视屏的

热

　　红色题材，饱含着人们对毛主席无比怀念的情愫，又一次席卷了荧屏和银幕。2003年，伴随着毛泽东诞辰110周年纪念日的临近，影视界也再次掀起了"毛泽东热"的浪潮。从中央台到地方台，从城市影院到农村放映队，这股巨大的红色浪潮遍布中国，激起了人们内心深处对主席最诚挚的向往。向往是一首歌，这首歌穿越了历史的云烟，经受了时间的考验，在人们心中变得愈加真挚与淳厚。

　　从2001年的电视剧《长征》开始，影视领域的"毛泽东热"便逐步升温了。《长征》开播后两年，又恰逢毛泽东诞辰110周年。继《长征》之后，又有一大批涉及伟人题材的影视作品相继问世。电视剧《青年毛泽东》、《毛泽东在武汉》、《延安颂》，电视文献片《独领风骚——诗人毛泽东》、《延安时代》、《日出韶山》、《毛泽东与湖南》，电影文献纪录片《走近毛泽东》，电影《毛泽东去安源》等给我们展示了一个全方位、多角度的毛泽东形象，共同将纪念毛泽东诞辰110周年的热潮推向了高峰。尤其是《长征》编剧创作、部分原班人马出演的《延安颂》，与《长征》一起成为了革命历史题材电视剧中的两朵奇葩。

《长征》

在人类军事史上，长征是奇迹。二万五千里的长征路标志的不只是数字，更是人类历史上一座具有划时代意义的精神丰碑。毛泽东曾以伟人的豪迈气魄写出了《七律·长征》，用八句五十六字概括了这部壮烈的长征史。在诗界，也只有毛主席这首《七律·长征》能以其伟人的胸怀和英雄的气概媲美于一部长征史。而长久以来，在影视领域，却缺少一部同样能与长征史相匹配的、辉煌壮烈的影视作品。或许正是出于这个原因，使得二十四集电视连续剧《长征》的问世格外引人注目。

2001年，《长征》在屏幕上的出现让人激动不已。有观众说《长征》是一部让人荡气回肠的史诗，有观众说《长征》是一首英雄主义的赞歌。有人通过《长征》领略了中国军事史上的奇迹，有人通过《长征》感受了红军不怕牺牲、排除万难的精神，而更多的人则从《长征》中目睹了世纪伟人毛泽东的领袖风采。

社会各界对《长征》的反响非常强烈。《长征》播出期间，各种媒体纷纷聚焦《长征》。报刊发表了众多评论性文章，网络则汇集了各类网友热情的声音。家长、老师们更是借播放《长征》的契机给孩子和学生们补上了长征历史的一课。《长征》如此让人期待，一方面直接根源于"长征"这一革命历史事件的辉煌壮烈，另一方面也与人们心中割舍不去的"毛泽东情结"有莫大的关系。

对于《长征》的评论，在众多的文章中有一篇引人注目，中国艺术研究院的祝东力曾发表了一篇题为《红军的背影》的评论。在文中，他站在历史和艺术的双重角度对《长征》作了有见地的分析，在这里部分摘录于下：

长征的转败为胜首先是由于毛泽东这位伟大战略家的多谋善断，因此《长征》的成功也就首先得益于主演唐国强先生的出色表演。需要说明的是，毛泽东作为中华五千年古典文明和近代忧患共同缔造而成的具有世界史意义的伟人，作为中国革命乃至世界革命的导师，简单地说，是不可扮演的。如用文学性的语言来形容，一般的艺术表演工作者与毛泽东之间，不啻存在着人与神的差别。但是，唐国强由于他的学养、经验和演技，在一定程度上的确跨越了这个鸿沟，使我们常常在恍惚之间仿佛重又目睹了毛主席的风采。

但是，唐国强的出色表演和叙述内容的实事求是仅仅是使《长征》可看、好看，却还不是这部长篇电视剧真正打动人心的新意所在。那么，这个新意究竟是什么呢？

实际上，在这部电视剧中，已经暗含了一个新的不易被人明确察觉的视角和立场。这个新的视角和立场，如仅从电视剧表面的人物形象和叙述内容着眼是很难发现的，它毋宁是通过剧中的音乐形式传达出来的。《长征》的音乐使用了《十送红军》的主题并加以多种变奏，在片尾又浓墨重彩地将这支江西民歌播唱了一遍。这一缠绵、哀怨的音乐形式在人物、情节、对话、环境等叙述内容之上，营造了一种特殊的情感氛围，它标志着我们看待"长征"的态度与以往相比已经产生了微妙但却重要的区别。与以往，例如与1965年的《长征组歌》那种"走向胜利"式的比较单纯的长征观相比，这种区别就在于，它实际上是一种相当于当年苏区人民看待"长征"的视角和立场，进一步说，它更强调的是红军的远走他乡和渐行渐远，更强调的是人民与红军的依依离别，它看到的是红军及其象征价值的渐渐离去，以至于消逝。

这种新的视角和立场未必是剧组主创人员的意图所在，它的产生毋宁是时代环境下的下意识的产物。上世纪70-80年代以来，前社会主义国家纷纷调整了政治经济路线，美英等资本主义中心国家重又采取新自由主义政策，第三世界的反帝反霸斗争发生逆转。90年代苏联社会主义集团溃散后，美帝霸权的凌厉攻势在四处展开，资本主义全球化全面启动，国际垄断资本交割全球市场和资源。人民似乎处于四面楚歌的危局之中。

《十送红军》传达出来的更为复杂的长征观恰好应合了这一沉重的时代氛围。"愁绪万千压在心间"，是对前途的忧虑和思索；"十万百姓泪汪汪"，刻画的是苦难、无助的人民；"锣儿无声鼓不敲"，则暗示了一个无声的中国。从文艺史来看，这里的"送别"属于中国古典文学的悠久母题，它起缘于注重人际关系的中国伦理社会，千年咏唱，有着隽永深厚的意蕴。可是，与"送别"相对应的主题其实还有"盼归"，即暂时的离别最终仍将重聚、团圆。"送别与盼归"或者"无往不复"、"返者道之动"，这是中华文明一以贯之的、辩证的历史观、时间观。它以现在为视点，告慰过去，也预示了未来。

感谢唐国强，通过他，我们又重睹主席的音容神貌：时而沉郁，凝神思索；时而开朗，灿然一笑，中国的天就晴了。

《延安颂》

延安，每当我们听到这个亲切的名字，眼前便会浮现起巍巍宝塔山、滚滚延河水。耳畔便会响起《南泥湾》《军民大生产》的旋律和陕北腰鼓那特有的高亢节奏。

延安时期在我党八十多年的辉煌历史中占有特别重要的地位。在延安，在这座革命的熔炉里，中国共产党在民族危亡的时刻完成了抗日、生产、整风等一系列为实现中华民族的独立和解放而进行的准备工作。在延安，作为我党我军当之无愧的领袖，毛泽东完成了他一生中最重要的著作，毛泽东思想在这里成熟并得到系统的表述。在1935至1947年的时间里，在枪炮声和劳动号子铿锵的节奏里，延安岁月凝聚为一段壮丽的诗篇，升华为一种崇高的精神，被永久地记录在中国现代史册。几十年来这种延安精神哺育了一代又一代继往开来的中华儿女，谱写了一曲又一曲建功立业的时代凯歌。延安精神与长征精神一起成为我们的民族之魂，成为我们最为宝贵的精神财富。

多年来，这段充满了传奇色彩的日子，带着她史诗般的壮丽吸引了无数文艺工作者的目光。但是，在《延安颂》问世之前，荧屏上并没有关于这段史实的全景式描述。直到2003年，作为纪念毛泽东诞辰110周年的献礼剧目，在中央文献研究室的指导下（原秘书长何静修和研究员王鲁山参加指导工作），《延安颂》这部全景式反映我党延安时期革命历程的作品，才以其史诗

向往毛泽东——新世纪第一波「毛泽东热」大潮扫瞄

般的宏大规模填补了影视领域的这一空白。

《延安颂》编剧王朝柱介绍说:与《开国领袖毛泽东》《长征》相较,《延安颂》全方位地再现了延安的十年,写出了领袖和人民、领袖和战友的真情,进而在延安特定的典型环境中塑造出了毛泽东等一大批领袖人物,以及数十个红军指战员、陕北农民的艺术形象,让今天的观众看后感受到这样一个真理:那时的中国共产党为什么会受到广大人民的拥护和爱戴,并一定会成为新中国的缔造者。为此,《延安颂》有意安排了如下以情动人的戏剧情节:

(一)为了重笔写出毛泽东和陕北人民的深厚情谊,浓墨重彩地写了毛泽东在刘志丹牺牲之后,认自称是刘志丹干娘的瞎大娘为干娘。他不仅关心瞎大娘的生活,还请苏联医生帮着瞎大娘治好了双眼。接着,双眼复明的大娘听说毛泽东因写《论持久战》烧了棉鞋,她就主动地帮着毛泽东赶做了一双棉鞋。当她听说毛泽东拿不出像样的东西招待华侨领袖陈嘉庚,她又主动地送来自己养的老母鸡,亲手煮了一锅鸡汤请毛泽东招待陈嘉庚。为了展现毛泽东深爱基层百姓的本质,有意组织了伍家婆姨因不堪忍受上级征粮,骂出了"雷公为什么不劈死毛泽东"的话。他听后内心深受触动,立即下令不准处分伍家婆姨,送到延安,要亲自处理此事。当他了解了起因之后,不仅帮着伍家婆姨解决困难,而且还下调了陕甘宁边区的征粮计划。

（二）为了正确地再现领袖和红军指战员的战友之情，《延安颂》重笔写了枪毙黄克功的戏。黄克功是老井冈，自然也是毛泽东亲自培养的一员战将。由于恋爱问题，黄克功开枪打死了女朋友，这在延安、在国统区引起了极为强烈的反响。为了维护法律的尊严，为了给大批涌向延安的革命青年一个说法，毛泽东不顾战友们为黄克功讲情，毅然决定召开审判大会，枪毙黄克功。但是当挥泪斩马谡之际，毛泽东又淌下了极为复杂的泪水。同样，为了解除红四方面军广大指战员的思想顾虑，毛泽东力排众议，冒着极大的风险召见了要求带枪赴约的许世友。由此，红军不仅实现了真正的统一，而且还感动了许世友，终生跟毛泽东干革命。

（三）时下的读者——乃至未来的电视观众，对毛泽东与贺子珍离异以及和江青结婚都感兴趣，都希望《延安颂》能给一个符合历史的答案。可以郑重地说《延安颂》做到了！毛泽东与贺子珍是在井冈山时期结婚的。十多年来，尤其是在毛泽东受到打击、迫害的时候，贺子珍从未想过离开毛泽东。但是，当毛泽东在党内取得指挥大权之后，她为什么要坚决离开毛泽东呢？《延安颂》真实地写出了他们离异的原因和始末：

十年内战时期，为了革命队伍的发展和壮大，毛泽东必须远离国内外的敌人。从某种意义上说，毛泽东是与世隔绝的。红军到达陕北之后，毛泽东正确地预见到全面抗战即将到来。为完成救亡抗战的历史重任，毛泽东必须尽快了解世界，换言之，他要求全党必须完成从与世隔绝向面向世界的过渡。由于斯诺访问陕北后写成的报告文学《红星照耀着中国》在中外产生的巨大反响，因此毛泽东越发主动地接近来访的中外男女记者。但是，贺子珍对此却没有思想准备，尤其她对毛泽东过分地与史沫特莱等外国女记者接触更是难以理解，甚至以传统的文化观念来要求毛泽东。由于他们之间存在着这种思想认识上的差距和文化观念等方面的差异，遂引起了他们夫妻情感逐渐破裂。最后导致贺子珍丢下不满周岁的女儿离开延安，铸成了他们的爱情悲剧。《延安颂》力图从历史和文化视角解剖毛泽东与贺子珍爱情破裂的内在原因，真实地写出了他们各自不同的怆然情怀。同时，也写出了他们不同的性格，也是造成他们爱情悲剧的一个十分重要的原因。

2003年12月中旬，在举国上下隆重纪念毛泽东110周年诞辰之际，《延安颂》这部宏大的史诗终于在荧屏上与观众见面了，为毛泽东110周年诞辰献上了一份厚礼。人们在荧屏上又一次长时间目睹了伟大领袖的神采:在政治上激情昂扬、斩钉截铁的伟人，在战火中运筹帷幄的统帅，在日常生活中平易近人、始终保持艰苦朴素作风的主席。

与《长征》播出后的情况类似，《延安颂》开播后同样在社会上产生了强烈的反响。在领袖诞辰纪念期间，观看《延安颂》、缅怀毛主席，成了一件极有意义的活动。"继承延安精神，高举毛泽东思想的伟大旗帜"成为《延安颂》带给广大观众的重要启示。伴着《延安颂》的热播，对于延安岁月的回忆和延安精神的讨论在继续。

在《延安颂》的观众之中，身经百战的老革命反响最为强烈。

一位署名"河南郑州一老兵"的同志在"毛泽东旗帜"网发表了《七绝·〈延安颂〉感怀》

> 史颂延安明朗天，东方红日九州暄。
> 泽东名系中华志，指点江山换人间。

老革命家、林伯渠同志的侄孙女林安利在"毛泽东旗帜"网发表《观后感》说：

《延安颂》电视剧的播放，在社会上引起了强烈的反响，特别是我这个从延安走出来的老战士，更感到亲切、真实，心潮起伏、感慨万端。又一次回到了那片熟悉的红色热土，可爱、神秘的草鞋天堂，她是我昔日战斗过的故乡。

毛主席那魁伟的身影，仿佛就在我的身旁，毛主席的英容笑貌又呈现在我的眼前，他那浓重的湖南乡音又回响在我的耳际，他那双大手不断地挥动，他的口不停地在呐喊，他的笔不断地在破立，他的窑洞里，总是彻夜折射出不灭的微弱的煤油灯光。

为了号召全民族抗日救国，在他领导的中国共产党的号召下，全国各地一批批的青年学生、大学知识分子、文艺理论家、作家、高级技术人才，如潮水般奔向这座古老的山城，寻求革命的道路。他（她）们是为了抗日救国来到这里的。

毛主席为了适应革命斗争的需要，在延安开办了马列学院、中央党校、抗日军政大学、鲁迅艺术学院等各类院校，培养各级各类又红又专的专业人才，政治、军事干部。经过一年、二年、三年学习后送到敌后根据地、国统区工作。为此他倾注了全部精力和智慧，组织他们学习马克思主义的哲学、政治经济学、中国革命运动史以及军事理论等课程。使知识分子工农化，工农干部知识化，用无产阶级思想改造非无产阶级思想。每周末的生活检讨会，开展批评与自我批评。毛泽东比喻说：脸是要天天洗的，房子是要天天打扫的，否则就积满了灰尘。这些年轻人经过延安艰苦生活的磨练，经过马列主义的学习，逐步树立起了革命的人生观，共产主义世界观，一批批地加入到共产党内来，成为无产阶级先锋队的一员，从而壮大了我们党的阶级队伍，为党增添了新鲜血液。

中国视协主席杨伟光同志发表《观后感》说：

《延安颂》的首要贡献是调动电视艺术的各种手段，完成了解读抗日战争历史的主要任务，艺术地再现了中国共产党是抗日战争的中流砥柱这一无可争辩的事实。过去讲抗日战争这段历史，人们思想里面往往有一种误解，感到国民党承担的是主战场、正面战场，打的是大仗，中国共产党主要打山地游击战和运动战，怎么会是中流砥柱？艺术作品很难写。人们担心，不写国民党的正面战场就不客观，不符合历史唯物主义；写了他们，中国共产党就好像是"敲边鼓"的，就不是中流砥柱了。所以，总感到是一个大难题。《延安颂》这部片子让人们把这个担心放下了，确实感到中国共产党是抗日战争的中流砥柱，因为，抗日战争的整个战略思想是毛泽东制定的，即持久战。他写的《论持久战》这部历史性的著作，以辩证唯物主义的原理为指导，分析了敌我友的情况，批评了速胜论和亡国论，提出战争将经历三个阶段，即防御阶段、相持阶段和反攻阶段，最后胜利一定属于中国人民。战争的进程就是按照毛泽东的预言发展的。

《光明日报》在2003年12月26日这一天，刊登了题为《〈延安颂〉的标志性意义》的评论文章。文中对《延安颂》这种重大革命历史题材作品创作的成功之处进行了分析：

> 人类历史的经验值得重视。重大革命历史的经验尤其值得推动历史不断前进的人民重视。利用文艺形式再现历史或再现重大革命历史，历来是人类总结汲取历史经验或重大革命历史经验的重要方式之一。其中，最具中国特色、中国风格和中国气派的重大革命历史题材电视剧创作，格外引人注目。它不仅是中国当代文艺创作的重要一脉，而且也堪称当代文化创造中的一道亮丽的景观，是中国人民对当代人类文化做出的独特贡献。近几年来，《开国领袖毛泽东》、《中国命运的决战》、《日出东方》、《长征》等优秀作品，不断把重大革命历史题材电视剧创作的历史品格和美学品格提升到新的台阶。而《延安颂》，正是继《长征》之后，又一部有艺术的思想与有思想的艺术相统一的历史品格和美学品格攀登上了新的台阶的具有标志性意义的重要作品。

《延安颂》所反映的这段历史的丰富性和复杂性，决定了这部颇具史诗品格的作品会遭遇不少的创作难点，如"张国焘问题"、"王明问题"、"肃反问题"、"清查扩大化问题"、"黄克功事件"、"王实味事件"以及毛泽东同志与许世友的冲突、与贺子珍的关系等等……所有这些，过去长期视为创作的畏途乃至禁区。因为倘若艺术处理不当、表现失"度"，就不仅会写歪了历史，而且会伤及领袖形象和党的形象。《延安颂》直面这些创作难点，真实营造历史氛围，精心设计艺术细节，准确把握表现分寸，靠审美创造把诸多创作难点转化为艺术作品中具有强烈吸引力和感召力的亮点。

《延安颂》的创作者正是靠认真学习历史、感知历史，真正做到了让延安时期的革命历史烂熟于心，让活跃在这段历史中的伟人形象跃然于心，并在此基础上坚持不是让事件左右人物而是让人物牵着事件走，一切围绕刻画人物的精神、性格、个性、情感，摆脱简单的是此非彼的单向思维束缚，从而在宏观上胸有全局，在微观上下笔有度，打通了历史与现实的通道，实现了由题材难点到作品亮点的难能可贵的审美转化。这一经验，值得珍视。

中共中央政治局委员、书记处书记、中宣部部长刘云山同志在《延安颂》成功播出后，于2004年2月2日与剧组主创人员进行了座谈。刘云山同志称赞道：我们纪念毛泽东同志诞辰110周年，各种纪念活动隆重热烈、丰富多彩，电视剧《延安颂》的热烈反响为纪念活动增添了光彩。

《独领风骚——诗人毛泽东》

在世界上，或许没有人能像毛泽东一样，既是一位伟大的政治家、战略家、思想家，同时又是一位天才的诗人。毛泽东一生与诗词相伴，从青年时代的"书生意气，挥斥方遒"到"踏遍青山人未老"，到"久有凌云志，重上井冈山"，毛泽东用诗歌咏诵着自己的心路历程和中国大地的訇然巨变。在诗中，他那崇高的理想、博大的胸襟、雄伟的气魄融入平仄，为中华民族谱写了一首首久诵不衰的千古绝唱。

由中央文献研究室、江苏省委、中央电视台合作摄制的电视文献片《独领风骚——诗人毛泽东》便选取了这样一个独特的视角，从毛主席的诗词入手，以诗词创作为线索，用生动的音像语言和史诗般的场景，展示了毛泽东的革命生涯和伟大精神。片中讲述的那些诗句背后鲜为人知的故事，让我们再次走近毛泽东，解读了这位风云人物传奇般的生涯。

《诗人毛泽东》全面展示了领袖的诗路历程。在开篇的《宏程心路》中，作者用如诗般优美的语言讲述了毛泽东诗词在毛泽东心路历程中的重要性：

1973年，刚刚大病一场的毛泽东，已经整整80岁了。这年夏天，他用已经有些枯涩的情思，写了平生最后一首诗。这年冬天，他让身边的工作人员把自己一生的全部诗词作品，重新抄写了一遍。抄完后，他一一核对，对其中的一些词句作些修改。然后让工作人员又抄写一遍，抄清后，又再次核对。

他似乎很想为后人留下一套完整的诗词定稿，又好像是在进行一次艺术上的自我总结。数量并不太多的七十来首诗词，正是

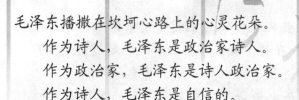

毛泽东播撒在坎坷心路上的心灵花朵。

作为诗人，毛泽东是政治家诗人。

作为政治家，毛泽东是诗人政治家。

作为诗人，毛泽东是自信的。

40多岁的时候，在陕北峰峦起伏的黄土高原上，他便举起套着灰色棉袄袖子的右手，指着自己对一个来访的美国记者说了这样一句——

"谁说我们这里没有创造性的诗人？这里就有。"

1910年，即将出外求学的毛泽东，临行前改写了日本一个叫月性的和尚写的言志诗，夹在了父亲每天必看的账簿里——

"孩儿立志出乡关，学不成名誓不还。埋骨何须桑梓地，人生无处不青山。"

离开韶山冲的毛泽东，到了长沙，到了北京，到了上海，到了广州，到了武汉，到了瑞金，到了遵义，到了延安。

直到1937年，人们才惊讶地发现，长期在山沟里，在马背上战斗的毛泽东，竟然还会写诗。

人们更为惊讶的是，正是毛泽东那不平凡的人生经历和丰富的人格素养，造就了别具一格的诗风，使典雅高古的旧体诗词和中国革命的历史风云紧紧地融合在了一起。

一个叫埃德加·斯诺的美国记者，让整个世界都知道了毛泽东不仅是一位卓越的革命家和军事家，还是一位诗人。

真正让世人领略毛泽东风骚独步的事件，发生在1945年的重庆。

那年，毛泽东在抗日战争刚刚取得胜利的时候，到重庆谈判。他把1936年写的《沁园春·雪》透露了出来，结果引起一场轩然大波。

当时在重庆的美国记者斯特朗曾评述说："毛泽东写的这首诗

震惊了重庆文坛，那些文化人以为他是一个从西北来的土宣传家，而看到的却是一个在哲学和文学方面都远远超过他们的人"。

诗人只是毛泽东诸多身份中并不那么重要的一种。

他有更多更大的历史使命，他有太多太大的事情要做。

正是在和人民一道创造历史的进程中，毛泽东也创造了只能属于他的诗。

这是一部史诗，真切地写照了在中国革命洪流中昂扬进取的人格精神，形象地反映了中国建设进程中的壮阔场面。

毛泽东一生奋斗，所以他一生有诗。他的革命的一生，同时也自然地成为了伟大的政治家诗人的一生。

作为献给毛泽东诞辰110周年的厚礼，《诗人毛泽东》带给人们另一种感受。该片播出后，很多观众提笔写下了自己的观片体会，字里行间洋溢着对毛主席的无比怀念和崇敬。这里撷取一二，以飨读者：

毛泽东主席不仅在中国历史上是一位杰出的政治家、军事家。他还是一位在全世界享有盛誉的伟大诗人。他的诗词同他的伟业一样，家喻户晓，深深地印记在亿万中国人的心田。他集才、情、志于一身，写出了一篇篇流芳百世的不朽诗篇。

考高中时，语文考卷中有一道题是默写毛泽东诗词《沁园春·雪》：北国风光，千里冰封，万里雪飘，望长城内外，惟余莽莽……我背得滚瓜烂熟，那道题，我一字不差，得了满分。我们这一代人不但对毛泽东主席充满了特别深厚的热爱之情，对他的诗也是无限热爱。他老人家的诗，我们大部分都能背诵，并能讲出那首诗的背景，甚至有的都编成了京剧或歌或其他剧种。在纪念毛泽东主席诞辰110周年之际，我们深切缅怀这位伟大政治家诗人，重温毛泽东诗词在中国革命历史上的杰出贡献，仍倍感亲切。（陈延玲）

电视系列片《独领风骚——诗人毛泽东》在中央四台黄金时段业已播完，我似乎意犹未尽，还想再看一遍。这部电视片标明是"大型艺术片"，在我看来它既是一部解读毛泽东的文献片，又是诠释毛泽东诗词的资料片。每天晚上六点半，我都要按时观看，而每看一集，我不但对毛泽东诗词有了更加深刻的理解，而且也被毛泽东的人格魅力深深感染。

毛泽东诗词是新中国的诗史，从"独立寒秋"到"战地黄花"到"钟山风雨"，记录了革命的历程、立国的艰辛和人民的意志，那"风云突变"的悲伤，那"雄关漫道"的豪壮，那"风流人物"的激扬，永远镂刻在中国人的心里。毛泽东诗词又是传统的爱国诗词，"长夜难明赤县天，百年魔怪舞翩跹。""千村薜荔人遗矢，万户萧疏鬼唱歌。"诗人笔下、心里时刻装的是国难民瘼。

电视片《独领风骚——诗人毛泽东》详实地解读了毛泽东诗词，同时也是在解读毛泽东思想，更是在阐明什么是真正的中国共产党人，什么是优秀的中华儿女。看得出，它凝聚了编导们的血汗与才思，也代表着全中国人民对毛泽东的敬仰和怀念。（张哲民）

《走近毛泽东》

2003年7月的一天，天空格外的明朗。北京大学未名湖畔的草地，在阳光的照晒下闪着绸缎一般的油绿光芒。一位歌者与北大同学们在一起，用一把吉他弹唱着这样一首歌：

当忽然我发现自己那么贫穷，
回想起当年看烟火的那个晚上：
我们的想象布满了整个夜空，
多么啊多么灿烂，毛泽东！

每一天早上太阳依旧火一般鲜红，
我看见你独自一人站在远方：
你的手指指向我心灵的广场，
跟你啊跟你前进，毛泽东！

有些歌听起来熟悉充满希望，
就好像在多年以前听你演讲；
原来这都是些我心中的歌唱，
多么啊多么美好，毛泽东！

当风雪黄昏那姑娘走到我身旁，
她胸前的徽章闪耀梦幻的光芒。
当爱情和战斗如今已变得一样，
给我啊给我力量，毛泽东！

当新年的钟声再次隆隆回响，
难道你被手里那截香烟烫伤？
让我为你点燃一挂红色的鞭炮，
多么啊多么响亮，毛泽东！

毛泽东，毛泽东，
跟你冒着枪林弹雨走；
毛泽东，毛泽东，
跟你闲庭信步向前走。
毛泽东，毛泽东，
跟你谈笑风生向前走；
毛泽东，毛泽东，
跟你忧伤似海向前走！

　　这就是电影纪录片《走近毛泽东》的开篇镜头。一首《毛泽东》在其词曲作者张广天深情的演唱下将观众带入了一个充满怀念的氛围。平缓的曲调似在娓娓讲述着一个故事，朴实的节奏又像在轻轻打开一扇封闭许久的情感大门。记忆在这一刻被激活，泪水也随时面临着决堤的瞬间。一个伟大而又熟悉的形象就这样在主题旋律的衬托下逐渐呈现于眼前。

　　在2003年的电影银幕上，《走近毛泽东》的上映将影视领域

纪念毛泽东诞辰 110 周年的热潮推向了一个新的高度。这部由中共中央文献研究室、中央新闻纪录电影制片厂和多家民间文化传播公司联合摄制的大型文献纪录片，用纪录片体裁独特的视角，在银幕上塑造了一个富有个性风采和魅力的毛泽东形象，在真实的历史镜头中寄托了对毛主席的无比爱戴和深情缅怀。

《走近毛泽东》的主创者在影片中用平民化、生活化的视角展现了毛泽东的个性。这成为本片的一大突破。在《走近毛泽东》中，编导者简化了一些过去人所共知的大场面、大事件，而突出一个"情"字。这个"情"既是领袖对人民的情，也是人民对领袖的情。用导演艾辛的话说："影片的风格不仅是回忆、不仅是怀念，更是对毛泽东作为一个伟人、同时又作为一个普通人的一种解读和再现。这种解读和再现以毛泽东一生所经历的重大革命历史事件作为背景，重点着眼于毛泽东的个性风采、个性的魅力和毛泽东的人民性。通过这样一部崭新视角的影片，让人们用新世纪的眼光去感悟历史、感悟领袖、感悟人生，促使人们不知不觉地去思考。"

在《走近毛泽东》中，细节的运用非常有冲击力和感染力。编导选取了大量能表现毛主席性格和神采的镜头，如毛主席使用了多年的竹杖、毛主席的文房四宝、毛主席和亚非拉朋友们的关系、毛主席和人民的关系、毛主席辩证唯物主义的生死观等等。这些细节对解读毛泽东的个性、毛泽东的伟大以及解读中国革命的艰难历程都有着特殊的意义。

影片用凝练的手法把毛泽东壮丽的一生展现在观众面前，使观众充分感受到毛泽东是那样的伟大而又具亲和力，从而产生普遍的认同感。

《走近毛泽东》于2003年12月11日下午在北京大学大讲堂举行了首映式。毛泽东的女儿李敏及外孙女孔冬梅、当年跟随毛主席的老摄影师徐肖冰、侯波、李良、贾秋河和影片的创作人员出席了首映式。因为影片中的一些画面是首次公布，老摄师徐肖冰说，有些画面他也是头一回看到。在影片放映过程中，人们慑服在伟人的魅力之中，观众席不时爆发出阵阵掌声，表达了他们对一代伟人毛泽东的缅怀和崇敬之情。

首映式结束后，毛泽东的亲属及身边工作人员、影片创作人员与北大师生交流了观片感受。北大学生们一致认为《走近毛泽东》在北大的首映是非常有意义的。现在的大学生基本上都出生在上世纪80年代，对于毛泽东以及那个年代知之甚少，而且缺乏切身的认识和感受，因此对于以往的有关毛泽东的资料、书籍、电影等等往往有陌生感。而这一部《走近毛泽东》则通过50多个鲜活的故事使毛泽东的形象渐渐清晰起来，使大家在观看过程中自己去了解、走近毛泽东，而不是生硬地下结论。这种方式也比较容易为当代大学生所接受。

在北大首映后，《走近毛泽东》在全国放映，随即在全国掀起了一阵讨论的热潮。人们在观看了影片之后，纷纷表达自己的所思所想。很多人谈到了影片给他们思想上带来的震撼。很多人提起银幕上珍贵的毛泽东的镜头都激动不已。有一篇题为《〈走近毛泽东〉:比故事片更精彩的纪录片》的文章这样写道:

我没想到，一部记述革命领袖生平的电影纪录片《走近毛泽东》，一开头竟是一群衣着时髦的现代男女青年，弹着电吉他，深情地唱起怀念毛泽东的摇滚新歌。看完该片，我的总体评价是一个字:新。它不是面面俱到地罗列领袖的一生，而是选择当代观众最感兴趣的资料片（尤其是大量刚解密的历史资料），用现代观念进行巧妙的剪裁组装，摈弃空洞口号，充满诗情哲理。

该片讲的是往事，但以史为镜，切中当今的社会热点，因而引起观众的强烈共鸣和深刻反思。如影片讲述两大政治强人毛泽东与蒋介石的全方位较量时，没有痛骂"反革命头子"（解说词称他为"先生"），而是冷静地探讨两大政党一个丢江山一个得天下的深层原因。该片大胆披露陕甘宁边区农民曾咒骂:"天上的雷咋不劈死毛泽东？"毛泽东没有下令抓反革命，而是反省自己为什么会挨骂？经调查研究发现，原来是边区政府的工作出了问题，便立即改正错误，又赢得群众的爱戴。这种民主作风与国民党的腐败专制形成了鲜明对比。观众在影片中看到的毛泽东，不论在解放前还是建国后，都是一位廉洁朴素，关心民众疾苦的人民公仆。

在互联网论坛上，人们对此片的讨论也非常热烈。一位年轻人在看过影片后留言说得情真意切:

我出生在 80 年代，虽然从小就知道毛泽东带领人民闹革命的故事，但是由于出生时代的缘故却对这段历史没有直观的感触。特别是对毛泽东，只听自己的爷爷奶奶讲述他的伟大和卓绝，但除了上学时学的几首毛主席的诗词，其他的我就不是很了解了。但是在看了《走近毛泽东》后，我突然明白了，为什么爷爷奶奶会把毛主席挂在嘴边，为什么老家的墙壁上会贴上毛主席的画像。这不是个人崇拜，也不是对毛主席的迷信，而是真正发自他们那代人内心的感激和崇敬。

　　《走近毛泽东》让我看到了一个清晰的毛泽东的形象。他开朗、乐观、幽默；他平易近人、生活朴素；他有着伟人的谋略、英雄的气魄，同时又有着坚强的意志力。在我们这个吃麦当劳、看动漫的时代里，我们这一代人的偶像只是局限于歌手、卡通形象。但今天，看了《走近毛泽东》后，我找到了我心中的英雄，我决定把毛泽东作为我的偶像。因为他坚强，因为我们生活在他开创的一个时代里。我心中的英雄，他就是——毛泽东！

　　《走近毛泽东》让人们真正走近了领袖的生活，看到了毛泽东平凡而又伟大的一生。这种平凡对那些贬损主席形象的人是一种无形鞭挞，这种平凡中所见出的伟大是对无视主席丰功伟绩之人的心灵拷问。感谢《走近毛泽东》，正是因为它，让人们又一次目睹了领袖真实的光辉神采。

　　毛泽东时代，曾给中国共产党人和广大人民留下了难以估价的宝贵精神财富。独立与解放让中国人挺直了脊梁，放下枪杆拿起镰刀，赶走豺狼建设家园。在毛泽东时代，中华民族有着任何时代都不曾有过的凝聚力。在毛泽东思想的指引下，在共产主义理想的召唤下，中国人民在一穷二白的条件下发奋图强，以世界惊叹的速度建设祖国。古老的中国摆脱贫困，从千疮百孔的废墟中站立起来，屹立于世界民族之林。毛泽东精神成为鼓舞国家前进的巨大动力。

今天，中华人民共和国在新的世纪又面临着新的考验。世界局势风云变幻，国家还没有最终统一，周边安全形势日益严峻。在全球化时代，新殖民主义跨洋而来，外资抢滩登陆。在经济转型过程中，种种问题丛生，越来越不容回避。正是在这种国际国内的大背景下，在老人家诞辰110周年之际，"毛泽东热"的浪潮再次掀起。

《日出韶山》《毛泽东在武汉》《青年毛泽东》和《毛泽东去安源》等其它影视作品，同样鼓舞人心。在近年持续不断的"向往毛泽东"的热潮中，这些影视作品构成了一个独具特色的熠熠闪光的领域，它们所塑造的毛泽东形象鼓舞着几代人。时光荏苒，随着时代的变迁，这位伟人形象必将越来越清晰和夺目！

向充阳同志之启迪

返老青春阴平胜利

昆居在,我们同

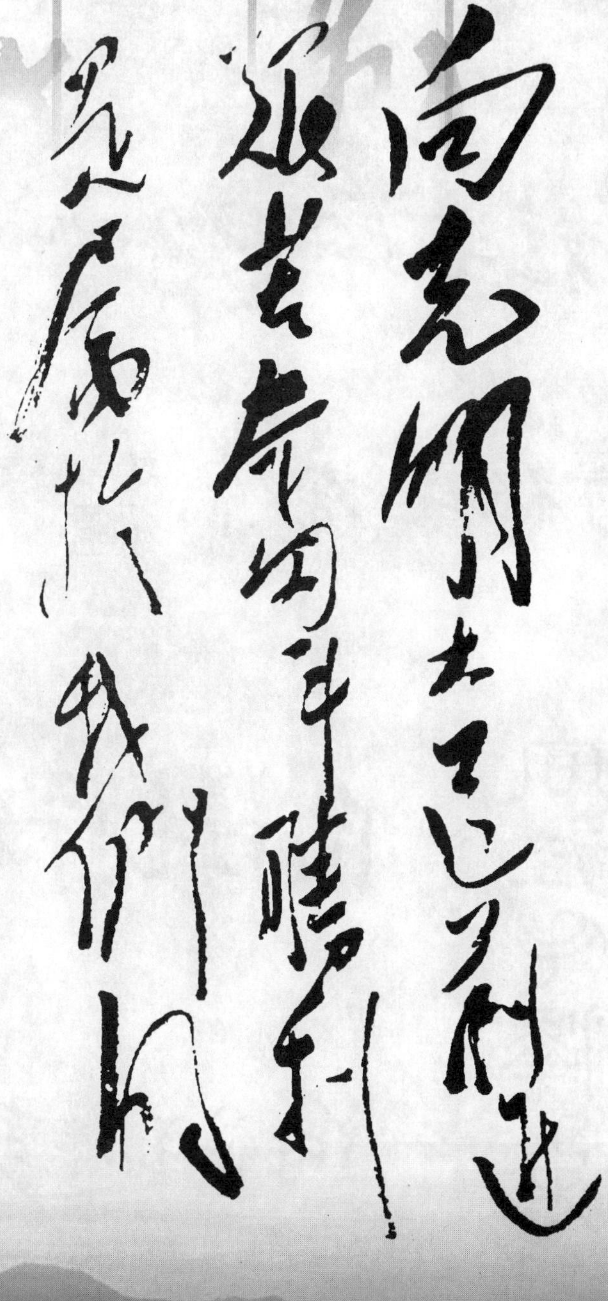

東泽毛往向

零○四年夏月
王笔熙

向往毛澤東 张西帆

向往毛泽东，赵曜

向往毛泽东

向往毛澤東
林陽
2004
九月

向往毛泽东 周燕

向往毛泽东

鑫武 敬题

向往毛泽东

朱子奇

向往毛泽东

向往毛泽东

向往毛泽东

第九章

闪亮于展演台的热燕

为了隆重纪念毛主席诞辰110周年，社会各界举办了各种丰富多彩的展演活动，用歌声、用音乐、用书画、用展览等不同形式，表达对毛主席的思念之情。在北国、在江南、在西部边陲、在东部沿海，缅怀伟人的热潮一浪高过一浪。在这里，让我们拉长镜头，把目光投向那些难忘的时刻，去现场采撷几束绚丽的花朵，感受一下人民群众对毛主席的无比爱戴之情。

各地展览，再现伟人崇高品格、风范

2003年12月24日至12月28日在北京炎黄艺术馆举办的《纪念毛泽东同志诞辰110周年中国名人名家书画精品展》是首都纪念活动的一部分。这次书画展由中共中央文献研究室第一编研部主办，深圳民族精神与中国发展研究中心承办。展出的近300幅书画作品中，大部分是出自名人名家之手，欧阳中石、李铎、阳太阳、罗工柳等书画名家纷纷挥毫泼墨，为书画展精心创作。此外，画展还有近百幅展品是从海内外征集的作品中挑选的书画精品。包括国内各省市自治区、港澳台地区的书画爱好者，以及新加坡、日本、韩国、印度尼西亚、文莱等国华人华侨及国际友人的诸多书画界名流，也都怀着对毛主席的敬仰之情，寄来了精心创作的作品。征集期间，组委会共收到中国画、书法、篆刻等各类作品近万件。

书画展以缅怀毛泽东的丰功伟绩、展示其超越古今的诗词艺术、弘扬先进民族文化为主题，以毛泽东贯穿于中国革命各个时期的诗词和书法艺术为主线，所选用、征集的书画作品以毛泽东诗词意境为创作题材，让观众通过中国书画这种传统的艺术形式，体味毛泽东诗词的革命现实主义与革命浪漫主义相结合的艺术魅力，感受革命伟人的博大胸怀，缅怀毛主席伟大的丰功伟绩。

在展览中，除了书画作品外，还有一部运用多媒体技术制作的专题片《毛泽东诗路历程》。这部专题片采用先进的数字技术设计制作，以更加丰富的艺术手段展现了贯穿于中国革命史的毛泽东诗词，以极具创意的手法记录了毛主席的诗路历程，成为展览的一大亮点。可以说，这次展览以传统艺术和高科技制作技术相结合的方式，多侧面、多角度地揭示了毛泽东诗词的高远意境和深刻寓意，浓缩着中国革命和建设的光辉历程，展现了毛泽东波澜壮阔的诗化人生。

2003年12月27日，在北京毛主席纪念堂还举行了《纪念毛泽东诞辰110周年书画艺术展》，同样吸引了众多市民的参观，也同样表达了广大人民对主席的缅怀之情。作为杰出艺术家的毛泽东，真可谓诗书合璧，双峰并秀。毛泽东诗词，是一座书不尽也画不尽的艺术宝库。他的诗词和书法作品，是中华民族的瑰宝、艺术史上的丰碑，是铸我民族魂、壮我中华志的一种具有惊人审美魅力的强大精神力量。以毛泽东诗词为内容和主题的各种风格流派的书法绘画作品具有强大的艺术生命力与隽永的审美品位。

在天津，纪念毛泽东诞辰110周年的活动也是此起彼伏。天津与首都比邻，毛泽东与天津也有着不解之缘。2003年12月24日，《"毛泽东与天津"大型图片展》在周恩来邓颖超纪念馆开展。这次展览持续到了2004年1月10日，将天津人民的"毛泽东热"推向了高潮。

这次展览以丰富、翔实的历史图片和文字史料，再现了毛泽东在天津的历史足迹。展览第一部分"亲切关怀"：主要展示了毛泽东为《天津日报》两次题写报头，为天津改造的新公园题写"人民公园"的园名，关怀海河改造的题字手迹"一定要根治海河"，以及在人民礼堂为全市领导干部作报告的历史镜头。第二部分"伟人足迹"：展示了毛泽东视察天津汽车制配厂、永利大沽厂（现天津碱厂）、仁立毛纺厂、天津新港、大沽炮台遗址、西郊区王顶堤村、武清县豆张庄麦田、杨柳青、南开大学、天津大学校办工厂，以及参观在天津举办的首届华北区物资交流会时摄下的珍贵镜头。第三部分"人民领袖"：展示了1950年6月14日在全国政协会议上，毛泽东接见天津钢厂首创热修马丁炉的英雄、全国劳模潘长有等的历史照片，以及1956年在公私合营高潮中李烛尘代表天津工商界报喜，毛泽东给李烛尘的亲笔复信，还有展现1950年5月1日毛泽东与天津人民一起庆祝"五一"劳动节时盛大场面的图片。

毛泽东与上海曾有着十分深厚的历史渊源。在新民主主义革命时期，他多次来上海探寻救国救民之路，宣传新文化，参加党的"一大"，开展反帝反封建斗争，上海许多地方都留下了他的足迹。在社会主义建设时期，他对上海的经济恢复和建设倾注了巨大心血，特别是他在上海等地深入调查研究基础上发表了著名的《论十大关系》，提出要"好好利用和发展沿海工业老底子"的思想和"上海有前途，要发展"的指示。他还多次在上海主持召开党的重要会议，进行国务和外事活动。

在上海这个繁华的国际大都市，纪念毛泽东同志诞辰110周年的活动同样热烈。2003年12月25日至29日，在上海图书馆举办了《"毛泽东与上海"——纪念毛泽东同志诞辰110周年图片展》，通过200多件珍贵的照片、史料，以及在放映厅同时放映的电视专题片《毛泽东与上海》，反映了半个多世纪以来毛泽东在上海的历史足迹，包括毛泽东莅临上海的50多次活动，以及为上海革命和建设做出的许多重要指示，展示了毛泽东的光辉形象，表达了上海人民对毛泽东的无比怀念和敬仰之情。

在长春，纪念活动同样多姿多彩。2003年12月8日由吉林省委宣传部主办、吉林省图书馆与湖南韶山毛泽东图书馆共同承办，旨在深切缅怀毛泽东丰功伟绩的《毛泽东家世展》在吉林省图书馆开幕。这次展览分为《家世源流》《满门英烈》《绵绵亲情》三个部分。展出了韶山毛泽东图书馆的一些珍贵图片、毛主席纪念章、纪实碟片，以及吉林省图书馆的部分馆藏和民间收藏家的一些珍品。展览中的许多图片，是第一次与长春观众见面。每一件展品都体现了伟人的风采，使人们在了解毛泽东的生平之后，真切地感受到他的伟大人格力量。长春各界群众参观后纷纷表示，参观此次展览后深受鼓舞和教育，从中更加体会毛主席的博大胸怀，感受到了毛主席舍家为国、全心全意为人民的精神。后人绝不会忘记革命传统，一定会把老一辈的光荣传统发扬光大。

在毛主席的故乡湖南，纪念活动融入了家乡人民对伟人的最真挚的怀念。在韶山，纪念日期间举办了 15 大主体活动，其中展演部分包括 2003 年 12 月 23 日的《毛泽东同志像章展》《"新中国从这里走来"摄影展》等。通过这一系列的活动，韶山人民共同表达了一个心声，那就是对毛主席发自内心的缅怀和思念。

大型专题展览《领袖家风》感动亿万人心

在首都的中国人民革命军事博物馆，气氛也同样热烈。从 2003 年的 12 月 18 日开始，《领袖家风》大型专题展览在军事博物馆隆重开幕。之前，《领袖家风》已经在全国进行了巡回展出，观者如潮，受到一致好评。在杭州展出时每天参观人数达到5000以上，浙江医院一次就组织了700多人前来参观。在其它地方展出时参观者也络绎不绝。在军博的展览由中国延安精神研究会、中央文献研究室第一编研部、北京市委宣传部、韶山管理局毛泽东纪念馆共同举办，展览时间持续到12月30日。党和国家领导人曾庆红、李长春、刘云山、贺国强等参观展览，给予很高评价。

《领袖家风》大型专题展览共展出历史图片240多幅、文物60多件。展览从毛泽东与子女、亲友，与故乡、故旧的关系等不同层面，表现一代伟人毛泽东丰富的情感世界。展览包括"生我者父母，教我者党"、"为有牺牲多壮志"、"算人间知己吾和汝"、"不要掌声，不搞特殊"、"我十分眷念我的亲友"、"故土萦怀，乡情依依"和"风范永存，思念不尽"七部分组成，佐以大量历史图片、毛泽东书信和生前遗物，图文物并茂，亲切感人。其中多件毛泽东书信及诗词手迹还是第一次公开披露。韶山毛泽东纪念馆还将中南海毛泽东故居移交的几十件珍贵遗物送展，其中包括有54个补丁的毛巾被和事无巨细的日常开支表，有毛泽东1972年接见尼克松时穿过的中山装、青少年时期用过的桐油灯以及杨开慧用过的挂钟等。

在有54个补丁的毛巾被前，参观者驻足良久。"有一回，洗衣工人为毛泽东洗毛巾被，不小心搓破了，工作人员觉得这条毛巾被不能再用，就建议换一条新的，可是毛泽东说：'补一补还可以用嘛！'于是，这条破毛巾被又用了若干年。但它实在太破旧了，根本无法正常洗刷。工作人员只好自己泡上一盆肥皂水，将毛巾被放进肥皂水中浸泡一下，然后再放到水中漂一漂。漂洗时，为了不弄破毛巾被，他们一人抓一个角儿，轻轻在水中来回晃动。这种方法洗出来的毛巾被自然不及搓洗过的干净，但毛泽东从不计较……"随着讲解员娓娓生动的叙述，参观者对一代伟人艰苦朴素的作风无不动容。

在展览文物中，那张日常开支表也格外引人注目，许多人俯身细细观看。这是毛泽东一家的日常生活账目，其中收入多少、每项开支多少、月底节余多少，都记得清清楚楚。毛泽东不管是购买大宗物品，还是购买针线纸笔，不管是请客看戏，还是修理收音机，事无巨细，凡有开支都明确记载下来。作为农民的儿子和人民的领袖，毛泽东一生保持着节俭朴素的生活习惯，自己用过的东西，即使是一支钢笔也舍不得丢掉。他的衣服鞋帽，许多都是补了又补，一双旧拖鞋烂得连鞋匠都不愿再修。静物无声，人心有感。许多观众异口同声地用"可亲、可敬、可学"六个字，来表达参观展览的感受。

一位老同志深有感触地说："看了这些照片，勾起我们对毛主席的无限怀念，我们这些人大半辈子都是跟着毛主席过来的，对他的感情很深。"另一位老同志刚开口便激动得哽咽起来，说：

"毛主席带领我们这代人从战争年代走过来。今天这个展览，又让我们看到了毛主席对家庭、对亲属、对故乡、对朋友的真挚感情和严格要求。"

展览期间，中共中央政治局常委李长春同志认真观看了展出的每一幅照片和每一件文物，并仔细聆听了工作人员的介绍。他说，展览生动形象地展现了毛泽东当年工作、生活中的点点滴滴，反映出毛泽东的简朴生活、廉洁家风和崇高精神境界，感人至深。让我们重温了毛泽东当年艰苦朴素、廉洁奉公、以天下为己任，与人民同呼吸、共命运，全心全意为人民服务的光辉形象和崇高风范，同时体会到他作为一个普通人敬重父母、挚爱亲友的美好情感和高尚品格。

在《领袖家风》展出期间，许多人情不自禁地在留言本上泼墨挥毫，抒发自己对一代伟人的崇敬之情。一位73岁的退休老人写下了"毛泽东思想永放光辉，毛主席万岁"，一位参观者写道："毛主席亲，共产党好！"一位署名为"农民工余尔贞"的参观者留言："良好的家风对社会的进步是很有益的"。一位律师也写道，"毛主席是中国人民永远的精神支柱"，并且激动地对记者说："毛泽东自强不息的精神，将永远激励着中国人民，在任何时候，我们都需要它！"

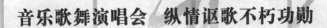

音乐歌舞演唱会　纵情讴歌不朽功勋

2003 年 12 月 5 日晚上，民族宫大剧院灯火辉煌。由《北京日报》《北京晚报》、中央歌剧院、中国交响乐团联合主办的"毛泽东颂歌"大型音乐会在此举行。音乐会开场即动人心弦:百名演员合唱经过重新编配、排练的《东方红》《野营路上》和《毛主席，我们心中的太阳》，大气磅礴，激情豪迈，博得全场观众的热烈掌声。

整台音乐会气势恢弘，注重体现"深情缅怀领袖，聆听往日歌声"的主题，精选了各个历史时期创作并流传至今的一批歌颂领袖、歌颂党、歌颂人民的优秀曲目，如《想延安》《山丹丹开花红艳艳》《战士歌唱毛主席》《颂歌献给毛主席》《阿佤人民唱新歌》《毛主席的话儿记心上》《北风吹》《火车向着韶山跑》等，歌唱家们用独唱、对唱、四重唱、女声合唱、交响京剧的形式重新演绎，令人耳目一新。中国交响乐团合唱团的保留曲目《沁园春·雪》等脍炙人口的毛泽东五首诗词大合唱，更是音乐会的一大亮点。整台演出精彩纷呈，高潮迭起。

2003 年 12 月 23 日晚上，北京人民大会堂华灯闪耀，"数风流人物，还看今朝——纪念毛泽东诞辰 110 周年诗词组歌演唱会"在这里举行，演唱会由中华人民共和国文化部艺术司、中国毛泽东诗词研究会、中国歌舞团主办，芙蓉王实业、扬子江药业集团协办。12 月 26 日晚上，中央电视台向全国、全世界播放了这场演唱会。

胡锦涛总书记、温家宝总理联名向这场演唱会发来贺词。

　　以"首都纪念毛泽东诞辰110周年大型文艺活动组委会"名义精心策划的这场诗词组歌演唱会，气势磅礴，演出阵容强大，异彩纷呈，气势恢弘，得到观众的广泛好评。文艺方面的专业人士称这是今年纪念毛主席诞辰110周年的各类晚会中水平最高的一场。

　　这场演唱会的总策划:何火任、毛泽英、毛小青;策划:吴正裕、张业生、许喜林、樱子、李星,总导演邹友开,艺术总监陈志昂,总监制贺敬之。晚会名誉主任:贺敬之、孙家正;主任:冯远、何火任;常务副主任:李捷、吴正裕、张业生、毛泽英;副主任:毛小青、项有武;秘书长:毛小青(兼);副秘书长:尹红、孙东升、许喜林、樱子、汪德富、何人。晚会顾问团由薄一波、马文瑞、马万祺、林默涵、臧克家、逢先知、李尔重、李中权、杨胜群、杨伟光、于友先、孙轶青、李瑛、闻立鹏、李银桥、张玉凤、张贻久、毛岸青、李敏、李讷、刘思齐等老一辈革命家、毛泽东同志身边的工作人员及毛泽东同志的亲属组成。

　　参加演唱的都是国内知名的男高音、女高音歌唱家,青年毛泽东扮演者吴兰辉、中年毛泽东扮演者李克俭、老年毛泽东扮演者古月等著名演员到场参加演出,中央歌剧院合唱团担任了演唱会的合唱任务。

　　演唱会艺术构思精巧新颖,节目编排别具匠心。演唱会共分三个部分:

第一部分"问苍茫大地，谁主沉浮？"，包括中央歌剧院合唱团演出的合唱《沁园春·长沙》、男声四重唱与合唱《七律·人民解放军占领南京》、女声独唱《清平乐·六盘山》《毛主席话儿记心上》，小合唱《山丹丹开花红艳艳》《太阳最红，毛主席最亲》，还有青年毛泽东扮演者吴兰辉的配乐诗朗诵《菩萨蛮·黄鹤楼》和中年毛泽东扮演者李克俭的配乐诗朗诵《七律·长征》。

第二部分"六亿神州尽舜尧"，包括合唱《水调歌头·游泳》、女声独唱《七律二首·送瘟神》《翻身农奴把歌唱》，以及李克俭的配乐诗朗诵《到韶山》和老年毛泽东扮演者古月的配乐诗朗诵《七律·和郭沫若同志》。

第三部分"数风流人物，还看今朝"，演出了领唱与合唱《沁园春·雪》《念奴娇·昆仑》、合唱《我的祖国》、李谷一领唱的《浏阳河》、吕薇的女声独唱《蝶恋花·答李淑一》，还有古月的配乐诗朗诵《卜算子·咏梅》。

演唱会由张政、周涛担任主持人，高伟春、李星、卞祖善担任指挥。演唱会高潮迭起，不时响起热烈的掌声。气势磅礴的《沁园春·雪》《念奴娇·昆仑》，激情澎湃的《山丹丹开花红艳艳》，声情并茂的《翻身农奴把歌唱》，细腻抒情的《蝶恋花·答李淑一》和《太阳最红，毛主席最亲》，使亿万人民心中代代传唱的旋律，在庄严的人民大会堂再次响起，令人心潮起伏。

2003年12月26日晚上，"中国出了个毛泽东——纪念毛泽东同志诞辰110周年大型音乐会"在人民大会堂举行。部分党和国家领导人出席了音乐会，同近万名各界群众一起纪念毛泽东同志诞辰110周年。

舞台上，160多人的大型管弦乐队和200多人的合唱阵容，营造出震撼人心的庄严氛围；著名歌唱家和梨园名家满怀激情，再次演出了几十年前的经典之作；200块屏幕组成的巨大视屏，生动再现了毛泽东在不同历史时期的珍贵画面，唤起人们心中永不磨灭的记忆。

音乐会分为"怀念毛泽东"、"各族人民热爱毛主席"和"毛主席诗词"三部分，声乐艺术家们演唱了20首经典名曲。这些曲目有《赞歌》《毛主席，我们心中的太阳》《忆秦娥·娄山关》《七律·长征》《沁园春·雪》，还有《太阳最红，毛主席最亲》《阿佤人民唱新歌》《毛主席来到咱农庄》《山丹丹开花红艳艳》《延边人民热爱毛主席》。才旦卓玛、克里木等老艺术家演唱了《想念毛主席》《毛主席的话儿记在我们的心坎里》等歌曲。最后，全场观众起立，齐声高唱《东方红》，将音乐会推向高潮。

"无论时代的车轮走向哪里，总会有一个名字在中国人的心底闪烁，那就是——毛泽东"。在毛主席110周年诞辰前夕，一台"纪念毛泽东同志诞辰110周年诗歌朗诵演唱会"在上海图书馆隆重举行。《清平乐·娄山关》《沁园春·雪》《七律·长征》《七律二首·送瘟神》等，这些历久弥新的作品，无不激荡起人们对于那个激情澎湃年代的追忆；著名表演艺术家孙道临朗诵的《七律·和郭沫若同志》则掀起了朗诵会高潮。"上海法官合唱团"与"上师大附中海鸥朗诵社"学生也同台献艺，咏诵毛泽东的诗词。2003年12月26日，"纪念毛泽东同志诞辰110周年革命歌曲联唱晚会"在上海大剧院举行。

12月25日，为表达天津市广大文化工作者对毛泽东的敬仰和缅怀之情，在天津音乐厅隆重举行了"毛泽东诗词交响音乐会"。音乐会由天津(奥的斯)交响乐团担任演奏，著名指挥家王均时执棒指挥，天津政协之友合唱团担任合唱，多家单位的老中青三代文艺工作者同台演出。音乐会在雄浑大气的合唱《东方红》中拉开帷幕。艺术家们以朗诵、独唱、合唱等形式深情演绎了毛泽东同志的《西江月·井冈山》《七律·长征》《蝶恋花·答李淑一》《十六字令三首》《七律二首·送瘟神》《卜算子·咏梅》《七绝·为女民兵题照》《沁园春·雪》《忆秦娥·娄山关》《清平乐·六盘山》和《七律·人民解放军占领南京》等脍炙人口的光辉诗篇，使现场观众仿佛置身于中国革命和社会主义建设的宏伟画卷，深切感受着毛泽东同志丰富的内心世界。许多观众表示，音乐会令人振奋，鼓舞人心，不仅得到了淳美的艺术享受，更重要的是缅怀了毛泽东同志等老一辈革命家的丰功伟绩，激励我们更好地继承革命优良传统。

2003年12月26日晚广州交响团合唱团、珠影交响团合唱团在星海音乐厅举行"纪念毛泽东同志诞辰110周年诗词咏唱晚会"。

为缅怀我们的伟大领袖，由广东湛江市政协、市委统战部、民革湛江市委会、民盟湛江市委会、民建湛江市委会、民进湛江市委会、农工党湛江市委会、致公党湛江市委会、九三学社湛江市委会、湛江市工商联主办的"纪念毛泽东诞辰110周年大会暨文艺演出"，于2003年12月23日拉开帷幕。一曲大合唱《东方红》拉开了文艺演出的序幕，各民主党派的节目异彩纷呈、高潮迭起，有大合唱、小合唱、独唱、舞蹈、诗朗诵等多种形式。最后，整个纪念大会在舞蹈《东方红》中胜利闭幕。

毛主席110周年诞辰前夕，广西壮族自治区靖西县举行"隆重纪念毛泽东诞辰110周年晚会"，以歌舞、队列舞、腰鼓舞、合唱、诗朗诵、模拟表演、声乐合奏等形式，充分抒发边陲壮乡儿女对老一辈革命家的崇敬和怀念之情，晚会活动邀请毛泽东扮演者郑和平、梁润生两位特型演员联袂演出，为晚会增添了浓厚气氛。

在毛泽东同志诞辰110周年前夕，为纪念这个举世瞩目的日子，浙江歌舞剧院于2003年12月9日在浙江音乐厅举行大型交响合唱音乐会。音乐会的曲目有交响合唱《东方红》《七律·人民解放军占领南京》《忆秦娥·娄山关》《太阳最红，毛主席最亲》，独唱《七律·长征》《过雪山草地》《沁园春·雪》及管弦乐《红旗颂》、小提琴独奏《阳光照耀塔什库尔干》等作品。音乐会集中了浙江歌舞剧院最优秀的声乐演员。

2003年12月10日，由沈阳广播电视大学与辽宁省党史研究会联合主办的"纪念毛泽东同志诞辰110周年文艺演出"在沈阳广播电视大学礼堂举行。文艺演出会上，演出了《太阳最红，毛主席最亲》《咏梅》《山丹丹开花红艳艳》《四渡赤水出奇兵》等精彩节目。

2003年12月24日晚，由甘肃省委宣传部、省文化厅、省广播电影电视局主办，《兰州晨报》社协办的大型歌舞演唱会"中国出了个毛泽东"在兰州隆重举行。12月26日，兰州市委宣传部和市文化出版局主办了"纪念毛泽东诞辰110周年交响音乐会"。

2003年12月22日，呼和浩特市政府千人会议室内颂歌高唱、管弦齐响，"呼和浩特市纪念毛泽东同志诞辰110周年音乐会"正在这里隆重举行。呼和浩特市部分领导与近千名青城观众共同观看了这台音乐会。舞台上，毛泽东同志笑容可掬的画像悬挂于正上方，画像两侧竖立着10面鲜艳的红旗，显得既宏伟又壮丽。由呼市老教师合唱团表演的大合唱《忆秦娥·娄山关》拉开了此次音乐会的帷幕。女声独唱《红梅赞》饱含激情地赞颂了中国共产党人高洁、坚强、大无畏的献身精神。"我和我的祖国一刻也不能分离……"当著名女高音歌唱家其其格唱起《我和我的祖国》时，场内观众用最热烈的掌声表达了他们对祖国的热爱之情，音乐会这时达到高潮。男声独唱《草原上升起不落的太阳》《我思恋草原》《赞歌》《草原恋》等，表达了草原儿女对毛泽东同志等老一辈革命家的敬仰、爱戴之情，以及对家乡的热爱之情。著名女中音歌唱家乌日哲演唱的《打起手鼓唱起歌》和中青年演员演唱的男女声二重唱《毛主席派人来》、女声独唱《唱支山歌给党听》、男中音独唱《七律·长征》等优美动听的歌曲，使本台音乐会高潮迭起。由内蒙古民族歌舞剧院交响乐团演奏、张合昌指挥的管弦乐曲《北京喜讯到边寨》、交响乐《红旗颂》为本台音乐会画上了圆满的句号。

长影乐团于2003年12月30日，受泉州市委宣传部、市文联的邀请，来到福建省泉州市，在泉州影剧院举办"永远的金太阳——纪念毛泽东诞辰110周年音乐会"。据了解，此次长影乐团有70多人来泉，他们演奏了一些经典老歌如《红旗颂》《满怀深情望北京》《英雄赞歌》《谁不说俺家乡好》《卖花姑娘》等。

2003年12月30日新疆轮台县公路段举办了有25个节目、88名职工参加演出的"纪念毛泽东同志诞辰110周年暨迎元旦职工文艺汇演"。总段党委书记阿不来提·马那甫以及县人大、总工会、妇联等领导和三百多名群众一起观看了演出。

2003年12月23日晚，清华大学"庆祝毛泽东主席诞辰110周年文艺晚会"隆重举行。

12月9日晚，一场主题为"光明颂"的"纪念'一二·九'运动68周年暨毛泽东诞辰110周年文艺演出"在合肥工业大学举行。在两个多小时的演出中，300多名演员同学为观众共表演了各学院和大学生艺术团选送的19个节目。演出精彩纷呈，高潮迭起。

2003年12月21日晚，浙江大学"纪念毛泽东同志诞辰110周年文艺晚会"在玉泉校区永谦剧场举行。舞台的背景大幕上，鲜红的主色调映衬着毛主席画像和"人民领袖毛泽东诞辰110周年"的字样。晚会在雄壮的国歌声中拉开帷幕。整台演出具有鲜明的特色，不少节目都是怀念和歌颂毛泽东同志的传统音乐和歌曲，如男声二声部小组唱《毛委员和我们在一起》、混声合唱《山丹丹开花红艳艳》等。场内的观众对演员们的精彩演唱，从大幕开启至落下最后一个音符，都报以了热烈的掌声。当唱到明快、热情的旋律时，观众们还随着欢乐的节奏击掌相和。

毛主席诞辰110周年前夕，由大连市委高校工委、大连市教育局联合主办的"大连市纪念毛泽东诞辰110周年暨优秀校园歌曲演唱会"在海军大连舰艇学院礼堂隆重举行。

2003年12月25日，山东教育学院隆重举行"纪念毛泽东诞辰110周年暨庆祝元旦文艺演出"。演出在大合唱《山丹丹开花红艳艳》中拉开序幕。这首耳熟能详的经典歌曲让现场观众回忆起毛泽东同志领导的那场伟大的革命战争以及陕北人民欢迎红军的火热场面。毛泽东作为20世纪中国大地上崛起的世界伟人，他领导中国人民改变了中国的面貌，影响了世界的历史进程，在时代和历史的长河中，据有着卓尔不群的地位。诗朗诵《伟人的足迹》浓缩了毛泽东同志从秋收起义到天安门城楼上宣告中华人民共和国成立20多年不平凡的征程。二胡与钢琴协奏曲《歌颂领袖毛泽东》，表达了全院师生员工对这位历史巨人的敬仰之情。独唱《菩萨蛮·黄鹤楼》《蝶恋花·答李淑一》从另一个角度反映了毛泽东同志作为一代领袖的开阔胸襟和博大情怀。

2003年12月26日新疆博州师范学校举行"纪念毛泽东同志诞辰110周年暨迎新春文艺演出"，师生们演出了合唱《红军想念毛泽东》、女声独唱《五星红旗》、二胡独奏《喜送公粮》、葫芦丝独奏《情深谊长》等节目。

为弘扬校园文化主旋律、加强对青少年的革命传统教育，重庆万州第二中学于2003年12月19日举行"歌颂毛泽东、歌颂共产党、歌颂祖国"为主题的文艺晚会，激发了全校师生对伟人毛泽东、对中国共产党、对亲爱的祖国的热爱之情，师生同台演出了《祝福祖国》《唱支山歌给党听》《山丹丹开花红艳艳》等精彩节目，文艺晚会高潮迭起，唱者声情并茂、舞者婀娜多姿、演奏者感情投入，体现了师生们高雅的艺术修养。

2003年12月26日下午，北京大兴区旧宫镇第一中心小学全体在职教师和退离休教师欢聚一堂，庆祝我们伟大领袖毛主席诞辰 110 周年，教师们怀着无限崇敬的心情载歌载舞以表达对伟大领袖毛主席的深切怀念，演出在全体离退休老教师深情的"东方红，太阳升……"歌声中结束。通过活动老教师们仿佛又回到那激情燃烧的岁月，青年教师们心情激荡，更加崇敬伟大领袖毛主席。

别开生面的"毛泽东颂诗朗诵演唱会"

"高唱东方红，仰望北斗星"，以歌曲来颂扬和怀念毛泽东和毛泽东时代，已成为中国广大人民群众抒发情思的普遍形式。在毛主席诞辰 110 周年将临之际，从首都到各大城市到偏远的农村和边疆的哨所，从大剧场、大礼堂到工厂、学校、村镇的小礼堂、文艺活动室，到遍布各城市的大小公园，到处都可以听到群声激昂、深情隽永的颂扬毛主席和革命传统的歌声，从中可以感受人民向往毛泽东的心潮逐浪高的炽烈情怀。

在众多为纪念毛泽东主席诞辰 110 周年而举办的民间文艺演出中，于 2003 年 12 月 18 日下午在全国政协礼堂举办的"毛泽东颂诗朗诵演唱会"，别开生面、独树一格，以其旗帜鲜明的思想性和推陈出新的艺术性的紧密结合，以其民间发起、众多群众性社团的参与，以其纯净的公益性真情型演出，展示了新世纪初"毛泽东热"的一幕场景，给人们留下了深刻的印象。

这场演出由中国解放区文学研究会、"毛泽东旗帜"网站和香港中国展望出版社发起，迅即有中国历史唯物主义学会、中国社会主义文艺学会、《文艺理论与批评》杂志社、中国人口文化促进会、北京延安儿女联谊会、中国毛泽东诗词研究会、中国大众文学学会、中国延安文艺学会、中国晋察冀文艺研究会、北京语言学会朗诵研究会、《新战争与和平》专业委员会、《世纪伟人毛泽东丛书》编委会积极加入，形成15家共同主办的强大阵容、浓重民意。

参加这次演出的演艺人员，既有来自国家话剧院、北京人民艺术剧院、总政话剧团、总政歌剧团、中央民族乐团、煤矿文工团等知名艺术团体的艺术家，也有来自民间的宝塔山合唱团、蓝天幼儿艺术团、陕北青年艺人、北京劳模和老革命子女等群众演员，台下应和的还有北京一些公园、干休所、学校的业余合唱社会成员，生动活泼、丰姿浓采。

这场"毛泽东颂诗朗诵演唱会"的节目大体分三类：一是毛主席的战友歌颂毛泽东；二是毛泽东时代的著名诗人、学者歌颂毛泽东；三是各族人民歌颂毛泽东。演出所选颂诗的内容，突出了毛泽东和老一代革命家压倒一切敌人、战胜一切艰难险阻的大智大勇和豪迈气魄。这就给整场演出奠定了高屋建瓴、气势宏伟的基调，扣紧了人民向往毛泽东的深切脉波。

节目开始，来自蓝天幼儿艺术团的孩子们表演了舞蹈《太阳最红，毛主席最亲》。小演员们充满稚气和纯真的脸上洋溢着灿烂的笑容，绿色的衣裙充满了勃勃生机，红色手帕则像初升的太阳，光辉四射。

接下来由一位10岁的小学生朗诵《毛主席百岁我10岁》，这首诗是10年前河北藁城市张村乡北街10岁小学生戎翠娟所作，诗句朴实单纯，由衷地表达了孩子心中那份对毛主席的热爱和崇敬。

女声独唱《浏阳河》《绣金匾》情深意切，歌词中那句"毛主席像太阳，他指引着人民前进的方向，我们永远跟着毛主席，幸福的日子万年长"，真切地写出了人民对领袖的信赖和感激之情。

曾在大型音乐舞蹈史诗《东方红》中担任朗诵的林中华，为大家朗诵了著名诗人臧克家的诗作《毛主席飞到了重庆》，尽管已是72岁高龄，依然声音宏亮：

头顶青天难见天，雾照心头不透明，忽然一朝太阳出，毛主席飞到了重庆！

消息无脚快如风，欢乐浮起了这座城，人心里希望昂起头，旱苗得雨生机旺盛。

话题不离毛主席，死水里顿然波浪兴，侧起耳朵听佳音，千万颗心向他靠拢。

云从龙，风从虎，人民领袖人民拥护，身后群众像潮涌，谁不想听一听他的呼声？

走在街头东西望，仿佛他就在行人中，听到消息赶进城里，不能见面也近一层。

延安重庆几千里？水迢迢来山重重；山重重来水迢迢，飞机振翼南北通。

人人暗中替他担惊，谁知道豺狼是什么心？大勇逼得群魔却步，人民的意志挺起了胸！

他立在一间大厅里，一身布制服朴素英明，亲切向人民打着招呼，第一次见面却并不陌生。

"三大目标怎样争取到？"握着他的大手我仰望面容；"草原雪山都走过来了，没有争取不到的事情！"

他目光炯炯向前望，仿佛看到了未来的远景，他的声音那么果断，好像给历史作出定评。

时光过了十几年，那情景宛然在眼前，耳边响着他的语声，我心里又回到了那座山城……

主持人陈铎为大家朗诵了柳亚子的诗作《重逢握手喜渝州》，醇厚高亢的朗诵博得了观众的阵阵掌声：

阔别羊城十九秋，重逢握手喜渝州。
中山卡尔双源合，一笑昆仑顶上头。

全国劳模李素丽为大家朗诵了艾青的诗篇《毛泽东》，以纯朴的阶级感情表达了她对毛主席的景仰之情：

毛泽东在哪儿出现，哪儿就沸腾着鼓掌声——

"人民的领袖"不是一句空虚的颂词，他以对人民的爱博得人民的信仰；

他生根于古老而庞大的中国，把历史的重载驮在自己的身上；

他的脸常覆盖着忧愁，眼瞳里映着人民的苦难；

是政论家、诗人、军事指挥者，革命——以行动实践着思想；

他不断地思考，不断地概括，

一手推开仇敌，一手包进更多的朋友；

"集中"是他的天才的战略——把最大的力量压向敌人；

一个新的口号决定一个新的方向："一切都为了法西斯主义之死亡。"

刘纪宏配乐朗诵的贺敬之著名诗篇《回延安》，又一次把人们的记忆带回到那个轰轰烈烈的革命年代：

心口莫要这么厉害的跳，灰尘呀莫把我眼睛挡住了……

手抓黄土我不放，紧紧贴在心窝上。

……几回回梦里回延安，双手搂定宝塔山。

千声万声呼唤你——母亲延安就在这里！

杜甫川唱来柳林铺笑，红旗飘飘把手招。

白羊肚手巾红腰带，亲人们迎过延河来。

满心话登时说不过来，一头扑在亲人怀……

……二十里铺送过柳林铺迎，分别十年又回家中。

树梢树枝树根根，亲山亲水有亲人。

羊羔羔吃奶望着妈，小米饭养活我长大。

东山的糜子西山的谷，肩膀上的红旗手中的书。

手把手儿教会了我，母亲打发我们过黄河。

革命的道路千万里，天南海北想着你……

米酒油馍木炭火，团团围定炕头坐。

满窑里围的不透风，脑畔上还响着脚步声。

老爷爷进门气喘得紧："我梦见鸡毛信来——可真见亲

人……"

亲人见了亲人面，双眼的眼泪眼眶里转。

保卫延安你们费了心，白头发添了几根根。

团支书又领进社主任，当年的放羊娃如今长成人。

白生生的窗纸红窗花，娃娃们争抢来把手拉。

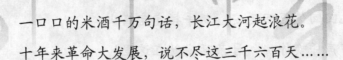

一口口的米酒千万句话，长江大河起浪花。

十年来革命大发展，说不尽这三千六百天……

千万条腿来千万只眼，也不够我走来也不够我看。

头顶着蓝天大明镜，延安城照在我心中：

一条条街道宽又平，一座座楼房披彩虹；

一盏盏电灯亮又明，一排排绿树迎春风……

对照过去我认不出了你，母亲延安换新衣。

杨家岭的红旗啊高高的飘，革命万里起高潮！

宝塔山下留脚印，毛主席登上了天安门！

枣园的灯光照人心，延河滚滚喊"前进"！

赤卫队……青年团……红领巾，走着咱英雄几辈辈人……

社会主义路上大踏步走，光荣的延河还要在前头！

身长翅膀吧脚生云，再回延安看母亲！

著名艺术家周正朗诵了高亨先生的诗篇《水调歌头》，正是毛泽东波澜壮阔一生的真实写照，也是对毛泽东诗词的思想和艺术成就恰当的评价：

掌上千秋史，胸中百万兵。眼底六州风雨，笔下有雷声。唤醒蛰龙飞起，扫灭魔炎魅火，挥剑斩长鲸。春满人间世，日照大旗红。

抒慷慨，写鏖战，记长征。天章云锦，织出革命之豪情。细检诗坛李杜，词苑苏辛佳什，未有此奇雄。携卷登高唱，流韵壮东风。

值得一提的是，演出还请到了当年诗作者的后人来朗诵父辈的诗篇。其中，胡乔木同志的女儿胡木英朗诵了胡乔木于 1965 年 6 月创作的《七一抒情》。

如此江山如此人，千年不遇我逢辰。
挥将日月长明笔，写就雷霆不朽文。
指顾崎岖成坦道，笑谈荆棘等浮云。
旌旗猎猎春风暖，万目环球看大军。

郭沫若的女儿郭平英朗诵了郭沫若的诗篇《读毛主席诗词》。

充实光辉，大而化，空前未有。经纶外，诗词余事，泰山北斗。典则远超风雅颂，阶级分清敌我友。沁园春水调歌头有，羌无偶。嫦娥舞，瘟神走；梅花笑，苍蝇抖。今史诗将使地天恒久。宝剑擎天天不堕，红旗卷地地如绣。济同舟，万国尽朝晖，新宇宙！

她们通过朗诵父辈赞颂毛主席的诗篇，来表达对毛主席的挚爱深情。

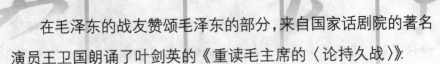

在毛泽东的战友赞颂毛泽东的部分，来自国家话剧院的著名演员王卫国朗诵了叶剑英的《重读毛主席的〈论持久战〉》。

百万倭奴压海陬，神州沉陆使人愁。内行内战资强虏，敌后敌前费运筹。唱罢凯歌来灞上，集中全力破石头。一篇持久重新读，眼底吴钩看不休。

活跃在荧屏银幕上的扮演老一辈革命家形象的特型演员也分别表演了节目。陈毅的扮演者许德山朗诵了陈毅的《枣园曲》。

停车枣园路，记从前，人民革命，中央曾驻。小米步枪对大敌，斗争真艰苦。试追寻，领导高处，深知人心有向背，敢后发制人歼强虏。论功夫，空前古。先生雅量多风趣，常中履萧然酣醒，直过卓舞。起来集会谈工作，每过凌晨更鼓。喜四面山花无数，延河水伴秧歌唱，看诗词大国推盟主。我重来，欢起舞。

曾得到过朱德夫人康克清同志"像，很像！"的高度评价的朱德扮演者王伍福朗诵了朱德的《喜读主席词》。

昔上井冈山，革命得摇篮。千流归大海，奔腾卷巨澜。罗霄大旗举，红透半边天。路线成众志，工农有政权。

无产者必胜，领袖砥柱坚。几度危难急，赖之转为安。

布下星星火，南北东西燃。而今势更旺，能不忆当年。

风雷兴未艾，快马再加鞭。全党团结紧，险峰敢登攀。

这些老革命家的诗词，激情飞扬、形象突出、哲理深刻，引起听众的强烈共鸣。

接下来，邓小平的扮演者、国家一级演员、著名艺术家曹灿走上舞台，用浓厚的四川乡音朗诵了邓小平的讲话片断：

毛主席"曾多次从危机中把党和国家挽救过来。没有毛主席，至少我们中国人民还要在黑暗中摸索更长的时间……"

此时，剧场内鸦雀无声，人们在深情地体味着，这些话把毛泽东在深刻改变中国人民命运方面所作出的无人可比的伟大贡献极其精辟地概括出来了。

通过这些演技精湛、德艺双馨的艺术家的演出，人们再一次看到了这些新中国的开国元勋们对革命导师发自内心的崇敬之情。有些老同志想到毛主席把劳动人民从苦海中拯救出来的恩情，不由得泪流满面。

在演唱部分，朝鲜族著名女高音歌唱家李京春带病演唱了《红太阳照边疆》《翻身农奴把歌唱》。演唱间隙，李京春激动地说："我十分怀念毛主席，虽然感冒好多天嗓子不好，但我不想放弃这次机会，为毛主席唱出心中的赞歌。"

女高音歌唱家邓玉华也带来了自己的经典曲目《情深谊长》、《毛主席的话儿记心上》和《毛主席来到咱农庄》。舞台上，邓玉华宝刀不老，歌声依然那样圆润、充满深情。她还回忆了1963年在庆祝"五一"劳动节时为毛主席演唱歌曲的情形。

此外，曾被评为"全国听众最喜爱的歌唱演员"的著名男高音歌唱家姜嘉锵演唱了《赞歌》、《挑担茶叶上北京》；来自陕西的兄弟民歌手以充沛的感情和浓郁的乡土气息演唱的《东方红》，引起观众极大的兴趣。

北京延安儿女联谊会组建的宝塔山合唱团先合唱《山丹丹开花红艳艳》，又合唱《东方红》，把观众怀念革命战争年代、崇敬毛泽东的感情一步步加深。

最后，当来自总政话剧团的国家一级演员、曾在电影电视剧中多次扮演毛泽东同志的车予正，庄重而又不失亲和地由观众身后的礼堂入口步入会场、穿过观众席时，把演出推向高潮。全场顿时沸腾，惊喜忘情的人们起立鼓掌，并向"毛主席"致意。老人们眼中闪烁着泪花，有的则跑上前去握住"毛主席"的手久久不肯松开。此情此景让人激动不已。虽然人们明白这是演出，但是对毛主席的景仰之情却是真实的。"毛主席"站在舞台中央，道出了振聋发聩的至理名言："人民，只有人民，才是创造世界历史的动力。"这金石之言，表达了人民领袖对人民的无限信赖和期待，激起了观众经久不息的掌声。

"毛泽东颂诗朗诵演唱会"召开之前，已受到国内外媒体和广大群众的关注。《人民日报》《北京晚报》发表了"毛泽东颂诗朗诵演唱会"即将召开的消息。香港《星岛日报》记者电话采访了组委会主任。不少老红军、老前辈以及各界人士都热情地支持这次演出。许多团体、学校和个人都向组委会提出要票的请求。演出结束后，组委会接到许多观众的电话，他们说，"这个演唱会别开生面，有许多创造，例如朗诵以儿童开始，意味着我国人民将要千秋万代歌颂毛泽东、学习毛泽东，寓意深刻。"有的观众说，"这次演唱会上艺术家表演和群众演员表演相结合，体现了文艺'普及与提高相结合'的方针。"还有的观众说，"这次演出顺民意、表民心、抒民情，充分体现了时代之声、人民之声。"

遥想当年，那个湘潭少年，每月会从并不宽裕的生活费中抽

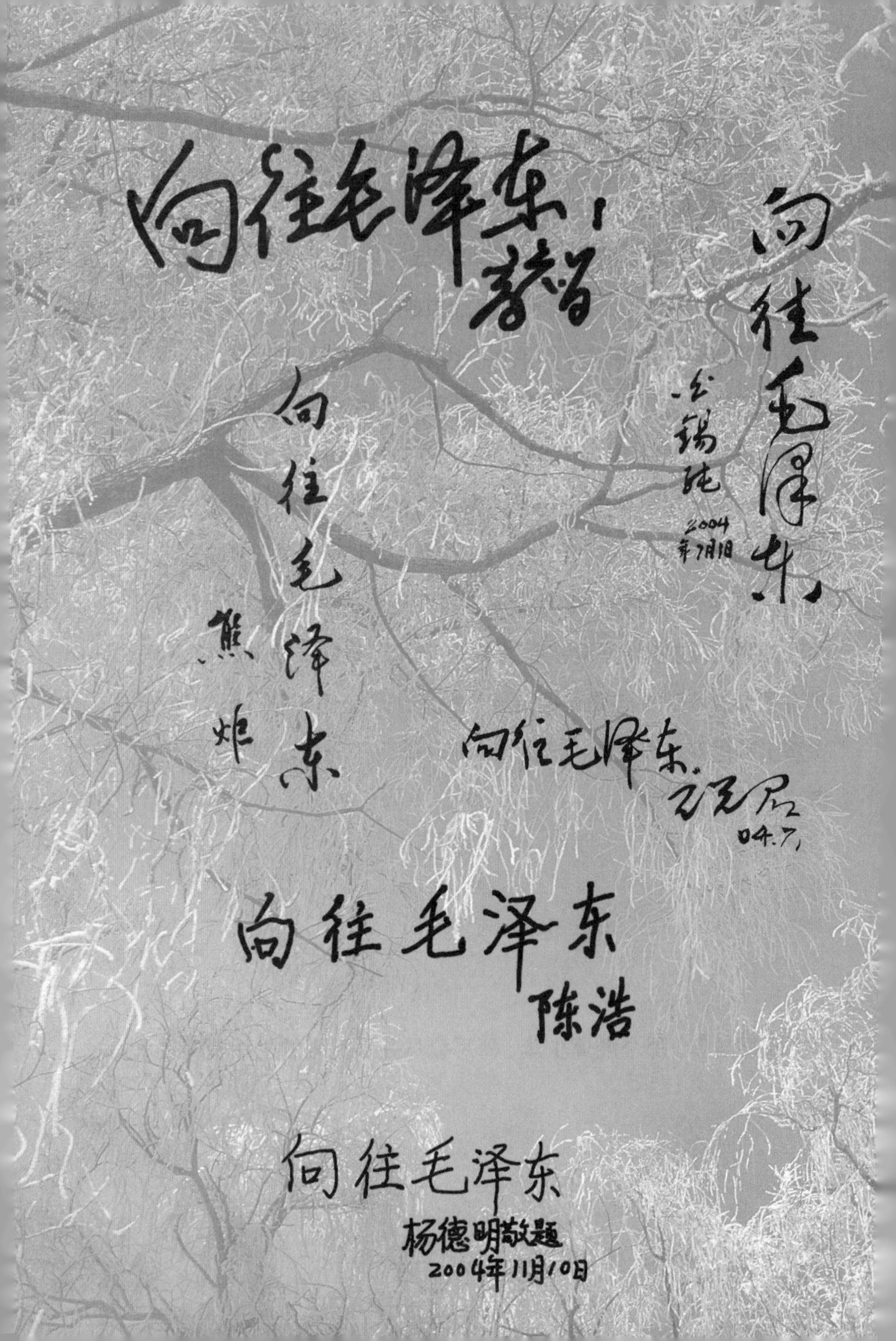

向往毛泽东

向往毛泽东

向往毛泽东
会锡纯
2004
年7月1日

向往毛泽东
熊炸

向往毛泽东
04.7

向 往 毛 泽 东
陈浩

向 往 毛 泽 东
杨德明敬题
2004年11月10日

向往毛泽东

　　韩石雅

向往毛泽东

　　胡钧

向往毛泽东

　　冯金兴

向往毛泽东

　　于瑞五

向往毛泽东

　　董乐辅

第十章

记录于报刊上的

毛泽东
热

遥想当年，那个湘潭少年，每月会从并不宽裕的生活费中抽取一块大洋订阅报纸。报纸曾是少年毛泽东最初观看世界的窗口。阅报读书的习惯，持续了他的一生。一个世纪过去了，人们在2003年12月26日这天展开报纸，在新鲜油墨和纸张的气息中，毛主席那鲜活亲切的音容笑貌跃然纸上，激荡着人民的无尽情思。

《人民日报》、《光明日报》、《解放军报》、《工人日报》、《农民日报》、《中国青年报》、《中国妇女报》、《经济日报》、《科技日报》、《法制日报》、《中国日报》11家中央级报纸，《北京日报》、《解放日报》、《天津日报》、《重庆日报》、《湖南日报》、《湖北日报》、《江西日报》、《贵州日报》、《陕西日报》、《河北日报》、《内蒙古日报》、《西藏日报》、《新疆日报》、《福建日报》等30多家省市自治区报纸，以及《北京晚报》、《北京青年报》、《新民晚报》、《羊城晚报》、《扬子晚报》、《今晚报》、《春城晚报》等多家都市生活类报纸，均在2003年12月26日这一天，或在头版头条或专门开设专栏，登载了纪念毛泽东的报道和文章。

　　这一天，作为中共中央机关报的《人民日报》登载了从井冈山起就在毛主席身边工作过的老同志方强的万字长文——《毛泽东的旗帜光耀千秋》，感怀同毛主席一道战斗过的岁月。同日，《光明日报》发表了《在创新中发展——毛泽东科技思想研究的现实意义》和《毛泽东对继承和发展民族精神的历史贡献》两篇纪念文章。《解放军报》记者采访了曾经在毛主席身边工作过的翻译蒋本良、摄影师吕厚民，追忆与毛主席相伴的日子，讲述镜头里的毛泽东，让读者感受"伟人毛泽东的凡人情怀"。

　　同日，各省市自治区的报纸也纷纷刊登纪念文字。《重庆日报》发表题为《他为中华民族和中国人民的根本利益而来——毛泽东与重庆》的文章。《福建日报》登载文章《毛泽东在福建》。《西藏日报》以《西藏人民心中的毛泽东》为题，表达了西藏人民对毛主席的深切怀念，通过今昔对比，勾勒出一个"西藏人民心中的毛泽东"。

　　1952年12月11日，毛泽东在广州曾亲自为《广州日报》题写报名。毛主席诞辰110周年之际，《广州日报》特别刊发纪念专辑《毛泽东在广州》，感怀逝去的流金岁月。《贵州日报》也于12月26日这一天刊载文章《贵州形象与新长征》，怀念毛主席，激励贵州人民发扬长征精神，将崇高的理想薪火代代相传。同日，湖北《长江日报》报道，在1956年到1966年这10年间，毛主席曾18次畅游长江。他所表现出的乐观自信与坚毅不屈的精神永远给湖北人民以鼓舞。毛主席的家乡湖南省也在这一天掀起了纪念高潮。《湖南日报》登载文章《主席，家乡人民怀念您》，历数了毛泽东生命中的几个 12 月 26 日，表达了崇敬、缅怀之情。

各家都市生活类报纸紧切读者脉波，更大程度地反映了民间持续多年的"毛泽东热"潮。《扬子晚报》、《北京青年报》都进行了大规模的纪念活动。《北京青年报》于 2003 年 12 月 25 日和 12 月 26 日，连续两天隆重推出"纪念特刊"——《你所不知的毛泽东》，披露了诸多主席生前不为人知的故事。

新华社主管的《国际先驱导报》以极具视觉冲击力的巨幅照片和醒目的《世界出了个毛泽东》标题，刊载了派驻巴黎、伦敦、东京的记者分别发回的报道，这些记者采访的多位世界知名汉学家、生前与毛泽东有过接触的国外领导人，畅谈了毛泽东对世界的持久而深远的影响力。《瞭望东方》周刊也发表文章，介绍了毛泽东思想对亚洲各国社会运动的影响。

法国《解放报》、美国《洛杉矶时报》《每月评论》、日本《读卖新闻》等国外各大报纸刊物，也于 2003 年 12 月 26 日前后纷纷发表纪念文章，纪念毛泽东——这位曾经改变了东方和世界格局的巨人。

毛泽东的旗帜光耀千秋

　　《人民日报》除以通栏标题发表了老革命家方强的重头文章《毛泽东的旗帜光耀千秋》外，还编发了大量纪念文章、评论与图片。2003 年 12 月 23 日的《人民日报》"理论专页"开设了专版"纪念毛泽东诞辰 110 周年"。北京大学赵存生题为《提出和坚持全心全意为人民服务》一文指出，毛泽东在中国共产党著名理论文献——《为人民服务》和《论联合政府》中深刻地论述了共产党人"全心全意为人民服务"的思想，鲜明地提出人民是中国共产党的力量源泉，阐明了为人民谋利益的价值所在。仲三员在题为《依靠群众坚定彻底地反腐败》的文章中强调，毛泽东为中国共产党反腐倡廉在理论上奠定了基础；在实践上成功遏制了党内的初期腐败，给予如今党的反腐倡廉工作以重要启示。专版还登载了由一批知名学者撰写的《伟大的风范，伟大的创新》、《确立党的实事求是路线》、《两篇具有重要意义的著作》和《以科学态度对待传统文化》等文章，以志纪念"为中华人民共和国的缔造和社会主义事业的发展建立了不可磨灭的功勋，也对人类和平和进步事业作出巨大贡献"的毛泽东。

　　12 月 25 日，《人民日报》的《大地·文艺副刊》辟专版刊登了著名散文家刘白羽的《毛主席教导我》、曾克的《难忘教诲》、毛娟的《韶山魂》等回忆性散文以及令狐安的诗歌《虞美人·毛泽东诞辰》等，以示深切的怀念。

12月26日，《人民日报》在头版刊发通讯，报道中宣部、中央党校、中央文献研究室、中央党史研究室、教育部、中国社会科学院、解放军总政治部举行的"纪念毛泽东诞辰110周年学术研讨会"。研讨会收到论文110多篇，对毛泽东的生平和思想进行了广泛的研究和探讨，集中反映了近年来毛泽东生平和思想研究成果。中共中央政治局常委李长春在会议上发表讲话，强调要不断"加强毛泽东生平业绩和思想研究"。12月29日，《人民日报》刊发了李长春讲话全文。

12月26日，《人民日报》的"人民论坛"登发了米博华的《伟大的毛泽东》一文，文章说："往事已矣，巨人长眠。土地革命的星星之火，抗日战争的烽火硝烟，全国解放的千里决战，已成为一段壮怀激烈的历史渐行渐远；但我们应该永远记得，今天的幸福生活发端于毛泽东和他的战友们，以及千千万万的革命先烈。毛泽东思想依然是我们的旗帜，照耀着我们在实现中华民族伟大复兴的征程上阔步前进。"

同一天，《人民日报》第15版刊登了我国前驻苏联大使王稼祥夫人朱仲丽的文章 ——《忆毛泽东出访苏联》。文章回忆了1949年12月6日毛主席前往莫斯科的往事。这是毛主席生平第一次跨出国门，他参加了斯大林的七十寿诞；并与斯大林就两党两国所共同关心的重大问题进行协商，达成共识，签订协议。《人民日报》驻南非记者李新烽撰文《伫立在毛泽东大街上》，向读者介绍了毛泽东对非洲人民持久而深远的影响力。1975年莫桑比克独立时曾用马克思、列宁和毛泽东的名字命名首都街道，"毛泽东大街"体现了莫桑比克对中国人民和中国人民的伟大领袖毛泽东的感激。除此之外莫桑比克还有"毛泽东村"，这源于上世纪80年代，莫桑比克以北的加扎省发生特大洪灾，省内的村庄被洪水冲毁，中国政府为他们援建了村庄。为了感谢中国政府和人民，莫桑比克特此命名。非洲领导人卡翁达说："毛泽东是一代伟人，他不但拯救了亿万中国人民，而且为非洲人民的解放事业作出了巨大的贡献。他热爱全人类，坦赞铁路就是他爱人类的证明。"当殖民者走出非洲时，毛泽东作出"走进非洲"的决策。在毛泽东时代，中国的建筑队和医疗队纷纷踏上这遥远而陌生的大地，帮助非洲人民修路架桥，为那里的人们祛除病痛，在非洲至今传颂着毛主席的英名和中非友谊的颂歌。

2003年12月23日，《光明日报》发表了陈晋的纪念文章——《毛泽东：穿越时代的伟人》。文章写道："作为穿越时空的历史沉淀和人格化象征，中国人无法淡化毛泽东留下的印记和影响。如果读懂了他似乎便读懂了中国的过去，并能加深对现在和未来的理解；如果读懂了他，似乎便读懂了这片古老的土地上堆积的沧海桑田和在二十世纪演出的悲欢离合。""'毛泽东'三个字的内涵，作为一个国家和民族的思想旗帜，作为人民的信仰和奋斗的象征，作为历史进步的精神灵魂，是不会随着时间的推移落下帷幕的。"

12月26日，《光明日报》刊登了1955年毛泽东和钱学森在一起亲切交谈的照片和学者欧阳志远的文章《在创新中发展——毛泽东科学思想研究的现实意义》。并刊发编者按："毛泽东对科技思想有过大量论述，研究毛泽东的科学思想，必将推动我国科技事业向前发展，激励科技工作者为实现中华民族的伟大复兴贡献力量。"

12月26日这一天，《光明日报》记者还特别采访了湘潭大学毛泽东思想研究所研究员李佑新教授、湘潭大学毛泽东思想研究所教授范贤超、湘潭大学数学系学生唐拓，请他们畅谈对毛泽东的崇敬和怀念之情。湘潭大学是在毛主席亲切关怀下建立起来的。1958年9月10日，主席亲自为湘潭大学题写了校名，并嘱咐"一定要把湘潭大学办好"。20世纪70年代末，湘潭大学在全国率先成立了毛泽东思想研究室，后来又成立了毛泽东思想研究所。李佑新说，毛泽东是一部读不完的书，每一个时代的中国人都会从毛泽东那里读到他们所需要的东西。用中国人传统所追求的"立言、立功、立德"三不朽的人格境界标准来衡量，毛泽东可以说在这三个方面都是伟大的。从立德来说，毛泽东全心全意为人民服务的胸怀和情操，是一座伟大而崇高的道德丰碑；从立功来说，毛泽东在历史上的功绩，在中国近现代历史上无出其右者；从立言来说，他的雄浑诗词，成为千古名篇，而他总结全党智慧的毛泽东思想，成为我们行动的指导思想。范贤超介绍说，在湘潭大学校门口矗立着毛泽东"数风流人物，还看今朝"的诗词碑。湘潭大学除了设置专门的毛泽东思想研究机构外，每年还举行很多纪念性的活动，比如长征接力赛、毛泽东诗词朗诵会、徒步韶山行等。每年一次的徒步韶山行活动，让学生走五十公里到韶山，参观毛主席故居、陈列馆等等，使学生感受毛主席的伟大人格魅力和革命经历。唐拓这位数学系的学生，在上小学二年级的时候参加了电视连续剧《少年毛泽东》的摄制，他在剧中扮演毛泽东小时候的伙伴。他小学和中学都在由毛主席题词的韶山学校读书，后来又考入了湘潭大学。唐拓受毛泽东的影响极为深刻，每当遇到困难或是什么不开心的事情，他总会到毛主席故居前的池塘走一走，静静地想一想，在人生征途上不断从毛泽东那里求索新的指引和启迪。

　　2003年12月26日，《解放军报》记者采访了毛主席生前随行翻译蒋本良。毛主席生前语言生动，充满了形象比喻，往往以极通俗的语言，表达寓意深刻的哲理。对中苏论战如此重大的问题，他就曾轻松乐观地说：这种公开争论不要紧，不要那么紧张。第一条不死人，第二条天塌不下来，第三条山上地上草木照样长，第四条河里的鱼照样游，第五条女同志照样生孩子。他还轻蔑地嘲讽道：打文仗，打笔墨官司，写文章，这件事情还比较轻松愉快，没有死一个人！在毛泽东如此生动乐观的谈话面前，任何悲观的人恐怕都会把眼前的困难视若草芥。

　　同一天，《解放军报》还报道说：1946年，毛泽东要刚回延安不久的儿子毛岸英回到农村去学习种地。为使岸英像个农民，毛主席给了儿子一套旧的棉衣棉裤和一双布鞋，叫儿子换下苏式军服和皮鞋。送行时，他语重心长地对岸英说："你到农村，要和老乡们一同吃一同住，一同劳动，要从播种一直到收割才能回来，一定要上好'劳动'这一课。"岸英打起背包，带上种子，深入陕北农村当农民。他吃苦耐劳，跟农民兄弟学会了犁地、施肥、赶毛驴，还学会了把玉米种子袋挂在脖子上单手点种，后来又掌握了双手同时点种，再后来岸英就和地道的陕北农民一样，一手点种，一手抓肥，走过一垄地，干完一垄活。当地农民树起大拇指说："岸英是个好劳力。"当岸英回到延安时，毛主席摸着他厚实粗糙的手，看着儿子手上厚厚的老茧，高兴地说："这是你在劳动大学的毕业证。农村劳动这一课你成绩不错。"

　　摄影师吕厚民接受《解放军报》采访时提到一帧名为《中国人民志愿军文艺工作者拥抱毛泽东》的照片，这张照片真实地记录了毛主席生命中少有的极度悲伤的镜头。1952年，毛泽东接见中国人民志愿军文艺工作者，此时他仍然沉浸在巨大的丧子之痛中。一名叫谢秀梅的文艺工作者在与毛泽东握手时，突然泪流满面地上前拥抱了主席。一瞬间，毛主席哀恸地闭紧双眼。毛岸英的死对于他来说是如此沉痛的消息。

《工人日报》发表通讯《各地群众深情怀念毛主席》，引用新华社长沙、沈阳、乌鲁木齐、拉萨发回的报道说:在 2003 年 12 月 26 日这一天，有两万多名群众来到北京毛主席纪念堂瞻仰毛主席的遗容；近三万人次来到韶山；新疆四千人长跑纪念毛主席；辽宁劳模深情怀念毛主席；西藏各界代表缅怀毛主席。

毛泽东的魅力穿越时代

2003 年 12 月 26 日的《广州日报》撰文回忆道:"不管风吹浪打，胜似闲庭信步"，这是毛泽东畅游长江时写下的名句，更是他面对人生风雨的写照。毛泽东畅游长江，向岸边挥手致意的情景在很多人的记忆中都留下了极为深刻的印象。大多数人仅仅知道主席游过长江，其实，深谙水性的毛泽东早在此之前就畅游过广州珠江。1956 年 5 月，他来到广州，接见了广东、广西、湖南、湖北、江西等省区的领导人，又视察了广东水产馆和广州造纸厂，对发展沿海地区的工业，处理好沿海工业和内地工业的关系等问题作了重要指示。连日视察后，茫茫珠江唤起了主席畅游的渴望。他乘坐小船溯流而上。小船绕过狭窄的河道，江面登时开阔。从附近几只小渔船上传来热烈的欢呼声，"主席万岁! 毛主席万岁!"毛主席向肤色黝黑的渔民们兴致勃勃地挥手致意，纵身跃进珠江。主席搏击着江水，忘情地高声呼喊:"我自由了!"

2003 年 12 月 26 日,《南方日报》向我们讲述了一些毛泽东生前的小故事。身经百战的毛泽东是一个极其幽默风趣的人。1973 年,基辛格造访中国,毛泽东与其会晤,突然基辛格问道,听说主席阁下在学英语呢。毛泽东听后立刻回应道,是啊,只会几个单词,比如 "paper tiger"（纸老虎）之类的。当时引得众人开怀大笑。其实,早在延安时期,毛泽东就曾用他自己发明的 "纸老虎" 这个词来形容国民党反动派,后来又用这个词指帝国主义。

进入晚年的毛泽东对于生死显得分外旷达。他曾对身边的工作人员说:"人总是要死的,毛泽东是人,所以毛泽东是会死的。" "我死了可以开个庆祝会,你就上台去讲话。你就讲,今天我们这个大会是个胜利的大会,毛泽东死了,我们大家来庆祝辩证法的胜利。人如果不死,从孔夫子到现在,地球就装不下了,新陈代谢嘛。"

《福建日报》发表评论说,记得有一年毛主席回家乡,看到村子里的老百姓生活困苦,没有肉吃,他哭了。他一生都在为消灭私有制而斗争,主张 "全心全意为人民服务" 并在有生之年始终身体力行。

2003 年 12 月 26 日,《西藏日报》报道,西藏老百姓深切怀念毛主席,感谢他给了西藏人民牛、羊和土地。一位叫洛桑的老人,家中至今仍供着放置毛主席像的神龛。洛桑说,毛主席在他们心目中就是"活佛"。

2003 年 12 月 25 日，《新疆日报》发表通讯报道《我区举行纪念毛泽东诞辰 110 周年学术研讨会》和《新疆大学举行纪念毛泽东诞辰 110 周年座谈会》。12 月 26 日，《新疆日报》刊载通讯《和田人民怀念毛主席》，报道说，12 月 25 日，高 20 多米、重达 6 吨的毛主席接见库尔班·吐鲁木铜像在新疆和田市团结广场落成。大批干部群众参加落成庆祝活动。铜像的基座四周由三组浮雕构成:第一组，包含有毛泽东"万方乐奏有于阗"诗句的《浣溪沙·和柳亚子先生》全文（按:"于阗"即"和田"的古称）;第二组，反映解放军解放和田时的情景;第三组，反映库尔班·吐鲁木解放前后生活对比。通讯还介绍说，2000 年 3 月，墨玉县的八旬老干部陈斌武买下了新华书店全部毛主席画像，送给学校的孩子。

2003 年 12 月 26 日，在毛泽东 110 周年诞辰来临之际，湖北《长江日报》报道，湖北省是我国有名的千湖之省、鱼米之乡，从 1918 年到 1974 年的 56 年间，毛泽东曾经 40 多次前往湖北。建国后，武汉市成为毛主席除北京之外居住时间最长的地方。湖北人民对他怀有极其深厚的感情。1956 年到 1966 年 10 年间，毛主席曾经 18 次畅游长江。早年，他纵身激流，曾写下"自信人生二百年，会当水击三千里"的名句。毛主席"御大风，踏惊涛"之壮举，体现出战胜一切艰难险阻的雄心，成为中华民族自信乐观、迎困难奋进的象征。文章结尾深情地写道："一代伟人毛泽东，湖北人民永远怀念您。"

2003年12月25日，毛泽东的家乡湖南省掀起纪念高潮。《湖南日报》发表文章《千年学府育中华英才 百年师范铸教育丰碑》，庆祝毛主席的母校湖南师范大学——这所培育了诸多共和国英才的名校——建校整整100周年。12月26日，《湖南日报》登载文章《主席，家乡人民怀念您》。毛泽东曾在他的家乡韶山建立了全国第一个党支部，领导当地农民开展农民运动，写下了新民主主义革命的不朽之作《中国社会各阶级的分析》和《湖南农民运动考察报告》。历经革命战火，湖南韶山共有40多人为革命捐躯，其中包括毛泽东的6位亲人。1959年6月25日，毛泽东返回阔别32年的故园，写下著名诗篇，赞扬家乡人民"为有牺牲多壮志，敢教日月换新天"。

《湖南日报》还在这一天的文章中历数了"毛泽东生命中的几个12月26日"。1973年12月26日，是毛泽东八十岁生日。120多个国家和地区的领导人发来贺电贺信。朝鲜民主主义人民共和国主席金日成还送来了贺礼。毛主席不允许电台电视台以及任何报纸媒体报道他过生日的消息。就这样，毛主席的八十岁生日在和身边的工作人员及家人的团聚中悄悄度过。

回顾毛泽东生命中的几个12月26日，他反对铺张，反对突出个人，几乎每一个生日都是静悄悄地度过的。然而，在毛泽东逝世后每一年的12月26日，民间都会自发地掀起纪念热潮，人民永远都不会忘记毛主席。

上海《文汇报》12月26日特设一版专门刊载了毛主席的女儿李敏、李讷，外孙女孔东梅，孙子毛新宇的一组回忆性文字。

2003年12月26日，《北京青年报》与中央文献研究室第一编研部联合推出了纪念周刊——《你所不知道的毛泽东》，首次披露了一些毛泽东晚年的生活点滴。俗话说，滴水藏海，从这些小故事我们可以看到晚年毛泽东生活的多个侧影，了解他的晚年心态。

1975年10月1日，国庆26周年到来时，上午，毛主席一个人静静地沉思。忽然，他自言自语道："这也许是我过的最后一个国庆节了，最后一个'十一'了。"工作人员安慰他："怎么会呢？主席，您可别这么想。"毛主席认真地说："怎么不会呢？哪有不死的人呢？死神面前一律平等，毛泽东岂能例外？'万寿无疆'，天大的唯心主义。"

1976年7月28日凌晨3时42分，河北唐山、丰南一带发生了7.8级的强烈地震，随后又出现了多次余震。拥有百万人口的工业城市唐山被夷为一片瓦砾……。毛主席此时病情严重，身体衰弱。据他身边的医疗组成员回忆，当听到24万人死亡，唐山几乎化为废墟的消息，主席号啕大哭……。毛泽东颤抖着手，签

署了中共中央《关于唐山丰南一带抗震救灾的通报》（8月18日），这是他此生圈阅的最后一份文件。

中国人民大学马克思主义学院的许征帆教授从事毛泽东思想研究50多年，他告诉《北京青年报》记者，他自身的成长不断受到毛主席的启发。他说，毛主席本人就是"我们老一代人改造自身、不断成长的良师益友"。

"世界出了个毛泽东"

2003年12月26日前后，世界很多影响力巨大的报纸，诸如法国《解放报》、美国《洛杉矶时报》、日本《读卖新闻》、德国《世界报》、俄罗斯《新闻时报》，以及美国著名理论刊物《每月评论》等多家媒体都刊登了纪念性文章并报道了中国的纪念活动。

当年与中国拥有同样社会制度和意识形态、并且与中国人民有着特殊交往的俄罗斯人，也许更能理解毛泽东和那个时代的意义。2003年12月26日，俄罗斯《新闻时报》刊载题为《中国人没有忘记毛泽东》的文章，专门报道了中国青年人如何谈论毛泽东在他们中间的影响力。

《解放报》是法国历史悠久并享有盛誉的报纸，它发表评论说，毛泽东逝世28年了，但仍然具有巨大的吸引力。在他诞辰110周年之际，关于他的电影、书籍以及电视节目层出不穷，这说明毛泽东的魅力是超越时代的。

《主席还是首席执行官？—— 毛泽东神话仍然具有很大的诱惑力》，这是发表在 2003 年 12 月 26 日美国《洛杉矶时报》的一篇报道中国国内民众如何纪念毛泽东的文章。报道指出，中国的老百姓对毛泽东十分崇敬，许多出租车内都悬挂着毛主席的画像牌来祈求平安。每年至少有 400 多万人来到位于天安门广场的毛主席纪念堂，瞻仰这位伟人的遗容。在毛泽东的故乡湖南韶山，每年都有 100 多万人前来参观。品尝毛泽东生前爱吃的菜肴，参观毛的故居，拥有印着毛头像的打火机、像章以及塑像，成为很多人的时尚追求。

日本《读卖新闻》记者采访了中国民众，并撰写报道传达了他们对毛泽东的怀念心声。广东省广州市一名 25 岁的职员在参观天安门广场的毛主席纪念堂时说，毛泽东是中华民族的伟大领袖，他倡导的以及他身上体现出的那种"为人民服务"的精神永远都不会过时。

德国《世界报》刊发题为《中国沉浸于对"伟大舵手"的回忆之中》的报道。在该报道中，德国人约翰尼·埃尔林把毛泽东称为中国"伟大的舵手"。报道说，中国掀起纪念热潮，一系列展览、音乐会、电影以及一百多部新书相继问世……毛主席的手稿被印在 24K 的金箔上；人们还用画册、邮票、硬币纪念毛泽东；中国电信公司斥资百万以短信方式向用户送花，纪念毛主席诞辰 110 周年。

法国著名学者、"依附理论"的主要代表人物萨米尔·阿明一直高度重视毛泽东思想的价值。在上世纪90年代中期，他在其著作《重新解读战后时期》中曾说："我仍然相信毛泽东是对的，只有他真正认识到了资本主义世界性扩张必然带来两极分化的事实和严重性。通过批判性地考察第三世界和苏联的经验以及中国毛泽东的实践和理论，我认识到，真正的历史进程应该是存在一个较长的超越资本主义的演化时期，这一时期具有民族的和大众的特点，它必须努力抵制世界资本主义体系的压力，并清醒地认识到在发展的过程中，一直存在资本主义发展趋势和社会主义发展道路的严重冲突。"

2003年10月，他又在美国著名左翼刊物《每月评论》上撰文论述世界日益严重的农业危机，高度评价毛泽东的农村发展道路。他说："我们经常忽视的是，资本主义中心国家农业问题的解决，是通过在外围国家制造更大的农业问题来实现的，资本主义只能通过灭绝一半人类才能解决外围国家严重的农业问题。在马克思主义的传统中，只有毛理解这一挑战的严重性。"

阿明为什么在毛泽东去世近30年后，如此重视和高度评价毛泽东在农业方面的思想呢？这是因为，自上世纪80年代初新自由主义在世界推行以来，作为资本主义危机的集中表现的农业危机又开始在全球出现并日益严重。

阿明还从理论的角度论证发展中国家不可能走欧美农业道

路。首先，欧美的现代化和资本主义化经历的时间很长，可以逐渐转移农业剩余人口，而且从前的农业技术对劳动力的排斥远没有现代农业技术那么严重。当前发展中国家根本没有时间去吸纳、消化现代农业技术将排斥出来的如此大量的农业人口。其次，欧洲在历史上可以向美洲转移其农业中排斥出来的人口，现在发展中国家根本没有这样的可供移民的地区。再次，欧美当前的农业模式，恰好是以支配、控制、损害发展中国家农业为基础的，发展中国家如果不根本颠倒世界既定秩序，根本无法建成欧美式农业。

正是世界日益严重的农业危机的现实以及理论上的洞见，使阿明在毛泽东去世30年后的今天，提醒人们高度注意毛泽东的农业思想是如何地高瞻远瞩、超前于历史。

美国著名马克思主义者、伟大的中国革命的记录者韩丁2004年5月去世了。他是反映中国土改的重要著作《翻身》的作者，这本著作极大地帮助了西方了解中国革命，韩丁也多次受到周总理的接见。韩丁生前一直坚信毛泽东思想的重大价值，在1999年的纽约社会主义学者大会上，韩丁做了题为《论毛泽东的角色》的讲演，美国著名刊物《每月评论》2004年9月刊登了该讲演。

韩丁在讲演中反驳了对于毛泽东思想的种种诬蔑和误解，最后得出结论说："毛泽东为了服务于广大人民的长远利益，不得不为社会主义的未来而斗争。他很早就认识到，资本主义的道路对于中国人民来说是走不通的。在世界已经被具有巨大力量和全球扩张能力的帝国主义强权和跨国公司所统治的情况下，任何一个采取资本主义道路的第三世界国家将被重新殖民化。今天，用资本主义的方法，将不可能建立一个独立的经济体，而只会成为世界资本主义的补充，将受大跨国公司的支配，只能出卖土地、资源和廉价劳动力，因为规则是大跨国公司制定的。我认为，毛泽东认为中国走不通资本主义的道路的观点至今还是正确的。越来越多的中国人将理解毛泽东为社会主义奋斗一生的意义。我的主要观点是，在解放后的中国，一直需要坚持社会主义，围绕着这一选择将一直有激烈的斗争，但是任何力量都不可能离开社会主义能够使中国进步，——这一结论将能够经得起时间的考验。"

毛泽东思想的影响曾经遍及世界。近些年来，毛泽东思想在国外的影响仍然存在，国内学术界也开始关注到这一现象。《瞭望东方》周刊2004年第26期题为《亚洲左派政党力量重振》的文章，就介绍了在1996年亚洲金融危机以后，亚洲一些左派政党力量发展壮大的情况，其中包括印度共产党(马克思主义)、菲律宾共产党和尼泊尔共产党(毛)。值得注意的是，这三个发展较快的政党都是受毛泽东思想的影响而产生的，至今三者仍声称奉行毛泽东的战争和建设战略。为了了解这些政党的情况，现摘

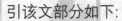

引该文部分如下：

菲律宾是在美国支配下最早最彻底实行新自由主义发展模式的第三世界国家。早在1962年，菲律宾就对经济解除政府管制，此后一直奉行国际货币基金组织推荐的出口导向型发展战略，企图以廉价劳动力优势吸引外资，成为发达国家廉价商品的供应者。但这一战略却使菲律宾成为在发展上最失败的国家之一：该国几乎没有任何像样的民族产业，约有75%的人口生活在贫困线以下，约40%的人处于赤贫境地，社会贫富分化严重。菲律宾法律所许诺的土地改革在统治阶级的阻挠下根本不可能实行，部分地区农民虽然占领了土地，但由于没有技术、资金和市场而破产。

这些为菲律宾共产党的发展准备了土壤。菲共成立于1930年，1968年12月重建。1969年菲共在中吕宋建立新人民军，开展武装斗争。到上世纪80年代中期拥有3万多名党员。"苏东剧变"后，菲共内部发生分裂，新人民军急速走向衰落，到1997年总人数降至2000多。之后，菲共开展了"整风运动"，新人民军实力又有所恢复，2001年底达12000人。他们深入农村地区，为佃农实行减租减息，为农业工人提高工资，在农村推行真正的土地改革，因此拥有良好的群众基础。菲共还建立了工人、农民、妇女、青年、专业人士和其他的群众组织，这些组织的成员已达到100万。

尼泊尔共产党(毛)是从尼泊尔共产党中分裂出来的一个派别。1996年尼共(毛)在普罗昌达的领导下从尼泊尔最为贫穷的西部山区开始发动"人民战争",充分发动群众,搞土地革命,组建解放区新型政权,获得一些地方人民群众的支持。他们在解放区进行土地革命和政治、经济变革,赢得了越来越多人的拥护,年轻人、妇女和穷人相继加入。目前,该党在尼泊尔建立了"解放区"和政权组织,其影响已渗透到加德满都。目前,解放区实际控制人口1000万,而尼泊尔总人口为2300万。

尼共(毛)的武装反抗存在着很深的社会经济基础。尼泊尔是个非常贫穷的国家,高度依赖印度和西方,年轻人很多流落到印度去做最苦最累的工作。国内几乎没有进行土地改革,佃农要将原本就很少的土地收成的一半以上交给地主。作为一个印度教国家,妇女的地位极低,有资料表明:有近20万的农村少女被贩卖到印度从事色情业。据90年代中期的统计,尼泊尔农村人的寿命平均30岁,妇女25岁。

印度共产党(马)是1966年从印度共产党中分离出来的。在2004年5月的印度大选中,印共(马)和印共组成的左派阵线夺得人民院543个席位中的62席,其中印度共产党(马)就夺得了43席,成为仅次于国大党和全国民主联盟的第三大党团,并且对国大党能否成功组阁起着关键作用。

其实,印共(马)已经有很好的执政成绩,最杰出的表现是对克拉拉邦的治理。克拉拉是印度南部的一个小邦，人口只有3000万，即使在印度也是较穷的邦，但是用社会指标来考量，克拉拉邦社会综合发展指标比其他地方好得多，人们的文化程度、健康程度、预期寿命甚至比有些发达国家都好。克拉拉邦的整个发展情况远远好于非左翼执政的印度北方部分农村，在北方各邦，64%的人口生活在贫困线下。

印共（马）取得这样的业绩是因为：

1、认为教育是基本的人权，因此教育是公共服务的一部分，不能产业化、私有化和精英化。基础教育的支出仍然是由邦财政来负担，从而可以保障不同家庭背景的儿童都可以入学，不会因为没钱而上不起学。

2、克拉拉邦真正实行了土地改革，严格实行印度的国家法律，私人占地一般不得超过25英亩，没有地主，人们占有土地相对平均。

3、民众对决策的参与度比较高。克拉拉邦把40%的财政收入交给基层，由村以下的民众来决定如何支出这部分收入。

4、实行有效的合作医疗制度，而不是将卫生系统私有化和产业化，有效地解决了广大人民的医疗保障问题。

在苏联东欧阵营解体前后，亚洲"四小龙"的良好发展业绩，曾经使之成为代替前苏联模式成为全球特别是亚洲各国的模仿对象。于是新自由主义的出口导向发展模式风行亚洲。

但是，并不是所有的国家都能像这些国家这样"幸运"。在美国和日本政府的政策予以支持、甚至实施"经济输血"时，这种战略行之有效。反之，特别是当出现大规模的全球性生产过剩时，后进国家的出口导向发展战略就会出现危机：低端产品之间出现恶性竞争，几乎无利可图；出口几乎不再是国内经济的补充，而可能成为将地区和国家财富转移流走到发达国家的一种方式。于是，持续的失血必然导致国内再生产基础的破坏，导致经济的萎缩和大规模的失业，并最先影响到最脆弱的农村。亚洲左派政党的崛起正是建立在新自由主义发展战略破产的基础上。

以新华社为背景的《国际先驱导报》也以醒目的"世界出了个毛泽东"为题，刊登了驻巴黎、金边、柏林、东京的记者对多位与毛泽东同时代的世界领导人和知名汉学家的访谈，把毛泽东放在一个大的世界历史坐标系中予以衡量。

英国传记作家菲力蒲·肖特这样评价毛泽东："他的个性能激起人毫不掺假的忠心。他是冷峻果敢与无限宽容的结合；眼光远大与学究似的注意细节的结合；坚定的意志与极端的敏感，外在的超凡的魅力与内在的谋略的结合。"

俄罗斯著名汉学家奥夫钦尼科夫，他的中文名字"欧福钦"就是他在中国学习、工作期间周总理给他取的名字。1956 年 8 月，中国共产党第八次全国代表大会在北京举行，奥夫钦尼科夫负责对大会进行报道。大会结束后，毛主席曾专程来到记者工作室，握住奥夫钦尼科夫的手，亲自向他表达谢意。奥夫钦尼科夫对毛主席评价特别高，他说："毛泽东作为一代伟人对中国乃至世界产生了巨大的影响。中国人民在毛泽东思想的指引下，取得了新民主主义革命的胜利，在世界的东方建立起了社会主义的国家，改变了整个世界的格局。"

竹内实是日本研究"毛学"的权威，在日本享有极高声誉。由他主编的《毛泽东集》（20卷）已经成为国外研究毛泽东及其思想的必读资料。1960年6月，竹内实随日本文学代表团到北京访问，有幸在上海见到了毛泽东。他每次回想起这次会见，都激动不已。竹内实说，毛泽东把马列主义与中国的实际相结合，这是极其伟大的。

南特威希和谢弗尔，一位是从事毛泽东研究长达26年的学者，一位是年轻时曾为毛泽东而狂热乃至落泪、如今已届不惑之年的"前德国愤青"。新华社驻柏林记者在毛泽东诞辰110周年的时候，特意采访了他们。他们年轻的时候都曾被毛泽东吸引，时至今日毛泽东思想在其生活中仍然发挥着极大的影响力。谢弗尔在谈到被毛泽东吸引的原因和毛泽东思想的价值时说：德国在上世纪七八十年代流行"左派"学生运动，很多学者和青年都想从中国的革命运动中得到借鉴，作为完全不同于东德以及前苏联社会主义的一种全新形式，毛泽东领导的中国社会主义建设受到当时德国左派青年学生的特别关注。

在柬埔寨首都金边，一条最好的街道被命名为"毛泽东大街"。这条大街记载着中国人民和柬埔寨人民的深厚友谊。西哈努克亲王在接受采访时说，柬埔寨人民永远不会忘记毛泽东和中华人民共和国为了柬埔寨争取独立和领土完整而给予的慷慨无私的支持和援助。

前法国国务院秘书安德烈·贝当古是中法建交的见证人，也是法国方面参与中法建交谈判的唯一健在者。1964年，在建交庆祝活动中，贝当古在北京受到毛主席的接见，当时的情景给他留下终生难以磨灭的印象。在他记忆中，毛主席高大、魁梧，反应敏捷，讲话生动有力，具有高瞻远瞩的洞见。凡事只纵论形势，不谈事件，像个哲学家，且富有幽默感。

上世纪60年代末70年代初，欧洲大陆席卷着思想解放的狂潮，当时的德国、法国、英国、意大利等国青年都在寻找一种反叛的力量，东方发生的如火如荼的革命运动使他们获得了崭新的思想和抗争的勇气。《国际先驱导报》驻波士顿的记者采访了一位出生于德国莱茵河河畔小镇，而今在美国生活的德国人赫尔波特，他对毛泽东的崇拜来源于幼年时代的记忆。上世纪60年代末席卷欧洲的思想解放狂潮以及毛泽东思想向西方的流传深刻影响了他的童年生活，也把他造就成了一个坚定的毛泽东追随者。他说，我热爱这种来自东方的思想。

新华社记者从曼彻斯特发回采访报道说，伦敦的维多利亚和阿尔伯特博物馆举行了一场别开生面的"时尚毛泽东"展览。浪漫的欧洲人把那个展览完全变成了一场文化盛宴。一进入博物馆，就能看到一幅由众多红色丝织品组成的毛泽东画像。在这些丝质的面料上点缀着许多黑白和彩色的照片，上面记录了许多毛泽东经历过的重大历史事件，以及毛泽东生活场景的照片。这个展览后来又巡回到了英国的许多地方，使英国人民更加了解毛泽东。

一位名叫安迪·史蒂夫的美国人告诉记者，大约10年前的1993年，在曼彻斯特大学学习的他第一次看到了有关毛泽东的作品。"对于毛泽东领导的长征我感到非常震惊。那是一个伟大的举动，而领导它的人也一定是伟大的。我对此非常着迷。"毛泽东给了安迪以新的理想和世界观。

毛泽东是世界历史上罕见的伟大的政治家、军事战略家、哲学家和诗人。在贯穿整个20世纪的红色革命风暴中，毛泽东是中国革命的旗手。他是同整个欧洲差不多大小的土地上，古往今来世界上人口最稠密的国家无可质疑的领袖。在毛泽东的一生中，中国从贫穷落后的"东亚病夫"变成有独立工业体系的社会主义现代化国家，从半殖民地状态跃升到一个世界大国地位，从遭受列强劫掠凌辱的牺牲品到联合国安理会常任理事国，并完成原子弹、氢弹、卫星、核潜艇和远程弹道导弹的研制。毛泽东与中华民族的命运，与这样一些核心词紧紧联系在一起——人民、解放、奋斗、革命……毕其一生，即是一部中华民族自由与梦想的不朽传奇。

试问，是谁赋予了毛泽东和中国共产党人对自身事业正义性的坚定不可动摇的信念？是谁给予毛泽东和共产党人无穷的智慧和力量？历史的回答是——人民。当被视为一尊神、一个不可战胜的神时，毛泽东清醒地道出，只有人民群众才是真正的历史创造者；在一片山呼海啸般的"毛主席万岁"的声浪中，正是他喊出了"人民万岁"的口号。

"毛泽东万岁"——"人民万岁"

"人民万岁"——"毛泽东万岁"

毛泽东主席去世以来，"毛泽东热"在中华大地一直存在。近些年来，这一热潮有着不断壮大的趋势，并且开始显现出新的值得重视的特点。

在新世纪初，与我们一起大略地扫瞄了新一波"毛泽东热"大潮的壮景后，不能不诚服地赞叹：永恒的毛泽东与永恒的人民同行，伟大毛泽东的事业即伟大人民的事业必将铸就新的历史辉煌。在重重的历史迷雾之后，毛泽东仍然矗立在时代的制高点上！

团结我胜

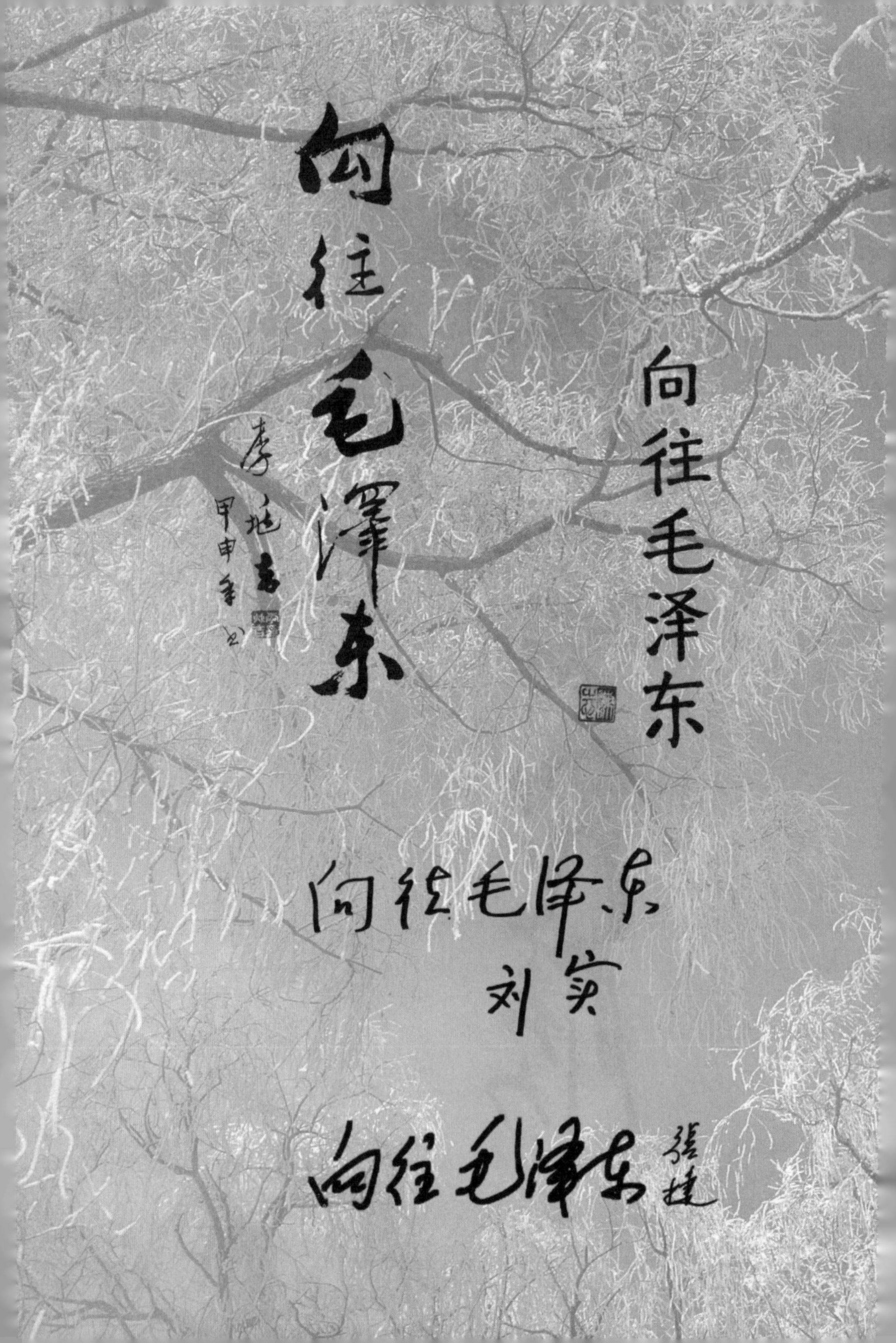

向往毛泽东

向往毛泽东

李旭 书
甲申年

向往毛泽东
刘实

向往毛泽东
张捷

向往毛泽东
林安利

向往毛澤東
张锐敬书

向往毛泽东
张鑑强书

向往毛泽东
冯庆章

向往毛泽东

后　记

　　"毛泽东热"，这是一种客观存在的社会历史现象，是一个国内、国外谈论已久的话题，大概至少也有十几年的时间了，这期间又有若干起伏。当人类历史进入21世纪之际，伴随着人们对百年、千年历史的回顾与展望，"毛泽东热"的话题又翘然为举世鼎议。而在我们国内，恰逢纪念中国共产党建党80周年（2001年）、特别是纪念毛泽东主席诞辰110周年（2003年）和逝世28周年（2004年）（"28"是毛泽东人生历程中的奇特数字，有学者形容为毛泽东的"生命周期"——早年用过"二十八划生"作笔名，28岁时参与建党，又28年建国，领导新中国近28年，逝世至2004年又28年，虽属巧合，亦启人遐想），"毛泽东热"更是蒸腾涌荡，有如一股大潮席卷华夏大地。

　　作为以研究、宣传毛泽东思想为主旨的中国历史唯物主义学会"毛泽东的人民历史观"课题组、"毛泽东旗帜"网站、北京大地微微文化研究所三家团体，受众多老革命家、众多毛泽东思想研究者和众多信仰毛泽东思想的热心网友之吁请和鼓励，决意对新世纪第一波"毛泽东热"大潮作一次历史描述，以供一切关注者、思考者进一步参悟、探寻，得出应有的启示和取向。于是有了我们奉呈给读者的这本书。

　　应当说明，由于主观、客观的种种因素制约，这本书没有像原先预期和承诺的那样于纪念毛泽东主席逝世28周年之际出版发行，这有令人遗憾和需要致歉的话要说。从主观方面究其缘由，一则是此书主要是由一批志愿者初次集结、陆次集结而作，其间的磨合花费了较多时日；二则是面对这样一个纷纭浩繁的课题，编者感到把握驾驭的功力尚有欠缺，需要不断征询上上下下、方方面面的指导，反复调整编著模式；三是本书设定了开放式的编纂路径，试行网上、网下相结合的形式，因无前例，筚路蓝缕，也限制了这种结合的效率。

然而，如果辩证地看，这本书虽然没有按预期出版，又有值得欣慰的收获。因为历史也有我们不曾料到的情节层出不迭，使得此书能够收录到更多的"大潮"浪花。现在看来，新世纪第一波"毛泽东热"大潮并没有因2003年纪念毛泽东主席诞辰110周年的度过而回落，而是在2004年持续处于潮峰状态。比如说，到韶山冲参观、寻访的人数，2003年是130万人次，2004年竟逼近140万人次；又比如说，作为国内最有影响的主流网站——人民网——的强国论坛，讨论"毛泽东"的网帖从数量和质量上看，2004年都超过了2003年，而年终网站通过"海选"评选出的"十大网友"竟然清一色都是以"拥毛"、"反非毛"而著称的网友，可窥舆情演变之一斑；再比如说，以"毛泽东旗帜"命名的专题网站，上帖的数量和点击率都成数倍地增长，由该网站牵头联合30家网站和单位发起和主办的《关于将12月26日法定为国家纪念日"毛泽东日"——的倡议书》，网上签名的人数也由 2003 年底的 11000 人跃增至 2004 年底的 26000 余人。如此等等，说明"第一波大潮"仍在持续中。因为历史是漫长的，事物的发展又总是波浪式前进的，故而我们以"新世纪第一波"称之。本书显然不能将这"第一波"描述完结，但总算比原来设定的时段更丰实了些。这样说，或者可以抵销一些前述延迟的遗憾，可以获致一些热切读者的谅解。

本书如果能获得读者的某种程度的认可，首先要感谢众多老革命家和众多热心网友的指导、支持和参与。以李力安、何载、何静修为代表的本书 110 余名顾问中，大多是进入耄耋之年的老革命家，他们的忠诚、他们的廉贞、他们的浩然正气与远见卓识，令我们深感敬佩并深受教益。还有大批紧密联系基层工农的资深学者和青年新锐学者、学子以及重视思想理论的实际工作者，为本书的策划、运作，也作出了各具特色的努力和奉献，值得称赞。

河南南街村党委、河北周家庄乡党委、湖北洪林村党委、北京电子老科协、山西日报社离退休处、上海大江书社、北京乌有之乡书店、河南军经煤矿、中国通广电子公司等单位，陈玉明、周德铣、杨厚成、何军、麦农、韩旭东、艾山、何钊、李鸿江、田根生、景维维、纪励鸿、刘云、王均智、李永平、刘佐云、沈虎根、庞先芝、曹佩英、张春年、周之启、李玉美、王庆和、赵正英、黄春生、张连生、周世敬、孙焕臻、刘彦朝等同志，对本书的编纂出版给予了资金和实务方面的支持，在此也一并表示

由衷感谢。

人民群众是"真正的铜墙铁壁"！正像本书封面设计所表征的毛泽东的这句名言，使我们深信人民群众是捍卫作为我们的"立国之本"的毛泽东思想的决定性力量。从对深蕴于大地厚土的"毛泽东热"的观察，从本书群策群力编纂过程中的体验，我们更坚定了这样的信念。

本书的出版，还要特别感谢中共中央文献研究室和中央文献出版社的领导同志、编辑同志，无论是他们本身的力作，还是对我们这本书的原则性指导，以及尊重多样化统一的和谐性学风，都给我们留下了深刻的印象。

本书以述为主，类似纪实作品，但"扫瞄"总是受主观视野所限，肯定会有许多更为典型的景致没有"瞄"到，相信会有更好的书籍出版，从多视角记录并解读方兴未艾的"毛泽东热"，为人民创造历史提供真切资讯。我们也希望热心读者对本书多加评点，包括批评、指正，包括补充创意，写信或上网反馈给本书编委会（联系电话：010-65280998；通信地址：100006，北京市东城区南河沿大街南段华龙写字间 511 室；电子信箱：maoflag@maoflag.net），如果需要并可能，也许会有一个再版本予以更新。

编 者

2005 年 4 月